内と外からのアメリカ

——共和国の現実と女性作家たち——

大井浩二著

英宝社

目次

プロローグ　《物書きの女ども》のアメリカ……3

第一部　新世界を旅する三人のファニーたち

第一章　ユートピアを求める旅……13
——ファニー・ライトとアメリカの悪夢——

第二章　文化果つる地で……40
——ファニー・トロロプのアメリカ体験——

第三章　パラダイスという名の地獄……64
——ファニー・トロロプの反奴隷制小説——

第四章　ガラガラヘビと先住民……84
——ファニー・ケンブル『アメリカ日記』——

第五章　奴隷所有者の妻……102
——ファニー・ケンブル『ジョージア日記』——

第二部　セネカフォールズ以後の白人女性作家たち
第六章　ヘスター・プリンの予言……123
――『緋文字』の周辺作家たち――
第七章　結婚の生態……151
――女性作家の自伝小説から探る――
第八章　家父長社会のシナリオに背いて……172
――忘れられたフェミニスト小説群――
第九章　残酷で不条理な生きざま……194
――リリー・デヴェルー・ブレイクの世界――
第十章　夜明け前の女性群像……223
――一八七〇年代のデイヴィスとブレイク――
エピローグ　共和国アメリカの現実……257
あとがき　263
引用／参考文献　279

内と外からのアメリカ

——共和国の現実と女性作家たち——

プロローグ《物書きの女ども》のアメリカ

アメリカ独立から三十年が経った一八〇六年に合衆国を訪れたスコットランド人ジョン・メリッシュは、ニューヨーク港に上陸した後、ニューヨークからボストン、さらにはフィラデルフィアやボルティモアからチャールストンへと足を運んでいるが、「彼は彼が移動しているダイナミックで、ざわざわとせわしない共和国に驚嘆した。その魅力が非常に強かったので、彼はもう一度アメリカにやってきて、もっと旅の範囲を広げ、その印象を組織的に記録しようと決意した」（Watts 2）とスティーヴン・ワッツは述べている。その後、一八一〇年にアメリカを再訪したメリッシュは、西はオハイオ川を下ってルイヴィルまで赴き、北はニューヨーク州を経由してブリティッシュ・カナダの南部地域を訪れ、その印象をまとめた『合衆国の旅、一八〇六年―一八一一年』と題する二巻本の旅行記を出版しているが、「メリッシュがそこで差し出しているのは、『合衆国で新しい時代が始まっている』という熱狂的かつ確固たる結論だった」（Watts 2）。

もちろん、「合衆国で新しい時代が始まっている」というのは、ただ単にメリッシュの個人的な感慨ではなかった。「すべて人間は平等につくられている。すべて人間は創造主によって、だれにも譲ることのできない一定の権利を与えられている。これらの権利の中には、生命、自由、そして幸福の追求が含まれている」（引用は斎藤真訳による）と主張する一七七六年七月四日の独立宣言は、ヨーロッパ人の想像力をさまざまな形で刺激して、「合衆国で新しい時代が始まっている」という感慨を抱かせたに違いない。『アメリカのデモクラシー』において「まさにその地こそ、文明人が新たな土台の上に社会の建設を試みることになった地であり、未知の、あるいは実行不可能とされていた理論を初めて適用して、過去の歴史になんの準備もない新しい光景を現出するに至る場所であった」（Tocqueville *Democracy* 30 引用は松本礼二訳による）と語っているアレクシス・ド・トクヴィルも「合衆国で新しい時代が始まっている」ことを実感した一人だった。

だが、あらためて書き立てるまでもなく、「すべて人間は平等につくられている」という独立宣言の理念は、現実のアメリカ合衆国においては完全に形骸化していた。建国以来アメリカ合衆国を支えてきたのは古典的共和主義の伝統だったが、その伝統はイギリス系プロテスタントの男性だけが自由で独立した市民として美徳の共和国を構成することができるとしていた。ミネソタ大学アメリカ研究科で長年教鞭を執っていた歴史家デイヴィッド・ノーブルによると、「このイギリス系プロテスタントの男性における基本的な語りの図式は、過去を拒絶し、故郷を捨てて、新世界のフロンティアへやって来て、そこで政治的美徳というユニークな実験を根づかせることを選んだ人びとのそれであった」（ノーブル 一八）。したがって「先住アメリカ人は、アメリカが彼らの故郷であったという理由で、この語りの図式から排除された。メキシコ系アメリカ人は、アメリカがやはり故郷であったという理由で排除された。アフリカ系アメリカ人は、自ら進んで故郷を捨てたのではないという理由で排除された。アジア系アメリカ人や、東ヨーロッパや南ヨーロッパから来たユダヤ教徒やカトリック教徒などの新移民は、この語りの図式によれば、プロテスタントだけが伝統を打ち破って、新世界を始めることができるという理由で排除された。イギリス系プロテスタントの女性でさえも、フロンティアという公的な世界ではなく、家庭という私的な世界に属しているという理由で排除されたのである」（ノーブル 一八）とノーブルは論じている。

さらにまた、デイヴィッド・ノーブルはピーター・キャロルとの共著『自由な人びとと自由でない人びと――合衆国の新しい歴史』（一九七七年）において、アメリカ社会は女性のセクシャリティを否定していたという事実に触れて、「このアメリカ女性の無性化は自然界を征服しようとする白人男性の努力を集約的に示していた」と指摘し、この「女性のセクシャリティの抑圧」は

「女性の幼児化」を必然的に齎すことになったとして、女性流行作家グレイス・グリーンウッドの「真に女性的な性質はつねに臆病で、自信がなくて、べったりと依存的だ。永遠の幼年期」という言葉を引用しながら、その結果、「アメリカの主婦は独立心を放棄し、財産の所有権をも失うこととなった。男性支配階級はまた、女性の完全な市民権を否定し、アメリカの大学への入学を阻み、専門職から締め出した」（Noble and Carroll 161）と述べている。

さらに、『自由な人びとと自由でない人びと』の著者たちは、「この女性の幼児化は男性支配階級による黒人軽視と密接に関係していた」と主張し、女性解放運動家エリザベス・ケイディ・スタントンの「奴隷の訴え」（一八六〇年）と題するスピーチから「黒人に対する偏見は、女性に対するそれと同じ程度に強い。それは同じ原因で引き起こされ、ほとんど同じ形で表わされている。黒人の肌と女性の性は、どちらも黒人と女性がサクソン系の白人男性への従属を意図されていることを示す推定的証拠なのだ」という発言を引用している（Noble and Carroll 161）。スタントンは女性が結婚に際して旧姓を捨てることに反対していたが、「主人の名前をもらう場合は別として、奴隷にはなぜ名前がないのか？奴隷には自立した生活がないからにほかならない」と断じ、「女性の場合も同様だ。結婚した女性をジョン某夫人とかトム某夫人と呼んだり、黒人をサンボとかアンクル・トムと呼んだりする風習は、白人男性が万物の霊長であるという原理に基づいている」と論じる彼女の言葉をノーブルとキャロルは肯定的に引用している（Noble and

Carroll 161-62)。

こう見てくると、女性やアフリカ系アメリカ人が白人男性に隷属させられているアメリカ合衆国は、「すべて人間は平等につくられている」と喝破した独立宣言の精神を破棄していると言わざるを得ない。この一九世紀における美徳の共和国アメリカの現実を、立場を異にするイギリス女性作家とアメリカ女性作家は一体どのように受け止めていたのか、という問題を検討することが本書の基本的なテーマなのだが、このテーマを考えるのに一体なぜ女性作家たちの書き残した記録にこだわっているのか。

『渡り鳥たち――アメリカを求める五人のイギリス女性たち』（一九九四年）の著者リチャード・マレンは、アメリカを旅した数多くのイギリス女性のなかからレベッカ・バーレンド、フランセス・ライト、フランセス・トロロプ、エメライン・スチュアート・ワートリー、キャサリン・ホプリーの五人を選んで、彼女たちが書き残したアメリカ印象記を分析しているが、チャールズ・ディケンズやバズル・ホールのような男性旅行者ではなく、女性旅行者に焦点を当てた理由として、「女性は通例、ヴィクトリア時代の男性の活動を制限していたビジネス関係の仕事とは無関係だったので、あまり特化した作業はしない傾向があったし、もっと長く滞在することができた。男性は商業や科学や政治について学ぶ可能性があったのに対して、女性は生活についてもっと多くのことを学んだ」（Mullen 3）という事実を挙げている。さらに彼はナサニエル・ホーソンが一九世紀半ばにベストセラーを量産したアメリカ女性作家たちを「いまいましい物書きの女ども」（"a damned mob of scribbling women"）と呼んでいたことに言及しながら、「しかし、今日、女性の歴史に関心のある者は、この『物書きの女ども』の旅行記に勝る資料をほとんど見つけることができないだろう」（Mullen 3）と言い切っている。

「いまいましい物書きの女ども」を非難する手紙を一八五五年一月に出版社主のウィリアム・ティックナーに書いたとき、ホーソンはベストセラーになっていた『広い、広い世界』（一八五〇年）のスーザン・ウォーナーや『点灯夫』（一八五四年）のマライア・スザンナ・カミンズらを意識していたのだが、一八五〇年から五五年にかけての六年間には、F・O・マシーセンの名著『アメリカン・ルネサンス』（一九四一年）が取り上げた『代表的偉人伝』（一八五〇年）、『緋文字』（一八五〇年）、『七破風の屋敷』（一八五一年）、『白鯨』（一八五一年）、『ピエール』（一八五二年）、『ウォルデン』（一八五四年）、『草の葉』（一八五五年）が出版されていた。このマシーセンが分析した作品群のリストは「きわめて少数の社会的、文化的、地理的、性別的、人種的に限定されたエリートの見解を表わしている」（Tompkins 200）と論難したのは、『センセーショナルな構図』（一九八五年）の著者ジェイン・トンプキンズだった。その「アメリカ小説の文化的仕事」という副題の著書のなかで、彼女はまた「マシーセンのモダニスト的批評原理によって低く評価されていたいくつかの小説」も「特定の歴史的状況のなかで、ある種の文化的仕事を果たしている」(Tompkins 200)と主張している。マシーセンが論じたアメリカン・ルネサンス期には、ホーソンが知らなかったような数多くの女性作家たちが作品を発表していたが、この女性作家たちは、独立宣言の精神を忘れ果てた一九世紀半ばのアメリカと向き合い、それをつぶさに観察するという「文化的仕事」を果たしている、と考えられるのではないか。マレンの発言をもじって、アメリカン・ルネサンスのもう一つの顔に関心のある者は、この「物書きの女ども」の小説作品に勝る資料をほとんど見つけることができないだろう、と言っておきたい。

本書の第一部「新世界を旅する三人のファニーたち」は、一九世紀前半のほぼ同じ時期にアメリカ合衆国に滞在した、ファニーという愛称で知られるフランセス・ライト、フランセス・トロロプ、フランセス・ケンブルの三人が、共和国の現実をめぐって書き残した旅行記(第一章のライト『アメリカの社会と風習についての見解』と第二章のトロロプ『日常生活におけるアメリカ人の風習』)、小説(第三章のトロロプ『ジョナサン・ジェファソン・ホイットローの生活と冒険』)、日記(第四章と第五章のケンブル『アメリカ日記』と『ジョージア日記』)などを取り上げ、主として黒人奴隷や先住アメリカ人の問題を彼女たちのそれぞれがアウトサイダーとしての立場からどのように受け止めていたかを考える。

一八四八年七月にニューヨーク州セネカフォールズで女性権利獲得のための最初の会議が開かれ、独立宣言をもじった「所信の宣言」が採択されたが、第二部「セネカフォールズ以後の白人女性作家たち」は、その会議から三十年ばかりの間に小説作品を発表した、現在ではほとんど知られていないか、忘れ去られてしまった白人女性作家たちが、家父長制の支配するヴィクトリアン・アメリカで女性が送ることを余儀なくされていた生活の実態を、インサイダーとしての立場からどのように描いていたかを明らかにすることを目指している。その目的のために各章で取り上げることになる作家たちとして、E・D・E・N・サウスワース、アリス・ケアリー、キャロライン・チーズブロ（第六章）、ハナ・ガードナー・クリーマー、エリザベス・オークス・スミス、ローラ・ブラード（第七章）、メアリー・ゴーヴ・ニコルズ、マーサ・W・タイラー、ファニー・ファーン（第八章）、リリー・デヴェルー・ブレイク（第九章）、レベッカ・ハーディング・デイヴィスと再度登場するリリー・デヴェルー・ブレイク（第十章）の名前だけをここでは挙げておこう。

第一部　新世界を旅する三人のファニーたち

第一章　ユートピアを求める旅
――ファニー・ライトとアメリカの悪夢――

一八二一年に旅行記『アメリカの社会と風習についての見解』（*Views of Society and Manners in America*, 1821）を発表したフランセス・ライト（Frances (Fanny) Wright, 1795-1852）は、彼女の評伝を書いたシリア・モリスによると、十四歳ですでに身長はかなり高く、成人したときには少なくとも五フィート十インチ（ほぼ一メートル七十八センチ）はあったらしい（Morris 9）。大きな青い目をした才色兼備のファニー・ライトを『草の葉』の詩人ウォルト・ホイットマンは偶像視していて、「彼女はいつも私にとって甘い記憶のなかのもっとも甘い記憶の一つだった。私たちは誰もが彼女を愛し、彼女の前にひれ伏した」と回想し、「彼女は全面的な尊敬と愛情を私のなかにかき立てた数少ない人物の一人だった。彼女は姿形と魂の贈り物において美しかった」だけでなく、「彼女は美しい以上だった。彼女は高貴《グランド》だった！それはただ単に容貌だけでなく魂――

魂においてもそうだった。彼女には一種の威厳があった」と語った、と『キャムデン時代のホイットマンとともに』の著者ホレス・トローベルは伝えている（Traubel 2: 205, 445, 499）。

そのファニー・ライトの旅行記『アメリカの社会と風習についての見解』に対して、やはり一九世紀アメリカを代表する小説家ジェイムズ・フェニモア・クーパーは、それがアメリカを賛美し過ぎているという理由で「鼻持ちならないお世辞」（qtd. in Morris 46）という辛辣な批評を加えている。だが、彼女のアメリカ旅行記は共和国アメリカを最初から最後までべた褒めするばかりの、何とも「鼻持ちならないお世辞」たらたらの一冊に過ぎないのだろうか。そもそもファニー・ライトがアメリカに憧れるようになった背景には、どのような動機が潜んでいたのだろうか。渡米前の彼女が知らなかったアメリカの現実を体験しながらもなお、ライトはアメリカに対して「鼻持ちならないお世辞」を口にするばかりだったのだろうか。アメリカ文学を代表する詩人ホイットマンと小説家クーパーが関心を示したファニー・ライトとは、一体どのような女性だったのか。

1

ファニー・ライトは本書の冒頭で触れたジョン・メリッシュと同じスコットランドの生まれ

で、父はダンディの裕福なリンネルの製造業者だったが、彼女が三歳のときに両親は相次いで他界し、彼女は親戚の家に引き取られることになる。こうした事情で、彼女の少女時代は決して幸福とは言えなかったようだが、十六歳のときに彼女の運命を変える大きな出来事が起こる。引き取られていた叔母の家の書庫でイタリア人の歴史家カルロ・ボッタの書いた『アメリカ合衆国独立戦争史』（一八〇九年）を偶然見つけたのだ。一八四四年に三人称で書いた自伝的文章のなかで、世界のどこかに「自由に捧げられた国」が存在することを知ったライトは、「その瞬間から、彼女はいわば新しい生活に目覚めた」と記し、「その国を見ることが、十六歳の時点で、彼女の確固たる、秘密の決意となった。六年後に実行する瞬間まで、その決意を誰にも打ち明けなかったからだ」（*Biography* 8）と書いている。

このボッタの『独立戦争史』によって、ライトはトマス・ジェファソンが草案を書いたアメリカ独立宣言書に触れることになったのだが、ジェファソン自身はジョン・アダムズに宛てた一八一五年八月一〇日付の手紙で、「貴兄が述べているように、ボッタは彼自身の憶測や推論を彼が名前を挙げている人物たちに語らせているが、その人物たちがそのような演説をしなかったことは貴兄も小生も知っている」（Cappon 452）と述べ、二年後の一八一七年五月五日付のアダムズ宛ての手紙でも「目下、ボッタによるわれわれ自身の革命の歴史を読んでいる」ことに触れ、ボッタが「われわれの感じたことなどない行動の動機」を勝手に作り上げていることを認めたうえで、「彼は小生がこれまでに出くわしたどの論者よりも詳細で的確で率直な歴史を提供している」（Cappon 513）と述べている。『独立戦争史』のボッタは「彼の歴史に登場する人物たちの雄弁な演説を捏造していた」（Mullen 34）とリチャード・マレンも指摘しているが、敬愛するジェファソンよりも数年早く、十六歳のときに出版されたばかりのフランス語訳で読破したこの本によって、ライトの意識に自由の聖地アメリカのイメージが刷り込まれたことは否定できない。なお、伝記作家シリア・モリスが『独立戦争史』の著者名をBoccaと誤記しているのは（Morris 11, 329）、まことに奇妙なことにライト自身が繰り返し同じような誤記をしていたからだろう（*Biography* 8; *Reason* 29）。

一八一八年八月、自由の国アメリカを自分の目で見てみたいというライトの夢がやっと実現する。二十三歳の彼女は、周囲の反対を押し切って、二十一歳の妹カミラと二人だけでリヴァプールから出港するアメティ号に乗り込み、九月三日にニューヨーク港に到着し、一八二〇年五月一〇日にジェイムズ・モンロー号でニューヨークを離れるまで、アメリカ各地に足を運び、見聞を広めている。この二十一カ月に及ぶ旅行の印象をまとめたのが一八二一年に公刊された『アメリカの社会と風習についての見解』（以下『見解』と略記する）だが、この旅行記は滞米中に遠縁のロビーナ・クレイグ・ミラーという、以前アメリカで暮らしたことのある女性に書き送った二十八通の手紙から成り立っている。その意味では、十二通の手紙を集めたクレーヴクールの

『あるアメリカ農夫の手紙』の系譜につながるアメリカ便りにほかならなかった。この本には "By an Englishwoman" と記されているだけだったが、翌年一月に出版されたフランス語版（*Voyage aux Etats-Unis D'Amérique*）では "Par Miss Wright" という形で著者名が明らかにされている。

ファニー・ライトは十六歳のときから「自由に捧げられた国」を訪れることを念願していたので、彼女の目には自由の国アメリカしか見えなかったのかもしれないが、『見解』のどの頁を開いても地上の楽園といったアメリカの印象が書き連ねられている。「知られている世界の全歴史において、この国にいささかでも類似した状況にある国が存在した例はなかった」と考える彼女は、アメリカには「野心を抱く支配者」も「名だたる階級」もなければ、「軍隊による保護を必要としたり、不当な野心を育んだりする植民地も海外領土もない」と主張し、「これまでにいかなる国がこのように多くの害毒から免れていただろうか」（*Views* 83）と一八一九年七月に書いた手紙で問いかけている。それから五カ月後の一二月に書いた手紙では、「この国の人民の歴史は彼らが勇敢で高潔な自由の魂にあふれていることを、彼らの制度は彼らが豊富な知識と洞察力を持っていることを、彼らの法律は彼らが人道的であることを、彼らの政策は彼らが友好的で信義を守ることを、それぞれ宣言しているように思われた」（163）という指摘がなされている。

一八二〇年二月付の手紙で、「アメリカに関する知ったかぶりの予言はすべて誤りが立証されている。アメリカはあまりにも自由すぎると警告されたが、その自由は安全であることが判明している。アメリカはあまりにも平和すぎると警告されたが、その防備は十分であることが明らかになっている。アメリカはあまりにも大きすぎると警告されたが、その規模は団結を保証している」と語るライトは、「自由のために共に血を流した国民、彼ら自身の血や先祖の血が贖った自由を同じように評価し、同じように享受している国民、彼らの愛する自由が彼らの土地に最後の避難所を見いだしたと感じている国民——そのような国民は国家的共同体の一般的な場合をはるかに超えた強い友愛と公民権の絆によって結ばれている」（208）と述べて、アメリカが彼女の思い描いていたとおりの自由の聖地にほかならないことを確認している。こうして、アメリカを賛美してやまないライトは「ユートピア的と笑われていた賢者たちの夢が明確に実現しているように思われる国を眺めやるのは衝撃的だ」（188）と記しているが、論文「ナショバ再訪——アメリカにおける奴隷制度とユートピアとフランセス・ライト、一八一八年—一八二六年」の筆者ゲイル・ベダーマンもまた、この彼女の発言を引用しながら、「政治的自由は彼ら自身の政治的運命の支配者たるアメリカ人が貧困と悲惨と無知を追放することを可能にした」（Bederman 442）と説明している。『見解』の著者にとって共和国アメリカはユートピア的世界以外の何物でもなかったのだ。ジェイムズ・フェニモア・クーパーに「鼻持ちならないお世辞」と批判されることになるとしても不思議はあるまい。

しかしながら、『見解』におけるアメリカ理解が甘く浅かったことはファニー・ライトも認めていて、八年後の一八二九年に書いた文章で、『見解』における彼女は「アメリカの政治に定められている偉大な原理原則にヨーロッパの改革者たちの注意を呼び覚ます」ことを「唯一の目的」としていたことに触れて、「その原理原則はわたしの物の見方に影響を及ぼすほどにわたしの感情を熱くしていた。最初のアメリカ訪問の間中ずっと、わたしはどこへ行っても独立宣言を見たり聞いたりしているようだった」と語り、「わたし自身の熱意が共和国の名前を冠している国にクロード・ロラン的な色合いを投げかけることを企てたに違いない」（*Reason* 30）と付け加えている。理想的な風景を追求する画風で知られる一七世紀のフランス画家にみずからを擬することによって、あまりにも理想化された、ユートピアとしてのアメリカを『見解』において描いていたことを自己批判していると受け取っていいだろう。

だが、ヨーロッパの国々が抱えている問題のすべてが解決されているかと思われるアメリカも、決して完璧なユートピアというわけではなかった。このアメリカン・ユートピアという素晴らしい新世界に暗い影を落としている存在――アメリカ南部における奴隷制度の存在にようやく気づくようになったライトは、奴隷制度を「不名誉な汚点」（*Views* 39）と呼び、「合衆国の一部を損ねている汚点は、国全体の体面を汚している」（41）とも述べているが、彼女一人ではいかなる手も打つことができないのを嘆き、「アメリカで生まれた博愛主義者たちや政治家たちの注意を引き、その努力をこれまで阻んできた罪悪に対する解決策を若年の無経験な外国人が提案することはできない」（39）と記している。だが、アメリカ旅行の終わりに首都ワシントンを訪れたライトは、あらためて奴隷問題の根深さを実感し、「南部諸州に関して、わたしはその地域に足を向けることに秘かなためらいを覚えていたことを告白する。奴隷制度を目撃することは、いかなる場所においても不快きわまりないが、アメリカの自由な風のなかで、その悪疫の不純な空気を吸い込むことは、想像をはるかに絶するほどに不愉快だ」（267）と述べている。

『見解』の最後のパラグラフで、「優秀さの非常に多くの種子と、国家的栄光の非常に輝かしい夜明けと、光り輝く絶頂期の非常に素晴らしい約束」をアメリカに見いだしたライトは、アメリカの奴隷制度を廃止することこそ緊急の課題にほかならないという信念を吐露している。「アメリカの道徳に広がるすべての汚点、アメリカの平和を脅かすすべての危険」に対して「悔恨と焦燥と不安」を覚える彼女は、アメリカの「自由の子どもたち」が「最近、尊敬する大統領がわたしに向かって口にした『アメリカから一人の奴隷もいなくなる日は遠くない！』という確信」（270）を実現してくれることを祈りたい、という言葉で『見解』を終えている。「尊敬する大統領」とは彼女の滞米中に在任していた第五代大統領ジェイムズ・モンローを指しているが、この結末のライトの言葉は彼女の奴隷問題に対する強い思いを裏書きしている。だが、ゲイル・ベダーマンが「彼女の本を書き上げたとき、それから五年以内に、彼女自身がまさにその仕事を引き受けることになろうとは、夢にも思っていなかった」（Bederman 444）と書き記しているのは、一体何を意味しているのだろうか。

2

『見解』の刊行によってファニー・ライトの名前は広く知られるようになり、この著作を高く評価する功利主義の哲学者ジェレミー・ベンサムの知遇を得ただけでなく、フランスの政治家でアメリカ独立戦争の英雄だったラファイエット侯爵に招かれて、彼のラ・グランジ（納屋）と名づけられた屋敷に滞在する機会に恵まれる。誕生日が同じ九月六日だったということもあって、二十六歳のライトは六十四歳の老将軍とたちまち意気投合したばかりか、彼の愛人になったという説もあり、同時にまた彼女がラファイエットの養女になることを願っていたという説も流れている。愛人でありながら養女というのはいささか奇妙な関係で、そこに「一種の近親相姦」の臭いを嗅ぎつけた伝記作家シリア・モリスは、「二人の関係の性質は曖昧なままで、ファニー・ライトに関する未解決の疑問のなかでも、さらにもどかしい疑問の一つである」（Morris 75）と述べている。

『見解』から三年後の一八二四年、ラファイエット将軍は国賓としてアメリカ合衆国に招かれ、熱烈な歓迎を受けることになるが（このときの歓迎委員会に先に触れたジェイムズ・フェニモア・クーパーが加わっていた)、ライトと妹のカミラも彼と一緒にアメリカを再訪している。ただし、世間体を慮るラファイエットの家族の意向で、姉妹は彼とは別の便を利用して九月一一日にニューヨークに着いている。この二回目の渡米はユートピアとしての共和国アメリカを完璧なユートピアにするにはどうすればよいか、という問題を考えるための絶好のチャンスをライトに与えることになった。『見解』における彼女は奴隷制度をアメリカの「不名誉な汚点」と呼んでいたが、この「不名誉な汚点」を除くためには一体どのような方法が考えられるというのか。

ラファイエット侯爵と行動を共にしているうちに、ライトは南部各地を訪ね歩き、彼の紹介で奴隷所有者だったトマス・ジェファソンやトマス・マディソンと面談して、奴隷問題に関する二人の大統領経験者の意見を求めるなど、彼女のライフワークとでも呼ぶべき仕事に意欲的に取り組み、一八二五年に『南部市民に危険あるいは損失をもたらすことなく合衆国における奴隷制度を段階的に廃止するための計画書』(*A Plan for the Gradual Abolition of Slavery in the United States, without Danger or Loss to the Citizens of the South*) を奴隷制廃止論者のベンジャミン・ランディの編集する雑誌に発表している(同じ論文が同年、無署名のパンフレットの形で同じランディによって出版されている)。その冒頭でライトは「合衆国から奴隷制度を全般的に廃止する計画を提案するに際して、その害毒の大きさと、それがアメリカ国民にもたらすさまざまな危険の暗澹たる前途——その性格と結果においておぞましく、文明世界の目には不名誉なことと映る分裂、流血、奴隷によるに皆殺しについて述べることは不必要かもしれない」（*Plan* 3）と指摘しているのは、やがて三十数年後に勃発する南北戦争を予言しているようで興味深い。ともあれ、そのような最悪の事態を回避するためにも、奴隷のいないアメリカを実現することが絶対的に必要だと考えたからこそ、彼女は『計画書』を書き上げたのだった。

そこでのファニー・ライトはまず「奴隷解放の計画が効果的であるためには、南部の農園主の金銭的な利益と支配的な意見を考慮すると同時に、南部諸州の現行法に則らなければならない。その結果、奴隷解放は植民と結びつくことと、現存する奴隷所有者たちに金銭上の犠牲を強いたり、その子弟たちに資産の損失を及ぼしたりしないことが絶対に必要であると思われる」（*Plan* 3）という基本方針を明らかにしている。それから彼女は奴隷解放のための具体案を示しているが、それを乱暴に要約すると、ライトの実験農場では彼女が農園主たちから買い取った奴隷たちが白人の指導者の下で共同作業に従事し、最低五年間休みなく働いた結果、買い取りに要した諸費用を完済して、奴隷の身分から解放された時点で、ハイチやメキシコといった外地に移住することを要求される、という内容だった（*Plan* 6-9）。さらに彼女はそのような施設の設立に要する初年度の予算として四万二千百六十八ドルを計上しているだけでなく（*Plan* 9-10）、この施設が百名の奴隷で出発すれば八十五年で、八百名の奴隷で出発すれば六十年で「合衆国の全奴隷人口が救済される」（*Plan* 11）ことを示す一覧表まで計画書の末尾に添付している。

この計画書をファニー・ライトは敬愛するトマス・ジェファソンに送って、彼に積極的な協力を求めたのだったが、年老いた元大統領は「八十二歳という年齢で、片足を墓に入れ、それに続くためにもう一方の足も上げている状態なので、何か新しい企画に参加することはとてもできません」と弱気な言葉を吐きながらも、「［奴隷制という］悪の撤廃は不可能ではないし、それを絶望視すべきでもありません。究極的な目的のために何らかの役に立つあらゆる計画を採り入れ、あらゆる実験を試みるべきです。あなたはお若いし、この困難な仕事にほかの人びとを駆り立てるのに効果を発揮する精神力を備えていらっしゃる」（qtd. in Brodie 463）と一八二五年八月七日に書き送っている。この手紙に背中を押された格好で、積極的な活動を開始したファニー・ライトは、ラファイエット将軍に紹介された（やがて第七代大統領となる）アンドルー・ジャクソンの仲立ちで、テネシー州のウルフ・リヴァーの近くにある二〇〇〇エーカーの土地を、私財を投じて購入している。これはジャクソンが先住民から奪っていた土地の一部で、まったく開墾されていない原野だったが、そこで十六名の奴隷と六名の白人が共同生活を始めることになった（この人数は病気その他で若干の出入りがあったらしい）。このコロニーを彼女がナショバ（Nashoba）と名づけたのは、それがチカソー族の言葉でオオカミを意味していたからだった。

こうして、テネシー州の山奥に出現したナショバは、一般に黒人と白人が平和に暮らす理想的なユートピアと考えられてきたが、この見解に否定的なゲイル・ベダーマンは「ライトがナショバを計画したとき、彼女はユートピア的であれ、何であれ、いかなる種類のコミュニティーも建設する意図は持っていなかった。ナショバはその居住者たちが一刻も早く施設から立ち去ってくれさえすれば成功したことになる。彼女の計画の目的は、奴隷所有者たちの金銭的な利益を保護しながら、奴隷たちのナショバと合衆国からの永久的な退去を促進することだった。この当初案においては、ナショバはライトの本当のユートピアを、つまりアメリカ合衆国を完璧にするための手段にほかならなかった」(Bederman 448. 強調原文) と論じている。『見解』におけるライトは奴隷制度をユートピアとしてのアメリカの「不名誉な汚点」と呼んでいたが、十分に教育された元奴隷たちをハイチのような外国へ送り出すことによって、その「不名誉な汚点」を取り除くことができると考えたのだった。一八五二年に『アンクル・トムの小屋』を出版したハリエット・ビーチャー・ストウの奴隷廃止論について、大野美砂は「黒人たちに真の自由と平等をもたらす社会よりも、奴隷制という悪が取り除かれた、より安定した白人のアメリカをつくるものだった」(大野 178) と論じているが、この指摘はそのままライトの奴隷廃止論にも当てはまるのではないだろうか。

だが、ファニー・ライトの期待に反して、ナショバは設立の直後からさまざまな困難に直面する。当初、百名の奴隷が集まることを予定していたにもかかわらず、それをはるかに下回る人数で発足することを余儀なくされたのは、『計画書』で甘い数字をはじき出していた彼女にとっては想定外の出来事だった。資金面でも彼女は追い詰められていた。ナショバの土地を手に入れる際にラファイエット将軍が申し出てくれた八千ドルを断っていたこともあって（将軍の家族に弱味を握られたくなかったことも一因だろう、とシリア・モリスは推測している［Morris 104］）、彼女は全財産の四分の一に相当する一万ドルを土地と奴隷の購入に使っていた（Bederman 450）。結局、最初の計画にかなりの修正を加えることを余儀なくされた彼女は、「合衆国を彼女のユートピアとして理想化することを放棄して、ナショバをユートピア的コミュニティーに作り変えた」とゲイル・ベダーマンは説明している（Bederman 451）。その仕組みはきわめて複雑で、詳細について紹介する余裕はないが、当初の計画におけるナショバが、ベダーマンが指摘していたように、アメリカというユートピアを完璧にするためのライトの「手段」だったとすれば、手直しされたナショバをユートピアとして完成させることが彼女の「目的」になった、とでも言い換えればよいだろうか。

こうした混乱状態が続いているさなかに、ファニー・ライトはデング熱かマラリアに罹って体調を崩し、ヨーロッパへ一時帰国することになる。転地療養のためだったに違いないが、資金調達のための旅を兼ねていたとしても不思議はない。だが、彼女が留守をしている間に、ナショバでは思いがけない事件がつぎつぎに起こっていたことが業務日誌に残っている。たとえば、一八二七年五月二四日の日誌には「［ファニーの妹］カミラと奴隷全員の目の前で、［常駐管理者の」ジェイムズ・リチャードソンによって二人の奴隷女が縛られて、鞭で打たれた。裸の背中に牛革の鞭で二ダースと一ダースずつ」（Egerton14）と書かれ、同年六月一日の日誌には「水曜日の夜、呼ばれてもいないのに寝室にやってきて、同意を得ることもなく、体を自由にしようとしたという理由で、「奴隷の」イザベルが「同じ奴隷の」レドリックを訴えた」（Egerton 25）ことが記録されている。一八二八年一月にファニー・ライトがナショバに戻ってきたときには、リチャードソンは彼の愛人だった奴隷女と姿をくらまし、カミラももう一人の常駐管理者リチェソン・ホイットビーと正式に結婚していただけでなく、ナショバそのものが完全な末期的症状を呈していたのだった。

このナショバの置かれた状況を現代の読者に伝えているのは、まことに意外なことに次章で取り上げる『日常生活におけるアメリカ人の風習』の著者フランセス（ファニー）・トロロプだった。彼女がファニー・ライトと一緒にアメリカに渡ってきた経緯については、そこで詳しく説明するとして、ライトに説得されてナショバを訪れることを決心したトロロプ夫人は、ライトは「彼女の財産と時間と才能を、苦しんでいるアフリカ人たちを助けるためにのみ捧げる目的で、西の世界の奥深い森に隠棲しようとしていた。彼女の第一の目的は、肌の色は別として、自然は白人と黒人との間に何の差異も生じさせていないことを示すことだった。彼女は黒人の子どもと白人の子どもの教室でまったく同じ教育を施すことで、それを証明しようとしていた」（*Manners*

14）と述べて、ライトの情熱に心からの敬意を捧げていた。だが、ナショバの風景を一瞥した瞬間に「荒廃というのが唯一の感情——頭に浮かんだ唯一の言葉だった」（27）と書き留めると同時に、その風景を前にしてもいささかも動ずる気配を見せないライトについて、「過去の時代の、宗教的な狂信の数少ない例は別として、わたしは彼女のそれに匹敵する情熱について聞いたことも読んだこともない」（28）と告白し、「ヨーロッパの快楽と洗練のすべてに慣れ親しんだミス・ライトに、この荒野でも生きていけると想像させただけでなく、ヨーロッパからの友人がそこに入ってきても、その風景の野蛮な姿に戸惑うことはあるまいと想像させたのは、それとまったく同じ情熱だったに違いない」（28）という感想を漏らしている。

　だが、ライトのような情熱を持ち合わせていないトロロプ夫人は、荒廃したナショバから早々と退散して、シンシナティに向かっているが、この実験的な事業に一万六千ドルもの大金を投入したファニー・ライトとしては、そうは簡単に撤退することもできず、奴隷たちを監督の手に委ねて引き揚げたのは一八二八年六月のことだった。その後、一八三〇年一月になって、六十三トンの帆船ジョン・クインシー・アダムズ号をチャーターした彼女は、ナショバに残してあった三十名の元奴隷たちをハイチ共和国に送り届け、ジャン・ピエール・ボワイエ大統領の好意によって、彼らは全員、自由黒人として入国を許可され、ファニー・ライトはナショバの創設者としての責任を果たすことができたのだった（ついでながら、『アンクル・トムの小屋』の結末で主要人物たちがハイチではなく、リベリアへ移住していることの意味については、先に触れた大野美砂の論文を参照されたい）。

このハイチ行きには旧知のフランス人医師ウィリアム・フィクパル・ダリュスモンが行動を共にしていたが、三十五歳のライトは五十二歳のダリュスモンと意気投合、やがて彼の子どもを身ごもっていることが判明した彼女は、パリでひそかに娘のシルヴィアを出産してから、数カ月後の一八三一年七月にダリュスモンと結婚している。後年、この不幸な結婚を回想したライトは「フィクパルは貧しく、彼女は主に同情心から彼と結婚した、と論じていた」と伝記作家シリア・モリスは伝えているが（Morris 286）、彼女に心酔していたウォルト・ホイットマンはダリュスモンのことを「大ばか野郎」（damned scoundrel）と罵ったり、「彼女の旦那だった犬畜生にも劣るやつ（infernal whelp）」と呼んだりしていた、とホレス・トローベルは語っている（Traubel 2: 204）。

3

ナショバの実験が失敗した後のファニー・ライトは、パブリック・スピーカーと呼ばれる講演家として各地で講演会を催す生活を送るようになる。この当時、女性が講演家として人前で、とりわけ男女が入り混じった聴衆を相手に話をすることは公序良俗を乱す行為と受け取られていた。南北戦争以前のアメリカで支配的だった（本書の第二部で取り上げる）「真の女性らしさの崇拝」（The Cult of True Womanhood）というイデオロギーのために、女性は敬虔、純潔、従順、家庭性といった美徳を身に着けることを要求され、そのような女性のあるべき場所としては、家庭という私的な領域に限定されていた。女性が講演家として公衆の前に姿を現すことは、男性だけに限定された公的な領域に進出することを意味していたため、周囲から白い目で見られていた。そのような社会的状況のなかで、より大きな活動の場を求める女性たちは、バーバラ・ウェルターによると、「社会を撹乱し、文明を破壊している」と考えられ、講演家としてのファニー・ライト、イギリスの社会思想家のメアリー・ウルストンクラフト、それにやはりイギリスのラディカルな活動家だったハリエット・マーティノーの三人を（ウルストンクラフトを敬愛するファニーとしては名誉なことに思ったかもしれないが）、「半女性」（semi-women）で、「精神的両性具有者」（mental hermaphrodites）にほかならない、と激しく非難する牧師まで登場したのだった（qtd. in Welter 172-73）。

講演家として人気を博したファニーを牧師たちは「背信の女教皇」（High Priestess of Infidelity）と呼び始め、「あるボルティモアの説教師は彼女が男でも女でもなく地獄から送り込まれた何者かだと言った」（Morris 184）ということが記録されている。一九世紀を代表する牧師ライマン・ビーチャーの娘で、『アンクル・トムの小屋』の著者ハリエット・ビーチャー・ストウの姉だったキャサリン・ビーチャーは、「男みたいに大柄な体つきをした、声が大きくて、趣味の悪い身なりのファニー・ライトのような者が、保護者を連れずに歩き回り、保護される必要をいささかも感じず、男どもに混じって激しい議論を交わし、公衆の前に現れて厚顔無礼にも演説をしている姿を見て、誰が嫌悪と憎悪の情を覚えずにいられるだろうか。・・・これほどに耐えられないほど不快で嫌悪を催すものを女の姿形のなかに見ることは、わたしにはできない」(qtd. in Kissel 8) と語っている。講演家としてのファニー・ライトに対する批判の典型例と見なすことができるだろう。また、講演をしているファニーを描いた風刺画では、彼女はガチョウの顔をしていて、そのキャプションには彼女の名前をもじって"A Downwright Gabbler" (正真正銘のおしゃべり女) と書かれている。

一八二八年七月四日の独立記念日に、彼女の尊敬するロバート・オーウェンが理想社会を建設していたインディアナ州ニューハーモニーで、ファニー・ライトは講演者としてデビューしているが、それから一年後に彼女が訪れたのは、ナショバから逃げ出したファニー・トロロプが住んでいるオハイオ州シンシナティだった。それは単なる偶然だったかもしれないが、ライトはこの地の郡庁舎で一八二九年八月一〇日、一七日、二四日のいずれも日曜日に、三回にわたる連続講演を行なっている。当然、『日常生活におけるアメリカ人の風習』の著者もこの講演会のことを話題にしていて、ライトの「非凡な雄弁の才能、ほとんど無類の言語能力、豊かでスリリングな声の素晴らしい力」(*Manners* 70) について語り、「彼女の背の高い、堂々とした姿態、彼女の深く、厳粛なまでの目の表情、自然な巻き毛以外には何の飾りもない、彼女の素敵な形の頭のさっぱりした輪郭、ギリシャの彫像の着衣を思わせるひだになって体にまつわりついている、彼女の地味な白いモスリンの衣装――わたしがこれまでに見たことがない効果、二度と見ることがない効果を生み出すのに役立っていた」(*Manners* 73) と記している。

このコメントには、先ほど引用したキャサリン・ビーチャーのそれのような悪意は一切感じられないが、トロロプ夫人がライトの講演には「しかしながら、常識が反発を覚える箇所があった。それは彼女が『すべての人間は生まれながらに自由で平等である』という、例の有害な詭弁に満ちた言葉を引用した箇所だった」(*Manners* 71) と述べているのは何を意味しているのだろうか。夫人はライトが八月一七日の二回目の講演で「すべての人間は生まれながらに自由で平等である」というトマス・ジェファソンの「恐れを知らぬペンから滴り落ちた黄金の言葉」あるいは「時間の扉に不滅のペンで刻まれた不滅の言葉」(*Reason* 82) と呼んでいる箇所に言及していると思われるが、「この誤った無益な金言は、過去から現在、さらには未来にかけて多大の害毒をこの素晴らしい国に流しているが、それを言い出した張本人はジェファソンである。事実、彼の人生はこの金言に対する輝かしいコメンタリーだった。彼の言葉を批判するような真似はしたくないが、この彼のお気に入りの金言がインチキであると断言することを常識が可能にしてくれている」（*Manners* 71）と夫人は言い切っている。なお、夫人のジェファソン批判は彼女の反奴隷制小説を論じた本書の第三章でもう一度取り上げることにする。

このようにジェファソンに対してきわめて批判的なファニー・トロロプとは対照的に、講演者としてのファニー・ライトは、しばしばジェファソンが草稿を書いた独立宣言を金科玉条のごとく守っているように見える。一八二八年と二九年の独立記念日に講演をしていることも、そのことを示しているように思われるし、二九年の講演の前文には「独立宣言書が読まれ、講演者のテーブルの上に開いたままで置かれていた」（*Reason* 235）と書かれ、一八三〇年六月に「告別の辞」と題して行なった講演でも「独立宣言書が講演者のそばに開いたままで置かれていて、それをしばしば参照することになると理解されたい」（*Reason* 365）と付記されていた。「彼女は大胆にも『すべて人間は平等につくられている』と書いたトマス・ジェファソンを真剣に受け止め、『人間』は『女性』をも意味していると信じていた」（Morris 1）と伝記作家シリア・モリスが語っていたことがあらためて思い出されるのだ。

だが、ファニー・ライトがジェファソンの崇拝者だったとしても、それは彼女が独立宣言のすべてを無批判に受け入れていたということを意味しているのではない。たとえば、一八二九年六月二日にファニー・ライトは「現存する悪とその解決策について」（"On exiting evils and their remedy"）と題する講演をフィラデルフィアで行なっているが、そこでの彼女は「アメリカの独立宣言に刻み込まれている偉大な原理は、正しく、偉大で、崇高で、アメリカ独自のものである」と謳い上げると同時に、「だが、アメリカの慣習も法律も宗教も教育も誤っていて、偏見に満ち、無知で、暗黒時代の遺物――国王に統治され、聖職者に支配されていた国々から遺贈された贈り物だ。その国々の覇権にアメリカ国民は挑戦し転覆させたにもかかわらず、その国々をアメリカ国民は依然として模範にしているのだ」（*Reason* 201）と激しく非難している。さらに彼女はアメリカを観察してきた結果、「一七七六年の革命で始まった改革は、その後の歳月の経過にもかかわらず、ほとんど進んでいない」し、「アメリカの国家政策もヨーロッパに隷属していた時代といささかも変化していない」（202）という結論に達した、と聴衆に訴えている。

こうして、独立から五十年以上が経過した時点でも、アメリカが一七七六年の精神を生かし切れていないことを見抜いたファニー・ライトは、「たしかに、一七七六年七月四日はわれわれ人類のために新しい時代を開いた。たしかに、そのとき、約束の太陽は世界の上に高く昇った。しかし、その前触れに過ぎなかったものを満ちあふれる光と見誤るのはやめよう」（*Reason* 205）と語りかけている。「人間の心が鎖に繋がれているとき、誰が自由を口にするのか。何千もの人びとが悲惨な窮状に喘ぎ、何百万もの人びとが健康を害する労働に苦しみ、少数の者だけが健康を害する怠惰に悩み、すべての人びとが健康を害する不安に苛まれているとき、誰が平等を口にするのか」（205）と叫ぶ彼女は、「行くがよい！目と耳と心が知り尽くしている不正と悲惨のすべてを確認してから、意気揚々と繰り返し、歓喜の声を上げて祝うがよい、すべての人間は自由で平等である、というあの侮辱的な宣言の言葉を！」（206. 強調原文）とまで言い切っている。独立宣言が謳い上げる一七七六年の精神を全面的に肯定するかのようなポーズを取りながら、その精神が単なる謳い文句のままで終わっている共和国アメリカの現実を糾弾するのが、講演者ファニー・ライトの戦略だったのではあるまいか。

　ファニー・トロロプが問題にしていた一八二八年八月一七日の講演の場合でも、ファニー・ライトはたしかに「すべての人間は生まれながらに自由で平等である」という言葉を「黄金の言葉」あるいは「不滅の言葉」(*Reason* 82) と呼んでいるが、その一方で、彼女はいささか唐突に「いくら新奇に思われるにせよ、良識と配慮がともに女性に割り当てている社会的な地位に女性が就くまでは、人類の進歩はまことに遅々たるものだということを主張したい」と発言し、「女性が啓発されているのか？――もしそうなら社会は磨かれ陶冶されている。女性が無知なのか？――もしそうなら社会は無味乾燥で刺激がない。女性が賢明なのか？――もしそうなら人間の状態は繁栄している。女性が愚かなのか？――もしそうなら人間の状態は不安定で見通しは暗い。女性が自由なのか？――もしそうなら人間の状態は向上している。女性が隷属させられているのか？――もしそうなら全人類は堕落している」（*Reason* 77）と続けている。

　さらに、女性が人類の運命を握っていると考えるファニー・ライトは、「男性は女性のレベルまで向上もするし下落もする。男性はいくつかの構造上の理由で、いくら権力で武装され、いくら知識で啓蒙されていても、まったく啓発されていない女性の手引き紐《リーディング・ストリングス》に繋がれたままになっている」（*Reason* 88）と主張し、女性を「精神的な鎖」（88）から解放することがいかに重要であるかを聴衆のなかの男性たちに説くために、「次の世代の母親たちが賢かろうが愚かだろうが、どうでもいいことだ、と考えるのはもうやめよう。あなた自身のパートナーが無知だろうが啓発されていようが、どうでもいいことだ、と考えるのはやめよう。人類の意見を形作り、人類の習慣に影響を及ぼし、人類の運命を決定する者たちが・・・啓発された友人だろうが気まぐれな恋人だろうが、有能な助手だろうが不注意な召使いだろうが、理性的な人間だろうが迷信の盲目的な信奉者だろうが、どうでもいいことだ、と考えるのはやめよう」（89）と語りかけている。結局のところ、ファニーは「すべての人間は生まれながらに自由で平等である」という言葉を手掛かりにして、独立を達成してから五十年が経ったアメリカの女性たちが「自由」でも「平等」でもないことを訴え、女性の権利が一日も早く認められることを願っている。表向きは独立宣言の精神を信じ切っているようなふりをしながら、建国以来いささかも変化していないジェンダー・イデオロギーに挑戦することが、講演者としてのファニー・ライトの基本的な戦略だった、と言い切ってよい。

だが、このように独立宣言のレトリックを踏まえたうえで、アメリカ社会を支配している男性中心主義を批判攻撃する戦略は、一八四八年七月にニューヨーク州セネカフォールズで開催された女性権利大会においても採用されていたのではなかったか。この大会を主催したエリザベス・スタントンらの女性活動家たちもまた、独立宣言のレトリックを巧妙に利用する形で、女性がいかに長い間、男性によって虐待されてきたかを訴える「所信の宣言」（Declaration of Sentiments）を作成していた。その前文に書かれている「すべての男女は平等につくられている」が、「すべて人間は平等につくられている」という独立宣言のパロディになっていることは言うまでもない。このようにジェファソンの言葉を踏まえながら、女性の置かれていた悲惨な状況を訴えるのは、二十年前の講演者ファニー・ライトのそれとまったく同じ手法だった。その意味で、一八二八年八月の講演における彼女は、一八四八年七月に後輩の女性解放運動家たちが用いることになる戦略を先取りしていた、と考えたい。一八八一年から一九二二年にかけて出版された『婦人参政権の歴史』の第一巻は「アメリカで政治的な問題について講演をした最初の女性」（Stanton *History* 35）としてのファニー・ライトにスペースを割き、その口絵に彼女の肖像画と署名を掲げているが、それは女性解放運動のヒロインとしての彼女に対する後続の女性活動家たちのオマージュにほかならないだろう。

とはいえ、ファニー・ライトは未だに正当に評価されているとは言い難い。晩年の彼女は夫にも娘にも背かれ、財産もほとんど失って、アメリカに舞い戻り、一八五二年に五十七歳で波乱の生涯の幕を閉じているが、その終焉の地がファニー・トロロプの暮らしていたオハイオ州シンシナティだったという事実は、二人のファニーが奇妙な運命の糸で結ばれていたことを物語っているかもしれない。ファニー・ライトが他界した年に出版された『アンクル・トムの小屋』を彼女が早速注文したという記録が残っているけれども、先頭を切って奴隷制度と闘ったファニー・ライトの名前は現在では忘れ去られてしまっている。一九八四年に初版が出版された彼女の伝記でシリア・モリスが指摘しているように、テネシー州メンフィスに立っているナショバの位置を示す道路標識には、「ここで、一八二七年にフランセス・ライトという名前のスコットランド生まれの独身女性が、共同生活と先進的な社会学的実験の実施を目的とするコロニーを設立した。それは一八三〇年に失敗した」(Morris 295) と書かれているが、一八二七年というのは正確には一八二五年であり、彼女がコロニーを作ったのは黒人奴隷解放のためだったという説明も一切なされていない。これほどまでに誤解されているファニー・ライトを「アメリカ史における『アンタッチャブル』の一人」と呼ぶスーザン・キッセルは、「彼女は見られることはほとんどないし、見られることがあるとしても、いささか間違った形で見られている」(Kissel 11) と語っている。

ファニー・ライトの墓石には、彼女の一八二八年八月二四日の講演から採った「わたしは人類の進歩という理念と結婚し、それにわたしの名声と財産と生命を賭けた」という言葉が刻まれているが、この講演では「わたしは非常に若いときに、わたしの年齢特有の愚行や、安逸とヨーロッパ貴族の贅沢をわたしの背後に投げ捨てた」という言葉や、「わたしに残された才能と体力と財産と生命のすべてを、その同じ神聖な理念に捧げる」（*Reason* 109）という言葉が続いている。十六歳のときにカルロ・ボッタの『アメリカ合衆国独立戦争史』を読んで、自由の聖地アメリカを夢見るようになったライトは、「その瞬間から、彼女はいわば新しい生活に目覚めた」と自伝に記していたが、それは独立宣言によって触発された「神聖な理念」が彼女の心に芽生えた瞬間でもあったのだ。

第二章　文化果つる地で
――ファニー・トロロプのアメリカ体験――

ファニー・ライトの旅行記『アメリカの社会と風習に関する見解』は「鼻持ちならないお世辞」と評されたが、それから十一年後の一八三二年にイギリスの小説家アントニー・トロロプの母親フランセス・トロロプ（Frances (Fanny) Trollope, 1780-1863）が発表した『日常生活におけるアメリカ人の風習』（*Domestic Manners of the Americans*, 1832）と題するアメリカ滞在記は、辛辣な筆致でアメリカを批判的に描いているという評価が定着している。トロロプ夫人はそこで「この国の文明について率直に語っている」という理由で「罵られ、反発を招いている」（qtd. in Smalley v）とアメリカ作家マーク・トウェインは指摘している。しかも、"Trollopize" という造語まであって、"to abuse the American nation" という意味で使われている（Wheeler 14）というから驚くよりほかはない。

どうやら、新世界を訪れた二人のファニーはまったく対照的な内容の旅行記を書き上げていて、甘いアメリカのイメージを描く『アメリカの社会と風習に関する見解』、苦いアメリカのイメージを描く『日常生活におけるアメリカ人の風習』という図式が一般に受け入れられているらしい。だが、すでに見たように、ファニー・ライトの場合、『アメリカの社会と風習に関する見解』以後の彼女のアメリカに対する姿勢は、奴隷問題に関心を抱いたこともあって大きく変化していたが、ファニー・トロロプの場合はどうだったのだろうか。『日常生活におけるアメリカ人の風習』におけるトロロプ夫人はアメリカをどのように捉えていたか、という問題を検討すると同時に、彼女がアメリカを題材にして書いた最後の長編小説『旧世界と新世界』（*The Old World and the New*, 1849）を引き合いに出しながら、彼女におけるアメリカ意識あるいはアメリカ体験の意味を探ってみたい。

1

ファニー・トロロプは一八二七年に大西洋を渡っているが、彼女にアメリカ行きを決断させたのは、すでに登場したもう一人のファニー、フランセス・ライトにほかならなかった。この年、ファニー・ライトは病気療養のためにヨーロッパに帰っていて、ナショバのための新しいメンバー、できれば女性のメンバーをリクルートしようとしていたが、たまたまラファイエットの屋敷で出会ったトロロプ夫人を説き伏せて、テネシーの山奥のナショバで暮らすことを決意させたのだった。この訪米の目的について、夫人は『日常生活におけるアメリカ人の風習』（以下『風習』と略記する。引用はヴィンテージ社版からの拙訳による）で「彼女［ミス・ライト］がテネシー州に購入した土地で、彼女とその妹と一緒に数カ月を過ごすのが私の目的だった」（*Manners* 14）と説明し、ミス・ライトは黒人と白人の間には肌の色以外には何の差異もない（14）ということを教育によって証明しようとしているので、「彼女の施設を訪ね、彼女の実験の成功を見守る」ことで得られる「満足」と「情報」を期待している（15）とも語っている。だが、それにしても、ファニー・ライトは一体どのような手を使ってファニー・トロロプを家族ぐるみでアメリカに連れ出すことに成功したのだろうか。

実はライトはトロロプ夫人に声をかける前に、詩人シェリーの未亡人で『フランケンシュタイン』（一八一八年）の著者でもあるメアリー・シェリーにアメリカ行きの話を持ち掛ける手紙を書いているので、その手紙に何らかのヒントが隠されているかもしれない。だが、なぜメアリー・シェリーなのかと不思議に思う向きもあろうかと思うので、若干説明しておくと、メアリーの父はラディカルな思想家ウィリアム・ゴドウィン、母はライトと同じように女性の権利のために活躍したメアリー・ウルストンクラフトだったが、ウルストンクラフトの著作『女性の権利の擁護』（一七九二年）を読んで、その影響を受けていたライトとしては、かねてから娘のメアリーに対して親近感を覚えていたらしい。シェリー夫人に宛てた一八二七年八月二二日付の手紙で、ライトは「北アメリカの共和国に存在する黒人種の奴隷制度を崩壊させようとする一方で、わたしたちはほかの諸国と同じようにかの国を支配している精神の奴隷制度をも破壊しようとしています」と述べ、「愛情が唯一の結婚を、親切な感情と親切な行動が唯一の宗教を、他者の感情と自由に対する尊敬が唯一の抑制を、関心の融合が平和と安全の絆をそれぞれ形作るような施設」としてのナショバを建設するためには、「新しい国のなかに隔絶を求め、荒野のなかに避難の町を築くことが必要でした」（Marshall I: 170）と説明している。結局、シェリー夫人は子どもの養育を理由にアメリカ行きを謝絶することになるが、この手紙のような口調でファニーはもう一人のファニーを口説き落としたであろうことは想像に難くない。

こうして、二人のファニーは一八二七年一一月四日にエドワード号でロンドンを離れ、その年の一二月二五日、クリスマスの当日にアメリカはニューオーリンズの港に到着している。ライトは大西洋上にあった一一月四日、『ナショバの施設の性格と目的に関する注釈』（*Explanatory Notes, respecting the Nature and Objects of the Institution of Nashoba,*1831）と題するパンフレットを執筆しているが、ナショバへのアクセスを説明する最終頁には「一〇月か一一月か一二月の間にヨーロッパの港を離れるなら、乗客はもっとも快適な南航路を取ることを期待し、楽しい季節にニューオーリンズに着くことができる。ニューオーリンズからは、ミシシッピー川を季節に関係なく航行する蒸気船が乗客と荷物をメンフィスで降ろしてくれるが、そこからナショバまでは馬車で短時間、歩いてでも行ける距離であることに気づくだろう」（*Notes* 14）と書かれている。その指示どおりに、二人のファニーとその一行は、一八二八年一月一日にミシシッピー川をさかのぼる蒸気船ベルヴェディア号でメンフィスに向かって出発したことが『風習』に記されている（*Manners* 15）。

トロロプ夫人に付き従っていたのは息子のヘンリー（十六歳）、娘のセシリア（十一歳）とエミリー（九歳）、それに下男とメードだったが（のちに作家となって、母親と同じように旅行記『北アメリカ』［一八六二年］を書くアントニーはイギリスに残っていた）、オーギュスト・ジャン・エルヴューという三十三歳のフランス人画家も彼女に同行していた。この画家はフランスからの亡命者で、トロロプ家のプロテジェ的な存在だったが、ナショバでヘンリーと一緒に教師として働く予定だっただけでなく、みずからの画才を生かして『風習』のために二十四枚の挿絵を制作している。当時としては、既婚の女性が若い男性と一緒に旅行をするのは世間体をはばかる事柄だったので、ある論者は「トロロプ夫人がアメリカに関する本を書いたとき、彼［エルヴュー］の名前がテクストで言及されることは一切なかった」（Meckier 139）と述べているが、彼は何回かH氏として登場している。たとえば、「わたしたちの友人H氏は、歴史画のジャンルでの良い仕事口を求めて、ミス・ライトに同伴してアメリカに渡った」(64)というように。だが、この場合にも、H氏をミス・ライトの同伴者に仕立てることで、トロロプ夫人は彼との間に距離を置こうとしているのではないだろうか。

　メンフィスに降り立った一行は、そこからディアボーンと呼ばれる馬車に乗って、ナショバを目指すことになるのだが、森のなかに切り開かれた道の三フィートもある切り株の間を縫うようにして走り続けても、メンフィスから「馬車で短時間、歩いてでも行ける距離」に位置しているはずの目的地はなかなか見えてこない。「一マイル進むごとに、森はますます深く、ますます陰鬱になってきた」(27)とトロロプ夫人は報告しているが、命からがらやっとの思いでたどり着いたナショバの荒野を一瞥しただけで、「わたしが抱いていたすべての考えは事実から限りなく遠い」ということを発見した彼女が、「荒廃というのが唯一の感情——頭に浮かんだ唯一の言葉だった」(強調引用者)と書き留めていることは前章で触れておいた。こうして、夫人は"desolation"という単語で目の前に広がる荒涼たる風景の「苦痛に満ちた印象」(27)を要約しているのだが、『風習』第一章の冒頭近くで「わたしはミシシッピー川の河口の、これほどまでに荒廃した風景を見たことがなかった。もしダンテがその恐ろしさを目の当たりにしたとしたら、また別の地獄絵を描いたことだろう」(4)と述べた箇所でも、"a scene so utterly *desolate*"(強調引用者)という表現を用いていたことを紹介しておこう。ともあれ、そのような荒野で暮らすことのできるミス・ライトの狂信的とも呼べる熱意に圧倒されるばかりだったことをトロロプ夫人は告白していたのだった（27-28）。

さらに、夫人が書き残している『風習』の草稿には、ナショバの様子がもっと詳しく描き込まれているが、そこには牛乳がなく、飲み水といえば雨水だけで、コーンブレッドはとても食べられなかった、などといった記述に続けて、ミス・ライトの「寝室は天井がなくて、床は杭の上に無造作に並べた、地面から数フィートの高さにある厚板でできていた。雨は板葺きの屋根から入り込み、わずかな泥で固めた何本かの丸太の煙突は、少なくとも一日に十回以上は火がついて燃えた。だが、この荒廃の真っただ中で、フランセス・ライトは征服者のような態度ですっくと立っていた」（Vintage ed. 28note. 強調引用者）と書かれている。ここでもまた“desolation”という単語にトロロプ夫人がこだわっているのは、それが荒れ果てたナショバの、ひいては文化果つる地アメリカの風景を形容するのにうってつけのキーワードだったことを物語っている。

トロロプ夫人はアメリカ西部へ移住したあるイギリス人一家の生活と冒険を描いた長編小説『旧世界と新世界』を一八四九年に発表しているが、「新しい世界で新しいホームを探すという、わくわくするような作業」（*Old World* 48）に取り掛かった主人公のロバート・ストーモントとその家族が（『風習』におけるトロロプ一家と同じように）ディアボーンと呼ばれる馬車でたどり着いたのは、ニューヨーク州北部にある「アメリカの森の荒野」（54）だった。ここでの語り手は「恐ろしい荒野」(53)、「この土地のぞっとするような姿」(54)、「陰鬱な荒野」(56) といった言葉を繰り返し導入して、開拓者たちを寄せつけようとしない人跡未踏の原野のイメージを読者に印象づけようとしている。この荒々しい自然の世界を目の前にして、「これから何年もの間、荒廃の様相を呈するに違いないさまざまな事物」(強調引用者) を快適にしようと悪戦苦闘している妻メアリーの姿を想像すると、さすがのロバートの「強く、変わらぬエネルギー」(52) も萎えてしまい、はるばる訪ねてきた土地を購入することを断念して、極西部《ファーウェスト》に理想の土地を求めることを決意する (60) が、アメリカの「陰鬱な荒野」を描写しようとする作者トロロプ夫人がまたしても "desolation" という愛用語を持ち出している点を見落としてはなるまい。

ナショバの現実に失望した『風習』のトロロプ夫人は、十日間だけ過ごしたナショバを長居は無用とばかりに立ち去って(ミス・ライトに三百ドルを工面してもらってから)、メンフィス経由でオハイオ州シンシナティに向かうことになるが、『旧世界と新世界』においてもまた、極西部を目指したロバート一家が行き着く先はやはりシンシナティだった。現実のトロロプ一家はニューオーリンズに、虚構のストーモント一家はニューヨークに、とそれぞれアメリカに上陸したときの場所は異なっているが、「荒廃」した風景を目撃した直後に、いずれもシンシナティを目指しているのは単なる偶然の一致ではあるまい。トロロプ夫人とその一行がシンシナティに着いたのは一八二八年二月一〇日のことだった (*Manners* 35) が、それから二十年後の一八四八年、アメリカを一緒に旅した娘のセシリアの看病をしながら『旧世界と新世界』を執筆していた夫人は、死の床にある娘のために一家の古い記憶をたどり直していたのかもしれない。「ファニーは彼女自身の個人の歴史を、ある程度までながら『旧世界と新世界』において書き直している」(Neville-Sington xxxv)とはネヴィル＝シングトンの指摘だった(なお、セシリアは『旧世界と新世界』が上梓された翌一八四九年四月一〇日に他界している)。

こうしてトロロプ夫人はナショバに別れを告げることになったのだが、ファニー・トロロプがファニー・ライトの思い出を語るという形をとった歴史小説『ファニー』(二〇〇三年)の作者エドマンド・ホワイトは、「わたしはファニーを憎んだ。彼女はわたしをなだめすかして、この荒地へわたしの家族を移住させることを納得させたが、彼女は事実を完全に曲げて伝えていた。彼女は彼女の風変わりなユートピア主義のために健康を犠牲にすることができたが、わたしは子どもたちに責任のある母親だった」(White 178)とトロロプ夫人に語らせている。他方、夫人に去られた後のファニー・ライトは、先述のメアリー・シェリーに宛てた一八二八年三月二〇日付の手紙で、「ヨーロッパの社会の温かく贅沢な家屋よりも、この森の静けさと、わたしたちの貧弱な囲いの粗末な丸木小屋が精神にとっては清爽で、身体にとっても劣らず快適であることに気づいています。あなたの場合にもそうなのか、わたしたちの仲間の小さな集団ほどに人類の革新と精神の自由に対して献身的な情熱を持っていない者の場合にもそうなのか、わたしには判断できません」（Marshall II: 181）と書き送っている。ファニー・ライトにとって、もう一人のファニーは「人類の革新と精神の自由に対して献身的な情熱を持っていない者」だったに違いない。

2

ナショバの殺伐とした風景に幻滅したファニー・トロロプとその一行が向かったシンシナティは、西なるフロンティアに急速に発達した町で、「クイーン・シティ」（この呼び名を広めたのは詩人のロングフェローだったと言われている）とか「クイーン・オブ・ザ・ウエスト」といった異名で知られているが、「わたしたちはシンシナティについて、その美しさ、その豊かさ、その比類ない繁栄などいろいろ聞かされていたので、そこに行くべくメンフィスを離れたときには、わたしたちは『これから長い旅に出る。しかも目的地はパリだ』というルソーの未熟な若者と同じ喜びを感じたほどだった」（*Manners* 39）と『風習』のトロロプ夫人は回想している。ここで彼女はルソーの言葉（"un voyage à faire, et Paris au bout!"）を引き合いに出すことで、荒廃したナショバから脱出する喜びを語っているにすぎないのだが、目的地のシンシナティがパリと同一視されていることは、彼女がナショバの「荒野」よりもシンシナティの「文明」を、アメリカよりもヨーロッパを重視していたことを象徴的に物語っている。いや、ヨーロッパとは比較にならないほど生活態度の悪い、あるいは日常マナーの欠如したアメリカあるいはアメリカ人を、ヨーロッパの基準に照らして批判することが、彼女のベストセラー『風習』の目的だったことを暗示している、と言い切ってよい。

このルソーの言葉はトロロプ夫人のお気に入りだったらしく、『旧世界と新世界』においても、アメリカの極西部から「パリの熱気にあふれたサロン」に逆もどりしようとする登場人物について、「これからの『長い旅』をどう思っていたにせよ、『しかも目的地はパリだ』というだけで、どんな旅行でも楽しくなると感じて、彼女はルソーが語っていたようなエネルギーにあふれていた」（*Old World* 218）と語り手は描写している。アメリカを後にしてパリに向かおうとする人物の姿を、勇躍パリに赴こうとするルソーのそれと重ね合わせるのは、『風習』の場合と同じように、かなり効果的なレトリックと言えるに違いない。なお、ルソーからの引用の出典は『告白』第四巻だが、ペンギン・クラシックス版『風習』の編者はこれを『エミール』と誤記している（**Penguin ed. 332note4**）ことを付け加えておこう。

だが、喜び勇んでシンシナティに向かったファニー・トロロプたちを待ち受けていたのは、パリとは似ても似つかぬ文化果つる地の現実だった。それはイギリスからやってきたばかりの彼女が初めて経験する異文化としての風景だったが、まず彼女たちを歓迎してくれたのは、町のいたる所を走り回っているブタの群れだった。このようにブタが野放しにされているのは、町中のゴミを処理させるためであることを、到着したばかりのトロロプ夫人は教えられる。「この嫌な臭いのする動物の群れに囲まれて生活するのは、とても快適とは言えないが、その数が非常に多くて、道路清掃係の資格で活躍してくれているのは結構なことだ。この動物たちがいなくなると、街路はあっという間に、さまざまな腐敗段階にある種々雑多なゴミや食べ物でいっぱいに詰まってしまうだろうから」（*Manners* 39）とトロロプ夫人は書き記している。シンシナティで養豚業が盛んだったことは、一八三五年前後に **Porkopolis**（ブタ肉の都市）という異名を奉られていたことからも想像できるが、「そこの主産品がきれいでないという理由で、どこかの土地に難癖をつけるのは、とても公平とは言えないが、住民がこれほど大規模にブタの売買をしていなければ、シンシナティのことがもっと好きになったに違いない」（89）という言葉は、彼女が感じたカルチャーショックの大きさを物語っている。

『風習』の第二章で、ミシシッピー川の蒸気船の劣悪な状態に辟易したトロロプ夫人は、「このような船室に閉じ込められるくらいなら、清潔なブタの群れと一緒の部屋にいるほうが遥かにましだ、と嘘偽りなく断言する」（16）と呟いていたが、その夫人がブタだらけのシンシナティで暮らすことを余儀なくされたというのは、皮肉な運命の悪戯としか言いようがあるまい。だが、一九世紀のアメリカでは、大都市の街なかをブタが徘徊するというのは決して珍しい風景ではなかったようで、トロロプ夫人よりもずっと遅れて一八四二年にアメリカを旅行したチャールズ・

ディケンズの『アメリカ紀行』でも、ニューヨークのど真ん中のブロードウェイでゴミを漁りながら、わが物顔で歩き回っているブタの様子がユーモラスに描写されているが、「彼らは都市の道路清掃係である、この豚どもは」(*American Notes* 134. 引用は岩波文庫版による)という一文には、トロロプ夫人の場合と同じように "scavengers" という単語が使われていた。

『風習』の著者はまた「シンシナティの人間ほどに娯楽のない生活を送っているような人びとを見たことがない」(*Manners* 74)と書き、この町ではビリヤードもトランプも法律で禁止され、コンサートもなければ晩餐会もなく、クリスマスの季節に舞踏会が六回開かれただけだ、と不平を並べたついでに、劇場もたった一つしかないことを付け加えている(74)。この劇場についても彼女は容赦ない批判の言葉を浴びせているが、何よりも彼女の心証を害したのは「観客の態度やマナー」(133)だった。「男たちは前列のボックス席に上着を着ないで入ってきた。シャツの袖を肩までたくし上げているのを見たこともある」と彼女は書き記し、「絶え間なく唾を吐き散らしていた」ことや、「玉葱とウィスキーが混じりあった臭い」があたりに立ち込めていた(133)ことなども報告している。さらに、「男たちの物腰や態度はまさに筆舌に尽くしがたい」とするファニーは、「臀部を観客に向けたまま、いくつもの座席の上に長々と寝そべり、靴のかかとを頭より高く上げている」(134)といったアメリカ紳士のマナーの悪さを槍玉に挙げている。

こうした劇場での男たちの傍若無人ぶりに対するファニーのコメントとそれを描いたエル

ヴューの挿絵が読者大衆に大きなインパクトを与えたことは、『風習』の出版から数カ月も経たないうちに、「椅子を二つも占領して、両足をマントルピースに乗せている不届き者よ、エルヴュー氏の挿絵を思い出し、二度とトロロプの過ちを犯すことなかれ!」という記事が『ニューヨーク・ミラー』紙に載ったことからも想像できる(Mullen 89)。さらに、ジャーナリストのT・L・ニコルズによると、『風習』から二十年ばかりの間、ボックス席で脚を手摺に上げたり、舞台に背中を向けたりして座っている男がいると「トロロプ!トロロプ!」という叫び声が聞こえ、『アメリカとそのコメンテーターたち』(一八六四年)の著者ヘンリー・T・タッカーマンも、ごく最近まで、西部の劇場の天井桟敷で人間の足が突き出ているのが見えたりすると、その瞬間に「トロロプ!」という叫び声が沸き起こり、不興を招いた男はすごすごと姿を消すといった光景が見られた、と語っている(Mullen 89)。タッカーマンが指摘しているように、アメリカ人の風習を非難攻撃するファニー・トロロプは、実はアメリカ人の「風習」の「有益かつ実践的な改革者」(qtd. in Mullen 89)にほかならなかったのだ。

シンシナティで暮らし始めたトロロプ夫人が直面した「最大の困難」は召使いを見つけるということだった。召使い(servants)を見つけることをアメリカではお手伝いさん(help)を見つけると言わねばならないが、その理由として、夫人は「自由な市民を召使いと呼ぶのは共和国に対する小反逆罪以上のものである」(52. 強調原文)という事実を挙げている。「小反逆罪」(petty treason）などといった大袈裟な言辞を弄するのは、彼女のいつもの癖だとしても、召使いになったりすると平等の精神が失われてしまうので、「額に汗してパンを稼がねばならない若い女性が全員、召使いの仕事よりも極貧生活のほうが好ましいと信じ込まされている」（52）と説明するトロロプ夫人の筆致にはいささか悪意がこもっている。さらに、ある心優しい従順な少女の「素直な性質がひねくれ、優しい心情が病的な感受性に変わってしまったのは、彼女がどのような淑女にも劣っていない、すべての人間は平等で、女性も平等である、召使いのように扱われるのは自由に生まれたアメリカ人にとって罪悪であり恥辱であるということを、何千回となく聞かされたからだった」（54）というエピソードに、「すべて人間は平等に作られている」をスローガンとして掲げる共和国アメリカに対する批判が込められていることは否定すべくもない。

このアメリカでは「召使い」を見つけ難いという問題については、ファニー・ライトもまた『見解』のなかで、もう一人のファニーと同じような発言をしていて、それが「地域社会の共和主義的な習慣と感情」（*Views* 119）に関わっていることを指摘している。この点では、二人のファニーの発言内容はまったく変わらないが、「わたしは個人的なサービスを同じ人間に売るのを嫌がる人間のプライド、別の人間の言いなりになるのを嫌がる人間のプライドを尊敬する――そのようなことをするのを嫌がる気持ちがあるのは当然ではないだろうか？それは男であれ女であれ、アメリカ人が絶対に頼ってはいけない仕事だ。だが、誰かが、とりわけ女性の誰かが、その仕事を余儀なくされたとしても、彼女は相手に対して常に対等の態度を取り続けるのだ」（*Views* 119）というファニー・ライトの言葉には、いささかの皮肉も風刺も感じられない。そこに共和国アメリカに対する二人のファニーの基本的な姿勢の違いが露呈していると考えたい。

ここではシンシナティを文化果つる地アメリカの縮図と見なし、そこでのファニー・トロロプの不愉快な体験のいくつかを紹介したにすぎないが、二年間のシンシナティ暮らしを切り上げたトロロプ夫人とその一行は、東部の各地を訪ね歩いた後でイギリスに帰国している。だが、ファニー・トロロプのアメリカ体験が決して快適でなかったことは、『風習』の最終章で、「わたしは彼らが好きでない。わたしは彼らの主義が好きでない。わたしは彼らの風習が好きでない。わたしは彼らの意見が好きでない」（*Manners* 404）と書き留めていることからも明らかだろう。この旅行記の最後を「もし教養が彼らの間に浸透するようなことになれば、もし彼らが礼儀作法や名誉心や騎士道精神にこだわるようなことになれば、そのときにはわたしたちはアメリカ的平等に別れを告げ、この地上のもっとも素晴らしい国の一つをヨーロッパの仲間として歓迎するだろう」（409）という言葉で結んでいるのは、「アメリカ的平等」に対してファニー・トロロプが抜きがたい敵意と偏見を抱いていたことを物語っている。

3

アメリカを舞台にしたトロロプ夫人の小説『旧世界と新世界』の半ば近くで、ストーモント一家はワタンガとオラネゴと名乗る二人のアメリカ先住民に紹介される。この二人の先住民が最初の出会いの場で口にしたのは、「彼らが属している部族のわずかに生き残っている者たちがかつて、そう遠くない過去に彼らが所有していた土地のごく一部に対する正当な権利」を首都ワシントンの連邦議会に請願しているということだったが、「このほとんど消滅してしまった先住民族の高貴な風貌の残存者を、このように目の当たりにしたり、その話を聞いたりすることは、非常に珍しく、刺激的で、絵画的でもあったので、ストーモント、その妻、それに［妻の従妹］キャサリンは完全に魅了されてしまった」（*Old World* 103）と語り手は説明している。その後も、先住民族の話題は何回か持ち出されているが、先住民たちはもっぱら「半ば馴化された森の息子」（103）、「半ば文明化された人間」（126）、「森の野性的な人間」（160）と描写され、「白人の征服者たち」（102）の場合には、先住民の「土地を侵略した『青白い顔《ペールフェイス》』の優越性」（104）が強調されている。

この小説においては、ロバートの息子アーサーが「ヤンキーによって追い立てられる以前に、この土地に住んでいた野生の人々」（*Old World* 122）に関する本を何冊も読んでいる、という記述が示すように、先住民の土地の略奪者はヤンキー＝アメリカ人であることが指摘される一方で、ストーモント一家もまた先住民から土地を奪ったアメリカ人と同じアングロサクソン系であるという認識はどこにも見られない。娘のマーガレットと息子のアーサーが「二人の棲み処となった土地の本来の所有者に対して愛情と尊敬を抱きかけている」（121）ので、言動に注意してほしい、とロバートの妻メアリーがオラネゴに釘をさす場面が用意されているが、「土地の本来の所有者」だった先住民に対して彼女が罪悪感を覚えている気配はまったく見られない（なお、オラネゴはキャサリンの後をイギリスからアメリカまで追いかけてきて、先住民に扮した彼女の元恋人だが、この事実は物語の終わり近くまで伏せられている）。

他方、キャサリンは理想の庭つくりに全面的に協力してくれたオラネゴに心から感謝していることを、下働きのジャック少年に打ち明けているが、彼女の言葉は『旧世界と新世界』における白人たちの先住民に対する姿勢を要約しているように思われるので、いささか長くなるが引用しておきたい――「あの人は自分が野蛮な人間であり、白人は万事において優秀であることを十分に心得ていて、そのせいでシャイになったり、腹を立てたりすることになる。それはごく自然なことだと思うけれど、わたしたちの状況は全然違っているので、わたしたちはそれを実感することができない。このことを忘れないで、あの人には親切に、敬意をもって接するように」（*Old World* 125）。このキャサリンの言葉づかいに、先住民に対してトロロプ夫人の登場人物たちが示す「上から目線の、庇護者的な態度」（Ellis 91）を読み取った『フランセス・トロロプのアメリカ』の著者リンダ・エリスは、「トロロプ夫人は奴隷や先住民に対する虐待について語ってはいるが、白人の優越性を疑問視することは決してない」（Ellis 93）と指摘している。ナショバよりもシンシナティを、荒野よりも文明を、アメリカよりもヨーロッパを支持する夫人の潜在的な意識がここにも顔をのぞかせている、と言っておこう。

この「虐待されている種族」（*Old World* 122, 159）としての先住民の話題は、アメリカを旅するトロロプ夫人にとっても「非常に珍しく、刺激的」だったらしく、『風習』でもしばしば取り上げ、ときには非常に激しい口調で、先住民を破滅に追いやった白人種を非難している。「インディアンのいくつかの部族の最後の者たちを森の棲み処から追い払う法案」（*Manners* 221）が議会を通過したとき、たまたま首都ワシントンに滞在していた夫人は、「この問題における行為によってアメリカ人を判断するならば、アメリカ人は名誉と高潔という感情のすべてにおいて、この上なく嘆かわしいまでに欠如している」と書き記し、「不幸なインディアンとの交渉において、アメリカ人は信じられないほどに不誠実で、信義に欠けている」（221）という声は白人自身の間でも聞くことができた、と主張している。ここで夫人が言及している「法案」は一八三〇年四月二四日に上院を、五月二六日に下院をそれぞれ通過し、五月二八日にアンドルー・ジャクソン大統領が署名して成立した「インディアン移住法」（Indian Removal Act）を指している。

さらに夫人はアメリカ人の「主義と実践の矛盾」を再三目撃したことに触れて、政治家であれ、聖職者であれ、一般市民であれ、アメリカ人はヨーロッパの国々の政府が「強きを助け、弱きを挫いている」と非難しているが、アメリカ国内では「一方の手でリバティキャップを掲げ、もう一方の手で奴隷たちを鞭打っている」姿や、「奪うことのできない権利について、大衆相手に一時間も説教しておきながら、つぎの一時間で、神聖この上ない条約で保護することを誓った大地の子どもたちを、その棲み処から追い立てている」姿をいくらでも見ることができる（*Manners* 222）、と皮肉たっぷりに指摘している。彼女はまた、先住民のための政策を統括するインディアン保護局を訪ねたときにも、「このもっとも不幸で、もっとも虐待されている種族の置かれた特異な状況」（222）をめぐって、「彼らの生活はもはや定住地を持たない狩猟民族のそれではなかった。彼らは農民になろうとしていた」と述べ、「残忍な権力者の強引な腕は現在では、以前のように彼らを狩り場や、いつもの水飲み場や、先祖の聖なる遺骨から追いやっただけではない。向上する知識によって快適にすることを学んだ住居、耕したばかりの自慢の農地、汗水たらして育てた作物からも、彼らを追い立てているのだ」（223）と非難している。

このように、トロロプ夫人は先住民に対する「残忍な権力者」としての白人の姿勢を、『風習』のいたる所で直接間接に攻撃している。ヴァージニア州アレクサンドリアのメソディスト派教会で、ピークォット族の牧師が「白人の貪欲と飲酒という二重の影響を受けた彼の部族の堕落」を雄弁に語るのを聞いた夫人が、それを「わたしが耳にした最高の説教」（330-31）と呼んでいるのは、彼女の批判精神の表われにほかならない。別の箇所ではまた、「侵略してきた白人たちは、哀れなインディアンたちを彼らの森から追い払うことで、この国の文明化に大きく貢献したのだろうか、という疑問」（392）を口にさえしている。だが、こうした一連の辛口の発言が、『旧世界と新世界』の場合と同様、先住民の置かれた悲惨な状況に対してではなく、「侵略してきた白人」としてのヤンキー＝アメリカ人の非人道性に対してイギリス人の読者の注意を促すためだったことは否定できない。旧世界の基準にはるかに及ばないアメリカ人を批判攻撃するための材料として、夫人は先住民問題を持ち出しているのではないか、という印象は避け難いのだ。

『風習』の読者は、ファニー・トロロプのアメリカ嫌いがさまざまな形で、いたる所に表明されているのに気づかされるのだが、十数年後に発表された『旧世界と新世界』においても彼女のアメリカに対する嫌悪と偏見は解消していないだろうか。

先住民オラネゴが元恋人ウォーバートンの世を忍ぶ仮の姿だったことを知ったキャサリンは、シンシナティの教会で彼と結婚式を挙げると、母国イギリスに引き上げるが、農業経営に成功したストーモント一家を五年後にウォーバートン夫妻が訪ね、ナイヤガラ瀑布を一緒に見物するなどして（滞米中のトロロプ夫人もナイヤガラに足を運んでいる）旧交を温め、ストーモント夫妻も翌年、家族ぐるみでイギリスに里帰りすることを約束する。このように家族同士が行き来することで、「旧世界と新世界の両方のさまざまな楽しみを味わう」（*Old World* 223）ことができるという言葉で、『旧世界と新世界』は終わっている。こうした両家の交流を可能にしたのは、蒸気機関という文明の利器にほかならない、と考える語り手は「大西洋横断の旅が以前に比べて非常に容易になった結果、古い国［イギリス］と新しい国［アメリカ］の交流が急速に増大したし、現在もなお急速に増大しつつあるというのは、明白かつ非常に喜ばしい事実だ。その当然の、避け得られない結果として、この両者を隔てている［大西洋という］とてつもない障壁にもかかわらず、同じ人種から生まれた個人と個人との間に温かく真摯な友情が数多く結ばれている」（134）と語っている。

だが、ここで見落としてならないのは、語り手がこの発言に続けて、イギリスに滞在したことのある「知的なアメリカ人は、男性であれ、女性であれ」、イギリス英語とアメリカ英語の違いに気づかされて、「古い国のアクセントを守り、新しい国の奇妙な声調と表現を忘れる」ことに細心の注意を払っている、と述べていることだ（134）。さらに語り手は「古い国の標準英語からのずれが不快である根拠を新しい国に説明する」ことや、どんなに「活発な感情や鋭敏な観察」の持ち主であっても、それをアメリカ人独特の鼻声や奇妙なアクセントで口にすれば、イギリス人の聞き手は耳を貸してくれないので、「そのような奇癖は社会での真の成功にとって致命的である」ことを「多くの優秀で尊敬すべき人材に伝える」（134）必要性を説いたりもしている。

挙げ句の果てに、この語り手が口にしたのは、アメリカ人が「たとえばロシア人のように、イギリス人のテューターやイギリス人のガヴァネスやイギリス人の召使いに子どもたちの世話をさせるようになれば、その子どもたちはロシア人と同じくらい巧みに英語を話すようになるだろう」（134）という大胆かつ無礼極まりない助言だった。この語り手の発言を一九六〇年版の『風習』の編者ドナルド・スモーリーは「両国間の自由な交流が可能になった現在、アメリカ人は旅行の恩恵を受けて着実に進歩している。やがてアメリカ人は英語の話し方を学びさえするかもしれない」（Smalley lxxiii）と要約しているが、『旧世界と新世界』のトロロプ夫人は「同じ人種から生まれた」イギリス人とアメリカ人の友情を祝福しているかに見えながら、その実、先住民に対してと同じように、アメリカとアメリカ人に対しても「上から目線の、庇護者的な態度」を取り続けているのではないか。アメリカの好きでないところを『風習』で並べ立てたとき、イギリス英語を絶対視し、アメリカ英語を認めようとしない彼女が「わたしは彼らの英語が好きでない」と書き加えていないのを意外に思う読者がいてもおかしくないだろう。

一八三一年にやっとアメリカを引き揚げることになったとき、アメリカにうんざりしていたファニー・トロロプは、もしかしたら例のルソーの言葉をもじって、「また旅行する。しかも行き先はロンドンだ」と楽しげに呟いていたかもしれない。『風習』から二十年近くが経っても、彼女のアメリカ嫌いは一向に衰える気配を見せず、文化果つる地はシンシナティだけでなく、アメリカそのものだった、という彼女の信念は、アメリカを舞台にした最後の小説『旧世界と新世界』からもひしひしと伝わってくる。トロロプの名前から派生した"Trollopize"という造語が「アメリカの悪口を言う」という意味で使われているとしても驚くに当たらないだろう。

第三章　パラダイスという名の地獄
――ファニー・トロロプの反奴隷制小説――

　すでに触れたように、ゲイ作家として知られるエドマンド・ホワイトが二〇〇三年に発表した小説『ファニー』は、フランセス・トロロプがフランセス・ライトの思い出を語るという形を取った歴史小説だが、このファニーの愛称で知られた女性のいずれもがほとんど記憶されていない現在のわが国では、それほど話題を呼ばなかったかもしれない。しかも、トロロプ夫人の場合、息子で多作な小説家アントニー・トロロプの知名度がはるかに高く、ベストセラー『日常生活におけるアメリカ人の風習』の著者としての彼女は、アメリカ文学史にも名をとどめているとはいえ、この印象記が（やっと日本語訳が出版された現在でさえも）一般に広く読まれているとはとても言えないだろう。

　ましてやアメリカを舞台とした小説をファニー・トロロプが四冊も書いているという事実

は、まったく知られていないと言っても過言ではあるまい。『アメリカの亡命者』（*The Refugee in America*, 1832）、『ジョナサン・ジェファソン・ホイットローの生活と冒険』（*The Life and Adventures of Jonathan Jefferson Whitlaw*, 1836）、『アメリカにおけるバーナビー一家』（*The Barnabys in America*, 1843）、それに前章で紹介した『旧世界と新世界』の四冊だが、ここでは「英語で出版された最初の反奴隷制小説」（Carpenter 104）と呼ばれている『ジョナサン・ジェファソン・ホイットローの生活と冒険』に描かれた、ファニー・ライトのいわゆる共和国アメリカの「不名誉な汚点」としての奴隷制度の問題を考えてみたい。なお、黒人奴隷制度を扱ったイギリス小説としては、アフラ・ベインの『オルノーコ』（一六八八年）がすでに発表されていたことを付け加えておく。

1

長編小説『ジョナサン・ジェファソン・ホイットローの生活と冒険』（以下『ホイットロー』と略記する）が、その主題や構造、あるいは登場人物の性格描写などにおいて、十六年後に出版されてベストセラーとなったハリエット・ビーチャー・ストウの『アンクル・トムの小屋』に酷似していることは、これまでにしばしば指摘されている（Roberts 85-93; Kissel 128-33）。ホワイトの小説『ファニー』でも、語り手のトロロプ夫人が『ホイットトロー』は「『アンクル・トムの小屋』のずっと以前に出版された最初の反奴隷制小説だったが、残念ながら金銭的にははるかに及ばなかった」（White 347）と嘆いている。だが、こうした両作品の類縁関係についての議論は先行研究に委ねることにして、本章では専ら主人公ホイットトローの「生活」と「冒険」がアメリカ奴隷制度とどのように関わっているか、という問題に焦点を当てることにしたい。

そのためには先ず、主人公の名前の象徴性を明らかにしておく必要があるだろう。ファーストネームの「ジョナサン」はイギリスの風刺漫画に登場するアメリカ人の愛称ブラザー・ジョナサンに由来する、と考えるメアリー・カーペンターは、ラストネームの「ホイットトロー」が「法律などまったく意に介さない人間（someone who does not care a *whit* about the *law*）」（強調引用者）を意味するだけでなく、「『重罪犯人』という用語と同義語的になり得る」と指摘し、さらに黒人に対するリンチを容認する「白人の掟」（white law）の含意もある、と述べている（Carpenter 105）。ダイアン・ロバーツもまた「ホイットトロー」は「反抗する黒人を殺してもいいとする南部の『白人の掟』を表象している」と説明し、リチャード・マレンは『アンクル・トムの小屋』の異数の成功に便乗するために、『ホイットトロー』は一八五七年、『リンチ・ロー』（*Lynch Law*）という新しいタイトルで再発行された」（Mullen 128）と述べている。ホワイトの小説『ファニー』でも、トロロプ夫人が『ホイットトロー』は「その後、『リンチ・ロー』というより適切な題名で再版されている」（White 347）と語っている。

さらに、主人公のミドルネームの「ジェファソン」が第三代大統領トマス・ジェファソンを指していることは明らかで、カーペンターも「彼が所有していた奴隷女性との悪名高い性的関係」に言及している（Carpenter 105）。現代の読者にとって、ジェファソンが彼の奴隷だったアフリカ系女性サリー・ヘミングズに何人かの子どもを産ませていたことは周知の事実だが、その噂をトロロプ夫人も耳にしていたらしく、アメリカで誰よりも尊敬されているジェファソンの名前は「ヨーロッパの息子たちを震撼させるような行為」と結びつけられていると前置きして、「ジェファソン氏は彼の数多くの女性奴隷のほとんど全員が産んだ子どもたちの父親であったと言われている」（*Manners* 71-72）と述べ、さらに「偉大で不朽のジェファソン」が「何世代にもわたって苦しみ続けている奴隷たちの父親になった」という事実に触れて、ジェファソンが口にしたと言われる「すべての人間は生まれながらに自由で平等である」という言葉を引用しながら、「数多くの子どもたちの尊敬すべき父親はそれを信じていたのか。彼もまた虚言によって不朽の名声を購ったのか」（*Manners* 317）と問いかけている。ファニー・トロロプが『ホイットトロー』の主人公をジェファソンと名づけたのは、「一方の手でリバティキャップを掲げ、もう一方の手で奴隷たちを鞭打っている」（*Manners* 222）奴隷所有者たちのアメリカ的矛盾を強調したかったからにほかならない。

このきわめてアメリカ南部的な名前が付けられた主人公ホイットローは、両親と心優しい叔母の庇護の下で順調に成育し、十八歳と六カ月になったとき、かねてから彼に目をつけていたダート大佐の大農園で働くことになる。独身で、国会議員で、五百人もの奴隷を抱えるダート大佐は「ナッチェスの近隣では最大の奴隷所有者」(*Whitlaw* 41)と目されていた。この広大な庭園では美しい花々が咲き乱れ、オレンジの木は芳香を放ち、「ニセアカシアの樹皮から虫をついばみながら、その枝に止まろうとしている緑色の小鳥の群れは、アラジンの魔法の庭で見事に輝くエメラルドのようだった」(43)と語り手は描写している。トロロプ夫人はイギリス作家ハリエット・マーティノーの作品『デメララ』(一八三二年)からヒントを得て、この大佐の農園を「パラダイス・プランテーション」と名づけた、とダイアン・ロバーツは指摘している(Roberts 95)が、その「パラダイス」では奴隷たちが地獄の苦しみを味わっているのだから、何ともアイロニカルな命名としか言いようがあるまい。

十八歳かそこらのホイットローは「正しいことと分かっているのに、自分の所有する黒人奴隷を蹴り殺すことを恐れる男ほどに軽蔑すべきものは、おれの頭のなかにはない」とうそぶいて、「お前は若いのに、自由な国民の感情を口にする術を心得ている」(45)とダート大佐に絶賛される。こうして彼は「ダート大佐の腹心の部下という名誉ある地位」(48)を手に入れるばかりか、大佐の死後には五百人の奴隷の「合法的な主人かつ所有者」(314)となるのだから、『ホイットロー』という小説は、主人公の成功物語と呼ぶことができるだろう。だが、「彼自身の評価のみならず、すべての奴隷たちやナッチェスの若い女性の大多数の評価においても、とても立派な人間になった」（48）と思い込んでいるホイットローを、語り手は冷ややかな目で観察している。「わたしの物語の若いヒーローに対して、放蕩の限りを尽くした人間という評価を世間は下していた」という言葉や、「不幸な黒人たち——その秘密の考えを見抜くことを命じられ、どんなにささやかな失敗でも密告するために雇われている不幸な黒人たちに対する彼の残虐行為は、ナッチェスでさえも嫌悪と憎悪の口調で非難されていた」（52）という記述は、『ホイットロー』の主人公が紛れもないアンチヒーローであることを読者に印象づけている。

『ホイットロー』の語り手はまた、「支配者の地位についている者たちの権力が奴隷女たちに及ぼす恐ろしいまでに破滅的な影響」（57）に言及しているが、この発言は「ホイットロー青年の手の届くところにいる無垢な女性」（57）フィービーが彼の犠牲になろうとする場面によって裏づけられている。彼女が農園から逃げ出そうとして捕まったとき、ホイットローは鞭打ちの刑を加えることを部下に命じるだけでなく、彼女をレイプしようとさえする彼は、「裸になれ、黒いヒキガエルめ——裸になれ。さもないと油のなかにたっぷり浸してから、火をつけてやるぞ。こいつを裸にしろ、ジョンソン。聞こえないのか？·貴様にできないなら、おいらが手を貸してやるぜ」と大声で叫んでいる。「抵抗する無力な犠牲者」は二人の屈強な男たちに襲われそうになるが、思いがけない邪魔が入って、ホイットローによる「おぞましい脅迫」は未遂に終わる（79）。「この場面には性的なニュアンスが満ちあふれている」とヘレン・ハイネマンは指摘し、「ここでの彼の残忍さは、こうしたサディスティックな行動の露骨な表現に慣れていない読者を驚かせた」（Heineman 60）と述べている。

もちろん、ホイットローの「残虐行為」は奴隷たちだけを対象にしているのではない。彼はパラダイス・プランテーションの奴隷たちにキリストの教えを説いているエドワード・ブライとその妹ルーシーを蛇蝎視している。ブライ兄妹の父親が没落以前に奴隷女フィービーの所有者だった関係で、二人は彼女と密かに連絡を取り合っているが、エドワードは熱烈な理想主義者で、「ぼくは絶望している奴隷たちに希望と救済の教えを説くためにここにいるのだ。いかなる困難も苦労も危険も脅迫も――いや、死そのものさえも、ぼくをうろたえさせることはない」（68）と語り、夜陰に紛れて集まった奴隷たちに説教をしつづけている。幼少時から教会に足を踏み入れたことがなく、奴隷が神の名を唱えるのは「明白は謀反行為」（57）とするダート大佐の言葉を信じて疑わないホイットローは、エドワードこそは奴隷たちを謀反に駆り立てる首謀者だと見なし、無知な白人の群集を言葉巧みに扇動して、エドワードをリンチにかけ、無残な方法で殺害してしまう。

他方、危険が迫っていることを兄エドワードに知らせるために、必死で夜道を急ぐルーシーをホイットローが追いかけるというドラマティックな場面でも、彼の「残忍さ」が「高貴な野蛮人」としての先住民との対比において浮き彫りにされる。森に逃げ込んだルーシーの前に立ちはだかった四人の獰猛なチョクトー族の先住民の姿を見て、「この種族の口にできないほど残忍で凶暴な表情」に彼女は「きわめて自然な恐怖と困惑」（285）を覚える。だが、背後に迫ったホイットローの手に落ちるよりも、彼らに助けを求める道を選んだルーシーに、リーダー格の男は「この広大な大陸をかつては駆け巡っていた彼の部族やほかの部族のすべてを、技術や武器が及ばないほどの力で白人に服従させることになった、あの魔法の液体」（286）を気付け薬として飲ませ、自分たちの食べ物の一部を提供してくれる。「文明人の全体的な様子には、先住民たちの彩色した、古傷の残る顔以上に彼女を怯えさせる何か」があった（285. 強調原文）という語り手の言葉には、黒人奴隷や先住民を支配している白人が彼らよりもはるかに「残忍」で「凶暴」で、限りなく非文明的だったというアイロニーを読み取ることができるが、こうした主人公ホイットローのアンチヒーローぶりをさらに際立たせるためには、ジュノーという不幸な老奴隷女に登場してもらわねばならない。

2

ジュノーは七十歳を過ぎた女奴隷で、白人の所有物としての彼女は、十六歳のときから三人の主人たちの愛人として人生を送り、十人近い子どもを産むことを余儀なくされてきたが、彼女は「課せられたほかの仕事と同じように、この［子どもを産むという］仕事を、人間としてというよりも調整された機械のように片づけ、意思や願望や愛情をいささかなりとも外に表わすことはなかった」（119-20）と語り手は説明している。彼女の四人目の主人となったのは、慈悲深いクリスチャンの未亡人だったが、二十年以上も仕えた女主人の死後も、彼女自身や周囲の予想に反して、五十歳のジュノーは依然として奴隷のままで、やがて売られた先がほかならぬダート大佐所有のプランテーションだったのだ。

だが、高齢にもかかわらず、いや、むしろ高齢であるがゆえに、ジュノーは神秘的な力を備えていて、プランテーションの実力者ホイットローさえも、彼女の前に這いつくばっていたことを語り手は明らかにし（118）、「悪魔と手を組んだ憎むべき魔女に支配されているということ以外に、彼には何も見えなかったし、何も理解できなかった」（124）と付け加えている。この「痩せて、老いさらばえたジュノー」は農園主のダート大佐に対してさえも、奴隷が鞭打たれるのを見るのが好きで、この上なく猜疑心が強くて、教会へ行くこともない、という理由で「最低の評価」を下している（122）。「野蛮で、血に飢えたダート大佐が、食べ物を母親にねだる子羊みたいに従順に彼女のご機嫌を取り結ぶのを見るときほど、この欺瞞と戯れが奇妙に入り混じった気分を彼女が愉しむことはなかった」だけでなく、「老いたジュノーが神秘的なまでに無礼に振る舞えば振る舞うほど、大佐はいつもますます服従的で、御し易くなるのだった」（149）とも書かれている。

ジュノーは「悪い人間の心のなかに常に潜んでいる恐怖心に働きかける」術を身につけていたので、「相手にすることになる人間すべてに対して、どこまで自分流のやり方が通用するかを正確に心得ていた。他人を支配しようとする人間のすべてが、複雑な人間心理の裏表を老ジュノーのように根気よく研究するならば、ナポレオンのそれのように強大な権力が五、六百年の間に一再ならず全世界を席巻するのが見られるかもしれない」（118）とまで語り手は言い切っている。老いさらばえた奴隷の身でありながら、ローマ最高の女神と同じ名前を持ち、「ナポレオンのそれのように強大な権力」を掌中にしていると評されるジュノーという女性は一体何者なのだろうか。いつどのようにして彼女は「複雑な人間心理の裏表」に通じることになったのだろうか。

フランス系クレオールの家に奴隷の子として生まれたジュノーは、女主人の気まぐれから、その家の白人の子どもたちと同じ教育を受けることを許され、奴隷に禁じられていた読み書きの能力を武器に、ニューオーリンズの巡回図書館の種々雑多な本を読み漁って、幅広い知識と教養を身につけるようになる（118-119）。ジュノーが十六歳になったときに、その女主人が黄熱病に罹って死去したため、彼女は「あるイギリス人の入植者の所有物」となり、「彼女の長く苦しい生活の悲惨が始まった」（119）。だが、「並外れた教養」を備えたジュノーのことが気に入った新しい主人は、「彼女の奔放な想像力にどのような影響を及ぼすか」を知るために、彼女に優れたイギリス詩のすべてを読ませるなどして、「普通の状況下では容易に想像することができない幸福を垣間見させてくれた」（119）のだった。

ファニー・ライトが黒人奴隷のためにナショバを建設したことはすでに触れたが、このコロニーを訪ねたときのトロロプ夫人は、「彼女の第一の目的は、肌の色は別として、自然は白人と黒人との間に何の差異も生じさせていないことを示すことだった。彼女は黒人の子どもと白人の子どもの教室でまったく同じ教育を施すことで、それを証明しようとしていた」（*Manners* 14）と『風習』で語り、それが失敗に終わるのを確信した後でさえも、「彼女が全霊を捧げた献身ぶりを思い出すたびに称賛の念を覚えずにはいられない」（*Manners* 29）と告白していた。『ホイットロー』におけるジュノーが「複雑な人間心理の裏表」を読み抜くことができたのは、彼女が白人の子どもと「まったく同じ教育」を受けたからに違いない。「ジュノーの物語を語ることで、トロロプは主人の子どもと一緒に教育を受けた奴隷の子どもが知的平等性を、さらにはジュノーの場合のように、とりわけ言語と文学を操る能力における優越性を発揮することができるという歴史的に可能な実例を示している」(Carpenter 106) とメアリー・カーペンターは論じているが、ファニー・ライトが現実の世界で失敗した実験を、ファニー・トロロプは虚構の世界で見事に成功させている、と言い換えてもよいだろう。

このイギリス人の主人との間にジュノーがもうけた女の子は、一歳半のときに父親の本国へ連れて行かれ、やがて裕福なイギリス人と結婚し、一人娘を残して他界する。そのことを風の便りで知ったジュノーは、孫娘に会うことだけを生き甲斐にしているが、リヴァプール在住のジョン・クロフト氏と一緒にニューオーリンズへやってきた令嬢セリーナこそ、ジュノーの娘の忘れ形見であることが判明する。そのクロフト氏の訪米の目的が一万五千ドル相当の土地の処分であることを、ハイエナのような嗅覚で嗅ぎつけた『ホイットロー』の主人公は、セリーナと結婚することができれば、その土地を労せずして手に入れることができると考えて、彼女に結婚を申し込むが、父親のクロフト氏ににべなく断られてしまう。その直後に、ジュノーはセリーナにひそかに面会を求め、彼女の体のなかを自分と同じ黒人の血が流れていることを明らかにする。ニューオーリンズの黒人たちの惨めな姿を目の当たりにして、「カインの末裔」に対する「迷信的な嫌悪と傷ついた同情」(221) を覚えていたセリーナは、彼女自身が「カインの末裔」の一人であることを発見して、絶望のどん底に突き落とされてしまう。

しかも、セリーナの出生の秘密を知った好色漢ホイットローは、「毒蛇」のように彼女にまつわりついて、愛人になれと迫るばかりか、彼女の体を「黒人の血が流れているという秘密」を守ってやる代わりに、問題の土地の一部を寄越すようにと脅迫する（232-35）。このホイットローの言動は、「黒い血」の流れている彼女が祖母ジュノーと同じように白人の慰み者、自由な意思を持たない所有物に転落したことを物語っている。こうしてセリーナの運命は一変し、「人間に一般的に与えられているよりも高貴な魂を神から授かっていると信じていた」彼女にとって、「そうしたヴィジョンからおぞましい現実への転落はあまりにも過酷だった」（236）。この語り手の言葉を裏書きするかのように、彼女は一面に花を散りばめたベッドで毒をあおって、みずから命を絶ってしまう。「私の魂が直感的に嫌悪するホイットロー」というセリーナの遺書の言葉は、先住民たちに出会ったときのルーシー・ブライの場合と同じように、彼女を怯えさせる何かを「文明人」ホイットローに感じ取ったことを示している。同時にまた、「私の恐ろしい運命は神の意志である」と考える彼女が「この恐ろしい意志は何千年も昔に私の哀れな人種に刻印されていた」（248）と涙とともに書き記した言葉は、アフリカ系アメリカ人の自由を奪う奴隷制度の理不尽さ、残酷さを浮き彫りにしている。

やっと巡り会えた孫娘がホイットローという「毒蛇の吐く毒気」（251）によって死に追いやられたと知ったジュノーは、セリーナ・クロフトとエドワード・ブライを殺害したも同然の「怪物」（359）のような悪党を言葉巧みに誘い出し、彼に恨みを抱く四人の奴隷たちに命じて惨殺させる。「犠牲者の死を確かなものとするためというよりも、復讐者たちの長年押さえつけてきた憎悪をぶちまけるために加えられた、重い殴打と必死の刺し傷の数は少なくなかった。ホイットローは暗殺者たちが打ち掛かるのをやめるずっと前に、息絶えていたからだ」と語り手は説明し、彼の遺体はジュノーが自分の小屋に用意してあった「深くて広い墓」に葬られ、「この恐るべき行為の一切の痕跡はやがてかき消されてしまった」（360-61）と語っている。エドワードをリンチにかけさせたホイットローをリンチにかけさせるジュノー。白人相手に一歩も退くことなく、対等に渡り合った末に復讐を遂げるジュノーこそ、ファニー・ライトの夢をアイロニカルな形で実現したアフリカ系女性だったということを、この最後の場面は見事に証明している、と考えたい。

3

小説『ホイットロー』の語り手は、何かにつけてヨーロッパの視点を導入することを忘れない。「情報と経験を手に入れるあらゆる機会」を狙っている主人公ホイットローを評して、「ヨーロッパ世界のもっとも早熟な神童」に勝るとも劣らないと述べたり（8）、蒸気船がミシシッピー川を下ってくる様子を「女王様のように」と形容したついでに、「ヨーロッパの王国や女王国における以上に頻繁にアメリカ共和国で使われる比喩」と補足説明したり（24）、ケンタッキーの農地の「整然として、手入れの行き届いた様子は、ヨーロッパ人にイギリスの肥沃な畑を思い出させるだろう」と解説したり（59）、ある奴隷女の身勝手な行動を語る際には「心優しいヨーロッパの母親が嫌悪感を抱いて、この一見利己的な振る舞いから目を背けることがあってはならない。奴隷制度が人間の心にどのような影響を及ぼすかを自分自身の目で見た者にしか、奴隷たちの行動を正しく判断することはできないからだ」と主張したり（78）している。この奴隷制度を「自分自身の目で見た」と主張するイギリス人の語り手の存在は、アメリカ事情に疎いイギリスの読者に対する作者の特別の配慮を示しているだけでなく、アメリカ帰りのトロロプ夫人が書いた『風習』と同類の「アメリカ便り」という『ホイットロー』の性格を読者に印象づけるのに役立っている。

同時にまた、ルイジアナ州に移住してきてからも、ヨーロッパでの生活様式を守りつづけ、奴隷制度を抱えるアメリカ南部のさまざまな問題を、ヨーロッパ人の視点から客観的に眺めているドイツ人一家が『ホイットロー』に登場していることも見落とせない。ホイットローの実家に隣接して、ドイツからの移民であるシュタインマルク一家が居を構えているが、その農園には黒人奴隷が一人もいないことを語り手は繰り返し強調している。畑仕事に携わるのは、当主のフレデリックとその息子たち、それに本国から連れてきた二人の召使いたちだけだった。その事実を

「純然たる軽蔑と嘲笑の対象」と見なすホイットローの父親は、「まっとうな人間で、奴隷なしでやっていこうなどと考える者は、ルイジアナではただの一人もいない。広い農地と立派な屋敷を持っていても、シュタインマルク家の連中が紳士として、アメリカ人として生きることの何たるかを知らない乞食同然で、やみくもに働くだけの外国人に過ぎないことは明らかだ」(40)とうそぶいている。

他方、ダート大佐の下で働き始めた直後に、フレデリックの愛娘ロッテを見かけて一目惚れしたホイットローは、シュタインマルク一家に出入りしている叔母のつてで、彼女に会いに出掛けるが、セリーナが相手の場合と同様、けんもほろろに追い返された彼の心に「容易に忘れることのできない、深く根差した復讐の誓い」(54)が植えつけられる。シュタインマルク一家は奴隷制度を支持する父親ホイットローの「軽蔑と嘲笑の対象」となり、さらには息子ホイットローにも逆恨みされることになってしまう。だが、フレデリック・シュタインマルクは「哀れな黒人の肉体を売買する人間ども」を激しく非難すると同時に、その一人である「奴隷監督」ホイットローを「若い鬼畜」と呼び、「あの男は黒人たちの無学と無知をスパイする仕事を買って出て、彼らが不用意に漏らした言葉を密告し、その言葉の一つ一つに対して血を流させている。悪魔が人間の姿を借りることができるとすれば、それはこの男に違いない」(54)と断言している。

こうして、シュタインマルクの屋敷は、奴隷制度の支配するアメリカ南部において、奴隷制度から完全に隔離された例外的な空間になっている。奴隷制度の海に浮かぶ自由と平等の離れ小島と呼べるかもしれない。当然のことながら、物語の展開とともに、そこに奴隷女フィービーが助けを求めて駆け込み、彼女の婚約者で逃亡奴隷のシーザーは納屋に匿ってもらい、ブライ兄妹もまたそこに一時期身を寄せることになる。『ホイットロー』という作品は、ダート大佐とホイットローが君臨する地獄的世界としての「パラダイス・プランテーション」と、奴隷制度の忍び寄る余地のない「ライヒラント」（「豊かな土地」の意だろう）と呼ばれるシュタインマルク家の平和な屋敷とに完全に二極化している。かねてからドイツ人一家に敵意を抱くホイットローが「シュタインマルク家の連中の目には、奴隷制度は忌まわしい代物としか映っていない。やつらが黒人に慈悲と好意を示す機会を見逃したためしはない」（273）という意見を抱いているとしても不思議はないだろう。

エドワード・ブライが殺害された後、シュタインマルク一家がアメリカ生活に見切りをつけて、母国に引き揚げることを決意したとき、シーザーとフィービーは一家に同行してドイツに渡り、兄を亡くした傷心のルーシーもやはりドイツに安住の地を求め、やがてフレデリックの息子カールと結ばれる。ヨーロッパは「どこを見ても、すべての目に涙が浮かんでいるのを見る危険のない土地」（365）であることを、フレデリックとその妻が再確認する場面で『ホイットロー』は終わっている。この小説の結末を『アンクル・トムの小屋』のそれと比較したダイアン・ロバーツは、ストウ夫人と違って「トロロプはカナダやリベリアに約束の地を見ていない。彼女が見ているのは『私刑《リンチ》』が牧師、女性、奴隷といった弱者の肉体に刻み込まれた、南部における暴力と無秩序だけである」（Roberts 88）と結論しているが、登場人物の多くが移住して、自由と幸福を手に入れるドイツ／ヨーロッパこそ、トロロプ夫人にとっての「約束の地」にほかならなかった、と主張したい。

新大陸アメリカは「ヨーロッパ社会の複雑さや不安や抑圧を逃れることができる場所」であって、「彼らが好んで使った言葉は『避難所』であった」（Marx 87）とレオ・マークスは指摘している（引用は榊原・明石訳による）が、アメリカならぬヨーロッパを「約束の地」として描く『ホイットロー』のトロロプ夫人は、たとえば『滞米一年』（一八一八―一九年）や『移民の手引き』（一八二九年）でアメリカを「避難所」と同一視していたイギリス人ウィリアム・コベットの見解（大井『旅人たち』四一―八〇）に真っ向から異を唱えている。彼女の『風習』を読んで、強く影響されたと言われる（Meckier 92-102; Kissel 115-25）チャールズ・ディケンズが訪米直後の一八四二年三月二二日に「これは私が見にきた共和国ではありません。これは私が想像していた共和国ではありません」（*Letters* 2:156）と友人に書き送り、『アメリカ紀行』（一八四二年）や『マーティン・チャズルウィットの生活と冒険』（一八四三―四四年）においてアメリカのアンチイメージを指し示しているという事実を思い出してもいいだろう（大井『旅人たち』

一四五―八八)。『ホイットロー』の結末に、トロロプ夫人が「約束の地」としてのヨーロッパのイメージを導入したのは、黒人奴隷制度の存在する共和国アメリカは「避難所」としての機能を完全に失っているだけでなく、独立宣言の精神さえも忘れ果てているというメッセージを伝えるための巧妙な戦略だったのだ。

『ホイットロー』の四年前に出た『風習』にも、当然のことながら、アメリカ奴隷制度に対するトロロプ夫人の反応がさまざまな形で示されていたが、この旅行記における奴隷問題の扱いに彼女は不満を抱いていたらしい。『風習』の第五版(一八三九年)に付けた序文で、「わたしの目撃談を語るという目的で、合衆国にもう一度旅行することがあるとすれば、わたしの注意のもっと多くの部分を、この国の抱えている大きな問題――黒人奴隷という問題に費やすことになるに違いない」と彼女は述べ、「私たちの黒い肌の同胞を、彼らに加えられている残忍な野蛮行為から救済する」ための努力を惜しむべきでない、と語っているだけでなく、ホイットローという人物を主人公にした小説を書いたことによって、またしてもアメリカ人の反感を買うことになってしまった、とも書き加えている(*Manners* 442-43)。トロロプ夫人は「一国全体を非難中傷するのは正当なことだ、と考えていた」(qtd. in Roberts 206)というハリエット・マーティノーの評言が思い出される所以だが、奴隷制度の実態を女性の目で見据え、その非人間性を暴き出した小説『ホイットロー』は、『風習』で語り尽くせなかった、奴隷制度に対する彼女の「非難中傷」

を声高に表明するために書かれた一冊だったのだ。

第四章　ガラガラヘビと先住民
――ファニー・ケンブル『アメリカ日記』――

イギリスの著名な演劇一家に生まれたフランセス・ケンブル（Frances (Fanny) Kemble, 1809-1893）は、一八二九年一〇月二六日にジュリエット役でデビューして以来、将来を嘱望される女優として活躍していた。ファニー・トロロプがイギリスに帰国したのと同じ一八三二年、父チャールズ・ケンブルと二年間の予定でアメリカ巡業に出かけた彼女は、各地で好評をもって迎えられ、「彼女の巡業はシェイクスピアがアメリカで絶大な人気を博するのに力を貸した」（Robertson-Lorant 638 note34）と評されるほどだった。

だが、彼女は旅先で出会って恋に落ちたフィラデルフィアの大富豪ピアス・バトラーと一八三四年に結婚、翌年には長女セアラ、一八三八年には次女フランセスに恵まれて（ついでながら、二人の娘はともに五月二八日の同時刻に生まれ、姉娘の息子オーエン・ウィスターは一九〇二年にベストセラー小説『ヴァージニアン』を発表している）、何不自由ない生活を送っているかに見えたが、一八四八年に別居、四九年には正式に離婚が成立している。その直接の原因となったのが、一八三八年から三九年にかけて彼女がひそかに書きためていた『ジョージア州のプランテーションでの滞在日記』だった。この日記については次章で詳しく論じるとして、ここでは一八三二年八月一日からほぼ二年間にわたってケンブルがつけていた『フランセス・アン・バトラーの日記』（*Journal by Frances Anne Butler*, 1835. 以下『アメリカ日記』と略記する）を取り上げることにしたい。

1

『アメリカ日記』が一八三五年に出版されて読者大衆の注目を集めたことは、『サザン・リテラリー・メッセンジャー』（以下『メッセンジャー』と略記する）の書評家が「合衆国における男性と女性、風習と習慣に関するミス・ファニー・ケンブルのこの記録ほどに、出版のずっと以前から、長い間待望された本は、たぶん皆無だろう」（*Messenger* 524）と書き始めていることや（なお、この書評家は従来、ケンブルと同年生まれのエドガー・アラン・ポーとされてきたが、最近の研究では、そうでない可能性が非常に高いらしい）、一年も経たないうちに『アメリカにおけるファニー・ケンブルあるいは女優の日記を書評する』（一八三五年）と題するバーレスク的作品が匿名で発表されたりしていることなどからも想像できるだろう。

この『アメリカ日記』のはしがきで、ケンブルは「最近、アメリカをめぐってイギリスではかなりの好奇心がかき立てられている。その政治的存続は、多くの人びとが見守っている重大な実験だ」（*Journal* I: v）と述べ、その言葉を裏づけるかのように、アメリカ合衆国の可能性を強調する発言を繰り返している。「この見事な若い巨人のような世界と、その華麗な将来性のすべて」を目の当たりにしたケンブルは、二つの大洋の間に広がる「この広大な国」は数千の河川が縦横に流れ、あらゆる種類の気候と土地に恵まれているので、「国々が国外で買い求めたり、国内で代替物を創り出したりすることを余儀なくされている資源のすべて」を備えている、とアメリカを手放しで褒めたたえ、そうした「アメリカの内なる富」に圧倒された人間は「そのような国が世界のどこかの国の属領になるべく運命づけられているという考えや、つぎつぎに起こる何らかの状況によって、自由と偉大を手にするためのあらゆる手段を付与された国民が、いつまでも他国への依存状態に置かれることになったかもしれないという考えを、一瞬でも抱くことはできない」（I: 237-38）と断言している。

何たるアメリカ賛美、何という手放しの礼賛ぶり、と思わず呟きたくなるのだが、「重大な実験」としてのアメリカに対するケンブルの熱っぽい賛辞は、別の箇所でも聞きつけることができる——

この国はほかのすべての国以上に、祝福されるにふさわしいほかのすべての国以上に、一つの点で祝福されている。この国には貧しい者がいない——重ねて言う、この国には貧しい者が一人もいない。いる必要がないのだ。この国では誰一人として希望も救いもない窮乏を訴える絶望的な声を、天に向かって、人間が耳を貸さないときでも耳を傾けてくれる天に向かって、上げる必要がない。ここでは来る日も来る年も、周囲から浴びせかけられる残酷な呪詛に打ちひしがれた父親が、報いられることのない労働で体力と気力をすり減らす必要がない。…ここでは誰も悪徳に生まれつく必要がない。極貧生活に追い込まれる人間は誰もいないからだ。(I: 213)

アメリカをユートピアと同一視しているかのような言葉を(ここで当然、もう一人のファニー、フランセス・ライトのことを思い出しながら)書き写していると、こちらが気恥ずかしくなってしまうほどだが、「犯罪と悪行」から逃れられぬ人間、「ヨーロッパの都市」での「あの惨めな人間の苦悩の光景」を思い浮かべて血の涙を流す著者は、「この国は他国の三倍も祝福されている。その胸には、そのような放置できない害悪も、そのような道徳的非難も、そのような政治的腐敗も存在しないからだ」と主張し、「この国では、死ぬまで苦しんだり、泣いたりする運命に生まれついている者はただの一人もいない、という確信」(I: 213-14)を口にしている。

このようにアメリカの「自由と偉大」を一方的に謳いあげるファニー・ケンブルの日記を読んでいると、「この作品の最大の欠点は著者の独断的な姿勢に見いだされるだろう。女性が、とりわけ若い女性が、この本を特徴づけているような自信過剰な口調で語るのは、出しゃばらない女性のデリカシーを重んじるアメリカ人の神経をかなり逆なですることにならざるを得ない」(*Messenger* 530) と断じた『メッセンジャー』の書評を思い出すが、『アメリカ日記』の著者は合衆国の負の部分に注目することを怠っているのではない。

先に引用した「アメリカの内なる富」を論じた一節につづけて、「数多くの理由」が絡み合って「この国をほかのすべての国から独立させている」と述べたついでに、この「数多くの理由」が「ある意味で、アメリカがいつまでも統一国家であり続ける可能性に対して悪影響を及ぼすように思う」とケンブルは独断的な言辞を弄している。だが、その意味については「そのような数多くの対立する利害、北部諸州と南部諸州との間のそのような強固で正反対の特性、とりわけ、そのような広大な国土は、当然のことながら、数多くの不安な要因や、分離と寸断の数多くの可能性を表わしているように思われるが、それはすべてずっと先のことなので、遠目が利く具眼の士に万事をお任せする」(I: 238-39) と述べるにとどめている。

ケンブルはアメリカの「分離と寸断」を「ずっと先のこと」としているが、これは一八三五年という早い時点で、二十数年後に勃発する南北戦争（一八六一—六五年）を予見した発言と受け取ることができるだろう。南部奴隷の惨状を訴えた『ジョージア州のプランテーションでの滞在日記』の場合には、そこに彼女の「独断的」ならぬ予言者的な姿勢を見て取ることは困難ではないとしても、『アメリカ日記』は南北戦争の遠因となる奴隷問題を一体どのような形で描いているのだろうか。この本のはしがきで、アメリカでの行動範囲が限られていたことに触れたケンブルは、ミシシッピー川流域の開拓者たちと奴隷州の黒人たちに会う機会がなかったことを嘆き、「この巨大な政体において、前者はエネルギーと伸びゆく力の源で、後者は疾病と荒廃の源である」（I: vi-vii）と述べているが、この指摘からも明らかなように、アフリカ系アメリカ人に関する情報は、もっぱら彼女を取り巻く男性たちから得られたものだった。

一八三二年九月二三日の日記に、食事をともにした男性から奴隷に対する鞭打ちの話を聞かされたケンブルは、その人物の南部での目撃談に耳を傾けているうちに、「わたしの顔は否応なしに紅潮し、目には涙があふれ、わたしの体の筋肉のすべてがどうしようもない激怒と憤慨で緊張した。この方のお話でわたしはすっかり気分が悪くなった」（I: 129）と書き留めている。やがて彼女自身が夫ピアス・バトラーの奴隷たちがジョージア州のプランテーションで鞭打たれる姿を目撃することになろうとは、この時点でのケンブルは知る由もなかった。同年一一月七日の日記でもまた、ドクター某から「南部の黒人たちの現状」について聞かされてショックを受けたことをケンブルは告白し、「奴隷に読み書きを教えると罰金または禁固の刑に処せられる。奴隷の人口が占める割合がはるかに大きく、暴動に対する白人の住民の恐怖感が非常に強いので、奴隷を確実に従属させる目的で、この上なく残酷な無知の状態に置き、この上なく残忍で野蛮に扱うことがあまりにも多すぎる」(II: 36) と記している。『ジョージア州のプランテーションでの滞在日記』にも奴隷に読み書きを教えることは「法律によって厳しく禁じられている」(*Residence* 165) とか、「わたしが生活している政府が定めた法律を破ることになる」(*Residence* 271) とかいった記述があることを指摘しておこう。

だが、『アメリカ日記』で興味深いのは、先の記事につづけて、ケンブルが「おお！いつか、ある晴れた日に、古い足枷が何と見事に寸断されることか。黒い奔流の何と恐ろしい氾濫が起こることか。圧政と虐政が激流に巻き込まれたかのように何ときれいに洗い流されることか。かくも長きにわたって耐え忍んだ悪事、かくも残忍に加えられた悪事に対して、何と強烈で恐るべき報復と復讐が加えられることか」(II: 36-37) と述べている点だろう。ここでもまた血で血を洗う南北戦争とリンカーン大統領による奴隷解放が先取りされていることは言うまでもないが、「古い足枷が何と見事に寸断されることか」と訳した箇所の原文が “what a breaking asunder of old manacles” であったことを見逃してはならない。ケンブルはアメリカ合衆国の「寸断」を予告したときにも、やはり “breaking(s) asunder” と同じ表現を用いていたことを思い出すならば、彼女の指摘する「寸断」が奴隷問題あるいは奴隷解放をめぐって引き起こされた、北部諸州と南部諸州の「寸断」を意味していたことに疑問の余地はないだろう。

2

こう見てくると、『アメリカ日記』の著者がやがて『ジョージア州のプランテーションでの滞在日記』を執筆するに至ることは、容易に予想できるのだが、後者がケンブルの直接的な南部体験に基づいているのに対して、前者はあくまでも風聞による資料あるいは情報を利用しているにすぎない。そこに決定的な相違点があるのだが、『アメリカ日記』において奴隷問題以上に重要な位置を占め、著者がかなりのスペースを割いているのはアメリカ先住民の問題だった。事実、すでに引用した『メッセンジャー』の書評子が「この女性作家の長所に光を当てるような箇所」として「この国の原住民の運命」（*Messenger* 528）に関する彼女の文章のごく一部を例示しているのは、『アメリカ日記』において先住民問題が無視できない主題であったことを示唆している。

「文明が近づいてくると、ガラガラヘビと赤い肌の先住民《レッド・インディアン》は一緒に逃げだす。北部諸州のどこかの大都会の郊外で前者を見つけるのは後者を見つけるのと同じくらい難しい」という友人の言葉に興味をそそられたケンブルは、一八三二年九月一三日付の日記で「この国の美しい大地と河川の本来の所有者だった先住民たちの幸福」に思いを巡らしている。彼女のいわゆる「大地の赤い肌の子どもたち」は、かつては美しい荒野で狩りをし、広々とした大河をカヌーで漕ぎ渡っていたが、やがて「運命づけられていた呪い」が彼らの上に降りかかる。「侵略者たちの白い帆が海原に影を投げかけた」ときから、「この野生のままの自由の要塞で、根絶やしの作業が始まった」とケンブルは詩的な言葉で書き留めている。「ある土地の発見者たちによる、本来の居住者たちの絶滅」は「もっとも不可思議な神の摂理の一つのようにわたしには思われる」ともそこに記す彼女は、野生のままの先住民も「もっとも洗練されたヨーロッパ人」と同じように生きる権利を持っているはずなのに、「大地の子ども」は追い払われるしかない、と悲しみ、またしても「さまざまな形の荒廃のすべて」が「文明以前の大陸に文明人が上陸した後につづいた」ことに触れて、「あらゆる歴史に記録されている、この発見と征服の理論と実践は、非常に特異で、痛ましい考察の対象である」ことを認めている（I: 96-97）。

ここでのケンブルはきわめて複雑な立場に身を置いている。たしかに彼女は「侵略者による破壊」を批判しているが、文明の進歩を完全に否定しているわけではない。アメリカの現在の繁栄ぶりを目の当たりにすれば、アメリカから「冒険心に富む勤勉な所有者たち」つまり征服者としての白人が姿を消すことを願望できるはずがない、と彼女は考え、この新しい「所有者たち」が「成し遂げてきたすべてに対する称賛」と「これから成し遂げるすべてに対する確信に似た期待」を抱いていることを告白している。にもかかわらず、ケンブルは「地上から消し去られる人びとの苦難」から目をそむけることができず、「善のみが神の御業であると信じているけれども、善がそのような［白人による破壊の］道しか歩むことができないというのは、この世に悪が巣くっていることを示す恐るべき証しに思われる」と悲痛な叫びを漏らしている。「住居を踏みにじられ、言葉が失われてしまい、かつては唯一無二の統治者として君臨していた土地から日ごとに追い立てられている人びとに対する同情と哀惜の念を抑えることは不可能だ」とケンブルは言い切り、白人がやってくる以前のアメリカ大陸に広がっていた「静寂の荒野」に思いを馳せている(I: 98)。

こうした先住民に対するケンブルの姿勢がいささかセンチメンタルであることを指摘するのは容易だが、先住民から肥沃な土地を奪い取って、荒涼たる居住地に押し込めるインディアン移住法が成立したのが、ファニー・トロロプの『風習』でも言及されていたように、ほんの二年前の一八三〇年だったことを思い出すならば、「消えゆくアメリカ人」としての先住民の側に立つことを断固として宣言した彼女の勇気ある態度に注目しなければなるまい。

この時期のアメリカは産業革命前夜であって、一般大衆は前進し続ける機械文明の可能性に酔いしれていた。『アメリカ日記』と同じ年に上巻が出版された『アメリカのデモクラシー』で知られるアレクシス・ド・トクヴィルは、アメリカ到着から二カ月後の一八三一年八月一日に書き始めた「荒野での二週間」と題する一文において、「インディアンたちは死にゆく種族だ。文明のために生まれたのではない。文明は彼らを殺す」という言葉を耳にしたときの感慨を、つぎのように記している――

アメリカ大陸の最初の正統的な主人だった古くからの種族は、太陽に照らされた雪のように日ごとに消え失せ、地上では姿が見えなくなっている。それに代わって、同じ場所で、別の種族が、さらに一層驚くべき速さで増えつづけている。この種族の前で森の木は倒れ、湿地は干上がる。海原ほどに大きな湖や巨大な河川が立ち向かっても、その威風堂々たる前進を阻むことはできない。荒野は村に、村は町に変わる。このような驚異を日々目撃しても、アメリカ人はそこに驚くべきものを何一つ見いだしていない。この信じられない破壊、このさらに驚嘆すべき進歩は、アメリカ人にとっては、この世界の自然な成り行きに思われるらしい。アメリカ人はその破壊と進歩を自然の法則と見なしている。（Tocqueville “Fortnight” 141）

これからほぼ一年後に書かれた『アメリカ日記』のケンブルは、「この信じられない破壊」が決して「自然の法則」ではないことに気づいていた。「侵略者」としてのアメリカ白人に見えなかった何かを、フランス人トクヴィルとイギリス人ケンブルが見ることができたのは、この二人の外国人が曇りのないアウトサイダーの目でアメリカを観察している旅行者だったからだと言ってしまえば、あまりにも安易な説明と思われるだろうが、『アメリカ日記』の著者の目には、変貌するアメリカの風景がはっきりと見えていたことは否定できない（なお、ルイス・ペリーが「荒野での二週間」を「これまでよりももっと広く読まれてしかるべき」芸術的なエッセイ［Perry 100］と高く評価していることを付記しておこう）。

一八三三年五月、ボストン滞在中のケンブルは、十二マイルばかり離れたブルーヒルズまで馬で遠乗りしている（彼女の乗馬好きは悪名高いほどだった）。この丘陵は海岸線から眺めると、青みがかって見えるところから、ヨーロッパ人の探検家たちがブルーヒルズと名づけたのだが、そのはるか以前から、そこにはマサチューセット族の先住民が住みついていた（マサチューセットは先住民の言葉で「大きな丘に住む者たち」を意味する）。ケンブルの説明によると、このブルーヒルズは「数年前は未開の森林で、ガラガラヘビのたまり場だった」が、森林の一部が切り開かれた結果、「その森の野蛮な生息動物が、とぐろを巻いていた深い茂みとともに姿を消したので、わたしたちはイヴの敵の姿をしたものには何一つ出会うことなく、一番高い丘の頂上まで馬を進めることができた」（II: 196-98）。

「イヴの敵」がエデンの園に忍び込んだヘビを指していることは言うまでもないが、このユーモラスな説明を目にした読者は、先にケンブルが「文明が近づいてくると、ガラガラヘビと赤い肌の先住民は一緒に逃げだす」と書き留めていたことを思い出さざるを得ない。ここでのケンブルの記述には「文明」や「先住民」への言及は一切ないが、ブルーヒルズからガラガラヘビが駆逐されたということは、そこに住んでいたマサチューセット族の先住民もまた追い払われる運命にあったことを物語っている。だが、一体どのような形で白人の「文明」はブルーヒルズに近づいたというのだろうか。

ブルーヒルズへの遠乗りからしばらくして、やはりボストンから十マイルばかり離れたクインジーの石切り場へ馬で出かけたことをケンブルは『アメリカ日記』に記録している（II: 201-04）。彼女の目的は、一八二六年一〇月七日に開通したばかりのグラニット鉄道を見学することだったが、このグラニット鉄道はウエストクインジーで切り出した花崗岩をチャールズタウンに建築中のバンカーヒル記念塔の工事現場まで運ぶために敷設され、積み荷を船に移し替えるネポンセット川までの走行距離はわずか三マイル（四・八キロメートル）だった。鉄板で覆った木製のレールの上を馬に牽かれた車両が進むという構造だったらしいが、アメリカ最初の営利を目的とした鉄道として知られている。だが、いかに軽便な鉄道だったにせよ、このグラニット鉄道は、レオ・マークスの言葉を借りれば、まさに「進歩の――技術的進歩のみならず人類全体の進歩の――しるし」（Marx 27. 引用は榊原・明石訳による）としての「鉄道」にほかならなかった。切り出した花崗岩を上げ下ろしするためのケーブルの鎖が切れて、上りの空の車両に乗っていた男性の一人が死亡し、三人が負傷するという「非常にひどい事故」（II: 203）のことをケンブルは紹介しているが、これは前年の一八三二年七月に実際に起こった事故だった。この血なまぐさいエピソードは、「進歩」の象徴としての鉄道の破壊的な側面を浮き彫りにしていると解釈できるだろう。

一八三三年にブルーヒルズに登ったケンブルは、「数年前に」未開の森林の一部が切り開かれた、と語っていたが、グラニット鉄道が開通したのも、やはり「数年前」の一八二六年だったという事実に注目するならば、ブルーヒルズから「ガラガラヘビ」と、おそらくマサチューセット族の「先住民」が姿を消したのは、採掘した花崗岩を運び出すために、機械文明の代名詞としての「グラニット鉄道」がそこに突如として出現したのと同時であった、と言い切ってよいだろう。ここでもまた「侵略者による破壊」が繰り返されていることに、ケンブル自身が気づいていたかどうかという問題は別として、先住アメリカ人の狩猟地だった「荒野」と鉄道によって象徴される「文明」の対立、そして後者による前者の破壊という、昨今ではいささか手垢に汚れすぎた図式を、一八三五年というかなり早い時期に出版された、イギリスからの女性旅行者の『アメリカ日記』に見いだした読者は、やはり新鮮な驚き、思いがけない「認識の衝撃」を覚えることになるに違いない。

3

さらに、その「文明」による「荒野」の蹂躙という主題は、『アメリカ日記』の結末近くでも見まがいようのない形で導入されている。一八三三年夏のある日、ニューヨークに滞在中だったファニー・ケンブルは、父チャールズたちと一緒にブラック・ホークに会ったときの印象を日記に書き残している。ソーク族先住民の祈祷師で軍事指導者だったブラック・ホークは、白人に奪われた狩猟地を奪回するために、ソーク族とフォックス族の連合軍を率いて、一八三二年五月一四日から八月二日にかけてアメリカ軍（主として民兵）と抗争を繰り返すが、このブラック・ホーク戦争に敗北した彼は捕虜となり、翌一八三三年まで投獄された後、各地を連れ回されて、見物人の好奇の目にさらされることとなった。この日はケンブルたちが宿泊していたアメリカン・ホテルの近くの別のホテルで、ブラック・ホークとその一行が展示されていたのだった（これに類似のケースとして、アパッチ族の軍事指導者ジェロニモが一九〇四年のセントルイス万国博覧会の会場で「陳列」されていたことが思い出される［大井「米比戦争」四九］）。

ケンブルが会場に出かけると、朝の十時を過ぎたばかりだというのに、ホテルのポルチコ、廊下、階段には見物人たちが押し掛けていた。「すべての窓が閉ざされた、狭苦しい暗い部屋」も「同じ造物主に造られた野獣」を一目見ようする人びとで混み合っていた。その部屋のソファに座っているブラック・ホークは、「小柄で、しなびたような老人」だったが、威厳のある落ち着いた態度が印象的だった、とケンブルは日記に書き（II: 212)、「青い布地のコート、赤いレギンス、黒い絹のネッカチーフ、それに耳飾り」を身に着けている姿は「フランス人の老紳士」を思わせた、と付け加えている（II: 213)。同席していたのはブラック・ホークの息子、ブラック・ホークの弟でもある予言者、その養子たちだったが、ケンブルはブラック・ホークの息子に特別の興味を抱いたらしく、この「ハンサムな、さげすむような顔つき」をした「上品で大柄な若者」は「見事なニューファンドランドの子犬」のようだった、と述べているだけでなく、頭髪につけた朱色の髪粉、緋色の耳飾り、ガラス玉の首飾り、身を包んでいる大きな毛布、その下から覗いている足にはいたモカシンや鹿皮の脚絆などを細かく描写している（II: 213)。

だが、ケンブルは先住民のカラフルな衣装に目を奪われているだけではなかった。予言者の養子を見かけた途端、「妙に落ち着いた表情や態度は、四十歳近い男のそれだったが、実際はその半分程度の年齢だった」ことに、ケンブルはまず驚いている。この若者がしかつめらしい顔つきをしているのは、先住民たちに付き添う世話係の説明によると、「前日に思う存分楽しんだシャンペンに飲まれてしまって、二日酔いという当然の報いを受けているため」とのことだったが、「この若者の先住民としての経験において、そのような美味で透明な毒物が、それが引き起こす頭痛という形で記録に残されたことは一度もなかったと思われるので、それは不当な報いと呼ぶべきではないか」（II: 212-13）とケンブルはコメントしている。彼女が指摘する通り、白人が新大陸に持ち込んだアルコール飲料は、「毒物」以外の何物でもなかった。それが原因となって、先住民たちが白人に土地をだまし取られ、伝統的な生活様式を失ってしまったことを、ケンブルは熟知していたからこそ、シャンペンによる二日酔いを「不当な報い」と呼んだのだった。

ブラック・ホークの展示から受けた印象を総括して、「この場面を見てわたしが覚えた憐憫の情と不快感は、とても言い表わすことができない」とケンブルは書き、「わたしたちと同じような人たち、同じ感情、同じ知覚を備えた人たちが、見世物小屋の珍しい動物のように連れてこられて、口をあんぐり開けた引っ切りなしの見物人たちに日がな一日眺められたりするのは、わたしにはまったく不適切なことに思われた。老首長の冷ややかな威厳と、予言者の敵意にあふれた渋面は、この場の不愉快で苛立たしい雰囲気を物語っていた」（II: 214）と述べている。先に紹介した「世話係」のことを彼女が *"their keeper"* と呼び、イタリック体で強調しているのは、「珍しい動物」としての先住民の「飼育係」というニュアンスをこめたかったからだろう。

ブラック・ホークの息子と予言者の養子についても、「見物人があふれかえる、この暑い獄舎に一日中閉じ込められて、げんなりしている」若い二人の心情を思いやって、ケンブルは「この狭い部屋の壁を見たり、この意味不明の声を聞いたりすることを二人は何と嫌悪していることか！果てしなく広がる荒野を二人は何と恋い焦がれていることか！」（II: 214）と書き記している。かつての狩猟場だった「静寂の荒野」を白人たちにだまし取られ、その白人たちの「意味不明の声」だけが響く大都会ニューヨークの「獄舎」に閉じ込められた先住民たち。この「すべての窓が閉ざされた、狭苦しい暗い部屋」は、「荒野」を「文明」に略奪された「消えゆくアメリカ人」のすべてが追い詰められた地の果の不毛な世界の縮図になっている、とケンブルは怒りとともに感じていたに違いない。

「わたしは共和制がもっとも崇高で、もっとも高度で、もっとも純粋な政体であると心から信じているが、人類の現在の性向からすれば、完全に実現不可能な最高理念《ボウ・イデアル》に過ぎないと思っている」と『アメリカ日記』の著者は述べ、六百年後の世界がどうなっているかは知る由もないとしても、「わたしが骸骨になる前にアメリカは君主制になっている、とわたしは確信している」（I: 61）と言い切っている。この点について、先に触れた『メッセンジャー』の書評家は「わが国の制度と政府の永遠性に関する彼女の意見」（*Messenger* 528）と評するにとどめているが、奴隷制度のために「寸断」の危機に瀕し、先住民に対して非人道的な政策を取り続ける共和国アメリカのゆくえをケンブルは見抜いていたのではないか。彼女が他界した一八九三年は、歴史家フレデリック・ジャクソン・ターナーがアメリカ史の終焉を告げるフロンティア理論を発表した年でもあったので、かりに「君主制」を「帝国」と読み替えるならば、「若い女性」ケンブルの「確信」はにわかに現実味を帯びてくる、と言っておきたい。

第五章　奴隷所有者の妻
――ファニー・ケンブル『ジョージア日記』――

ファニー・ケンブルが結婚した相手のピアス・バトラーの祖父ピアス・バトラー少佐は、サウスカロライナ州の出身で、独立戦争で活躍しただけでなく、合衆国憲法に署名をした建国の父祖の一人として知られているが、ジョージア州に二つの広大なプランテーションを所有する大富豪でもあった。結婚から四年後の一八三八年、ケンブルは夫ピアス・バトラーが祖父から相続していた二つのプランテーションを訪ねて、十二月三〇日から翌年四月一九日まで滞在し、そこでの体験を日記に書き残している。

この一八六三年に単行本として出版された『ジョージア州のプランテーションでの滞在日記』（*Journal of a Residence on a Georgian Plantation in 1838-1839*, 1863）は三十三通の手紙の形を取った日記で、実際には投函されることはなかったが、二通を除くすべての手紙／日記は「親愛なる

E」と書き始められている。このEというのはエリザベス・セジウィックの頭文字で、『レッドウッド』（一八二四年）や『ホープ・レズリー』（一八二七年）で知られる女性作家キャサリン・マライア・セジウィックの兄チャールズと一八一九年に結婚していた女性だった。ケンブルはかねてからセジウィック一家と親交があり、彼女のいわゆるコンフィダントとなったエリザベスと文通を続け、バトラーとの離婚後は一家が住むマサチューセッツ州レノックスに居を構えただけでなく（この時期に近くに住んでいたナサニエル・ホーソンやハーマン・メルヴィルとも交友があった）、届けられることのなかった手紙の相手エリザベスに『ジョージア州のプランテーションでの滞在日記』を捧げている。

1

一八三五年に刊行された『アメリカ日記』で、ケンブルはアメリカ南部の黒人奴隷たちに会う機会がなかったことを嘆いていた（*Journal* I: vi-vii）が、バトラーとの結婚後、その夢がかなって訪れたジョージア州のプランテーションで彼女が目にしたのは、そこで重労働を強いられている奴隷たちの想像を絶する悲惨な状況だった。『ジョージア州のプランテーションでの滞在日記』（以下『ジョージア日記』と略記する）のいたる所で、彼女は「この呪われた奴隷制度」

（*Residence* 132）、「奴隷制の理論に対するわたしの罪悪感」（151）、「奴隷制の本質的な悪」（166）、「奴隷制という犯罪」（182）、「この奴隷制という恐ろしい不正」（188）、「奴隷制そのものという本質的な悪」（208）といった言葉を書きつけている。結婚してからも、夫の「こうした恐るべき所有物」について何も聞かされていなかった彼女は、奴隷所有者の妻としての「恐ろしい責任感」に苦しめられ、「想像したこともない罪悪感が良心に重くのしかかるのを感じた」（138）と告白している。黒人奴隷たちは白人にとってロバやウシのような「役畜」以外の何物でもないのに、「わたしが一緒に暮らしたり、話し合ったりしている白人たちは、この呪われた制度には残酷なものや不正なものは何一つない、とくる日もくる日もわたしに語っている」（191）とケンブルは日記に書きとめている。

その彼女にとって何よりも残酷に思われたのは、奴隷たちに加えられる鞭打ちという懲罰だった。農園で働く奴隷はギャングと呼ばれるいくつかのグループに分けられていて、個々のギャングの監督《ドライバー》は配下の奴隷の仕事ぶりを毎晩、プランテーションの主人以外の唯一の白人である総支配人《オーバーシーアー》に報告すると同時に、翌日の仕事に関する指示を受けるのだが、この監督は反抗的な奴隷に十二回までの鞭打ちを、その場で加えることを許されている。それでも効果がない場合、その奴隷の名前を上司の監督主任《ヘッドドライバー》または総支配人に連絡するが、前者は自分の裁量で三十六回の鞭打ちを、後者は五十回以内で必要と判断される鞭打ちを、それぞれ加える権限を与えられ、プランテーションの主人にいたっては、鞭打ちの回数に制限などはなく、奴隷が死ぬまで打ちすえても罪に問われることがない、とケンブルは説明している（79-80）。

この鞭打ちはケンブルがプランテーションに滞在中も繰り返し行なわれ、奴隷たちには子どもを清潔にしておく時間がない、と女主人の彼女に告げ口したせいで、女奴隷のハリエットが総支配人に鞭打たれたことを知って（74）、助けを求めたというだけの理由で鞭打ちの罰が加えられるようなら、自分がプランテーションを立ち去らざるを得ない、と夫バトラーに訴えるが、彼は奴隷の言葉など一言も信じられない、と答えるばかりで、何の手も打とうとしない（85）。彼女に不平を漏らしたということを口実に、女奴隷のテレサが処罰されたときにも、「助けを求めてわたしに泣きついてきたという理由で、あわれな奴隷女たちがこのように罰せられるとすれば、わたしは間違いなく女たちのさらなる苦悩の原因になってしまっている」とケンブルは書き、「わたし自身が関わっているだけに、こうした鞭打ちの話は、わたしにはとても耐えられない」（154）と嘆いている。

女主人ファニー・ケンブルに面会を求めた奴隷たちのなかでも、とりわけ悲惨だったのはジュディという女奴隷で、その「悲しい話と状況はわたしにこの上ない苦痛を与えた」（238）と書かれているように、プランテーションから逃亡して、森に身をひそめていた彼女はやがて見つかって捕えられ、「毎日毎日、何時間もさらし台でさらされた」ために、慢性リウマチを患って、歩くこともままならなくなったので、農場での仕事を軽減してくれるように頼みにきたのだった。だが、ジュディの不幸はそれだけにとどまらず、総支配人ロズウェル・キングにレイプされて、その子どもを産むことになったばかりか、「彼に抵抗したという理由で激しく鞭打たれた揚げ句、さらなる懲罰のためにファイヴポイントに追いやられた」(238) のだった。このファイヴポイントというのは、プランテーションの敷地内にある沼地で、鞭打ちだけでは償いきれない悪事をおかした奴隷がそこに送り込まれたが、そこがいかに陰鬱で不気味な場所だったかは、「鞭打ちはたしかに厳しかったが、ファイヴポイントという流刑の沼地で過ごした恐ろしい孤独な昼と夜よりも、もう一度鞭打たれるほうを選んでいただろう」(238) とジュディが語ったという事実から推測することができる。

だが、奴隷たちに鞭打ちの刑を加えたのは、監督や総支配人だけではなかった。総支配人キングの妻は、夫の子どもを出産してから一カ月も経っていない女奴隷のジュディとシラをみずから指図して鞭打たせたばかりか、「一週間の間、毎日鞭打つようにという命令を監督たちに下して、彼女たちをファイヴポイントへ追いやった」(269) りしたことがあった。この事件を日記に記録しながら、「この地獄の真っただ中に出現したこの鬼女は、何物にも勝るかに思われる残忍さという要素を付け加えている」とケンブルは非難し、「嫉妬心は女性には珍しくない性質だが、苦しめ苛む権力を同じように備えた主人と女主人の激怒の挟み撃ちにあっている、この不幸な女たちの運命を思い見よ」(269) と激しい口調で訴えている。アメリカ南部での鞭打ちの話を聞いただけで、「わたしの顔は否応なしに紅潮し、目には涙があふれ、わたしの体の筋肉のすべてがどうしようもない激怒と憤慨で緊張した」(Journal I: 129) と『アメリカ日記』に書いていたケンブルなので、彼女が受けたショックは大きかったに違いない。ついでながら、鞭打ちが実際にはどのように加えられるかに興味がある読者は、ルイーザ・メイ・オルコットの『若草物語』に材を取ったジェラルディーン・ブルックスの南北戦争小説『マーチ』(二〇〇五年) に描かれている場面 (*March* 38-39; 大井『南北戦争』一〇二—〇三) を参照されたい。

こうした暗い日々を送るケンブルを慰めたのは、バトラーの二つのプランテーションがあるバトラー島とサンシモン島の美しい自然の風景だった。乗馬好きの彼女が馬を走らせる道は、鮮やかな赤と緑の草木で縁取られ、「妖精の国か何かのようで、わたしをとても喜ばせた」と手紙/日記の相手のEに語りかけるケンブルは、「病気にもかかわらず、果てしなく惨めにもならずに、いまのわたしが激しい苦しみに耐えることができる唯一の秘訣は、子どもみたいに興奮しやすいわたしの性質と、美しいものがわたしに与えてくれる類いのエクスタシーだ」(224) と打ち明けている。また別の日には、沼地で馬を走らせていた彼女の目や鼻を「野生のチェリーの花の得も言われぬ芳香」や「野生の花々の絨毯やカーテン」が楽しませてくれる。「これまで見たこともないような見事なマグノリア」も花を咲かせている。美しいタンポポがこれ見よがしに咲き誇っているのを見て、「エデンの園に生えていると思いたくなるようなタンポポ」（304）と彼女は形容している。「エデンの園」のような自然の世界で心を癒されているケンブルの姿をイメージする読者がいるとしても不思議はないだろう。

ところが、この場面の直前に、ケンブルは「一匹の大きな黒いヘビ」が道を横切るのを見かけたことを忘れずに書きとめている（304）。これまでにもプランテーションのあちらこちらに姿を見せるガラガラヘビへの言及が何回かなされていた（200、208-09、227、258、263、286-87）が、この「黒いヘビ」（毒ヘビではなかったらしい）が出現したのが「エデンの園」のように美しい場面であるだけに、見逃すことのできない意味を持っているように思われる。そのときの印象を「するすると道を横切るヘビの様子の何と恐ろしかったことか！」（304）とケンブルは書き記し、美しい草木がもたらす「歓喜」（delight）と黒い生き物がかき立てる「嫌悪」（disgust）とのコントラストに触れている（305）が、「エデンの園」を思わせる南部の自然の風景と、そこに侵入してきた「黒いヘビ」としての黒人奴隷制度とのコントラストに注目するならば、『ジョージア日記』のなかに楽園喪失の物語を読み取ることはそれほど困難ではあるまい。一八三九年二月某日の日記に、「わたしを取り巻くすべてのもののなかに、わたしの興味をかき立て、わたしを興奮させる不思議さがある」と感じたケンブルが、「この別世界の野生の不思議な孤独感が心から好きになることだろう、『奴隷制度』というたった一つの些細な事柄さえ存在しなければ」（205. 強調引用者）という感慨を、皮肉たっぷりに漏らしていたことがあらためて思い出されるのだ。

2

奴隷制度という過酷な現実が支配する「地獄」さながらのプランテーションで（第三章で取り上げたトロロプ夫人の反奴隷制小説では主人公の農園が「パラダイス・プランテーション」と命名されていた）、奴隷たちの惨状を目の当たりにしながら日を送るにつれて、ケンブルは陰鬱な思いに捉われ、「ここで暮らさなければならないとしたら、わたしはきっと死んでしまう」（218）とまで言い切っている。このような彼女にできることといえば、彼女に助けを求めてくる奴隷たちから聞いた話を、キャサリン・クリントンの言葉を借りれば、「いつの日にか、奴隷女たちの苦しみと、彼女自身の苦しみを、ほかの人たちに知ってもらうために」（Clinton 126）記録に残すことだった。『ジョージア日記』には一八三九年二月か三月の某日、ケンブルが知り得た奴隷たちの「嘆願や疾病、それに記録に値するとわたしに思われる特殊な事情」が書き残されているので（229-30）、いささか長い引用になるが、何人かの奴隷女の「嘆願や疾病」を、煩を厭わずに書き写しておこう――

ファニー　六人の子どもを産むが、一人を除いて全員死亡。ケンブルに会いにきたのは農園での仕事を軽減してもらうため。

ナニー　三人の子どもを産むが、二人は死亡。産後三週間で農園で働かせるという規則の変更を嘆願するため。

リア（シーザーの妻）　子どもを六人産むが、三人は死亡。

ソフィー（ルイスの妻）　古いリンネル製品をもらうため。ひどく苦しんでいる。子どもを十人産むが、五人は死亡。ケンブルにねだって肉片をもらう。

サリー（スキピオの妻）　二回の流産。子どもを三人産むが、一人は死亡。背中の痛みを訴える。白人の男が母親に生ませたムラート。

シャーロット（レンティの妻）　二回の流産。妊娠中。リウマチのため歩行困難。腫れあがった両膝を見せられて胸が痛んだケンブルは、フランネルのズボンを一本、約束し、それを自分で縫い上げることになる。

セアラ（スティーヴンの妻）　四回の流産。七人の子どもを産み、五人は死亡。背中の痛みと内臓の変調を訴える。以前に精神に異常をきたした彼女は、森のなかに逃亡するが、やがて見つかって連れもどされ、「両腕を縛られ、両膝に重い丸太を縛りつけられた状態で、激しく鞭打たれた」とケンブルに打ち明ける。その後、再度逃亡して森をさまよった揚げ句、連れもどされたときは全裸だった。「ひっきりなしの出産と重労働が重なったために、一時的に発狂したのかもしれない」とケンブルはコメントしている。

スーキー（ブッシュの妻）　四回の流産。十一人の子どもを産むが、五人は死亡。

モリー（クワンボの妻）　九人の子どもを産み、六人が健在。「わたしが耳にした一番いい話」とケンブルは注している。


この「嘆願や疾病」のリストを書きつけた奴隷所有者の妻ケンブルは、「この女たちが生きている状況を示す、これ以上に悲惨な描写を想像できるだろうか」（230）と架空の手紙の受取人Eに、いや、この日記をつけている自分自身に問いかけている。

当然のことながら、奴隷たちに同情するケンブルは、その待遇改善を夫バトラーに迫るが、彼は断固として耳を貸そうとしない。一八三九年二月二六日の日記で「［バトラー］氏とこの上なく辛い話し合いをしたが、わたしを介して奴隷たちの嘆願を受け取ることを彼は一切拒絶した」（210）と報告していた彼女は（この『ジョージア日記』ではピアス・バトラーの名前は一貫して伏せられている）、数日後にも「苦情の申し入れや改善の嘆願などを、わたしを通して受け取ることはできない、という［バトラー］氏の宣告は、この不幸な人たちの空しい訴えから逃げ出したいような気持ちにさせる。以前は喜んでその訴えを受け取ったり、耳を傾けたりしたのだったたけれども」という言葉につづけて、「どちらを向いてもわたしを出迎える『おお、奥様！』という哀願の声を聞くと、いまでは耳をふさぎたくなる。いまさら何を言ったり、したりすることができるというのか」（222）とまたしても自問している。まったく無力な奴隷所有者の妻ケンブルとしては、「遠く離れた所から、奇妙なまでに異なる環境から、わたしをこの地へ連れてきた数奇な運命」（223）を嘆くことしかできないのだ。

『ジョージア日記』のいたる所で、ケンブルは「わたしにはどうすることもできないさまざまな悲惨と堕落に取り囲まれて、日々に募るばかりの戦慄と憂鬱の重荷」（241）に言及しているが、こうしたケンブルの深い苦悩が、やがて奴隷所有者としての夫バトラーに対する幻滅と不信に繋がっていくとしても不思議はない。プランテーションで暮らし始めた直後の一八三九年一月某日の日記に、「妊婦たちのグループからの過労の訴え」に対応しているバトラーが「定められた仕事をこなすことの必要性」を説いている姿を目撃したケンブルは、「［バトラー］氏はわたしの目には間違いなく堕落しているように映った」と書きつけ、「惨めで無知な女たちを相手に無報酬の強制労働」について得々と語っている彼よりも、「過酷この上ない肉体労働の汗と泥にまみれている」彼のほうが遥かに素晴らしいだろうに、という感想を漏らしている。それにつづけて、ケンブルが「この［バトラー］氏の奴隷たちとの短い生活のせいで、彼に対するわたしの尊敬の念が弱まらないことを祈りたいが、そうなってしまうかもしれない」と告白しているのは、奴隷を所有するなどというのは男性にふさわしくない軟弱な仕事であるのに、「男性的な気概のある人間がどうして身を落とすような真似をするのか、理解できない」（114）からにほかならなかった。

さらに同年二月一四日から一七日にかけての日記で、「ありとあらゆる手段を講じて深めたり広めたりしている精神の暗闇を、このあわれな人びとに押しつけようとする不正に、わたしの魂のすべては反発する」（189-90）と発言していたケンブルは、「この奴隷制度全体について聞いたり、見たり、学んだり、考えたりすればするほど、この制度の実践者や支持者たちが、どのようにしてみずからの行為をみずからの良心と神の掟の裁きの場で正当化するのか、ますます理解できなくなってしまう。わたしたちの愛する者たちがこの悪事の共犯者であるのは、あまりにも恐ろしい。このわたし自身が不本意ながら共犯者になっているのに気づくのは、あまりにも耐えられない」（190）という言葉を書き残している。一八三九年五月にフィラデルフィアに帰ってきた彼女は、バトラー家の生活が奴隷労働の上に成り立っている限り、一緒に暮らすことはできない、という最後通告をバトラーに突きつけるが、それを無視した彼は「奴隷所有者と結婚するという行為によって、その女性もまた奴隷所有者になったのだ」と答えた、と彼女の伝記作者キャサリン・クリントンは伝えている（Clinton 128）。プランテーションでの生活の結果、夫バトラーに対する尊敬の念が薄らぐのではないか、というケンブルの不安は見事に的中し、「冷淡な暴君」

(Clinton 128) 以外の何者でもない夫の下に娘二人を残したまま、彼女は別居生活を始めることになる。

3

プランテーションでの生活に疲れ果てたケンブルは、一八三九年二月某日の日記に「わたしは北部へ帰らなくてはならない。わたしの状態は奴隷たちのそれよりももっと酷くなるかもしれないからだ——これほどまでに悲惨な状態を見たり聞いたりする運命にあるのに、それを軽減する手段もなければ、それを軽減するための表現も許可されていないままに。わたしは奴隷たちの仲間として生まれたのではないし、仲間として暮らすことに耐えられないのだから、ここはわたしのための場所ではない」(210-11) と書き綴っている。だが、果たして彼女は「わたしは奴隷たちの仲間として生まれたのではない」と言い切れるのだろうか。

北部へ帰る時期が近づいた一八三九年三月二〇日の日記に、ケンブルはアレックという十六歳の若者に読み書きを教えて欲しいと頼まれたことに触れている。この「突然の嘆願」に彼女は驚いたり、喜んだりしたのだが、奴隷に読み書きを教えることは法律に違反する行為だった。「それはわたしが生活している国の法律を破ることになる」と書く一方で、「不当な法律は破られるために作られている」とも公言する彼女だが、女性であるがゆえに、「わたしと処罰との間に［バトラー］氏が存在している」（271）という事実を忘れることはできない。この点をさらに敷衍して、「奴隷に読み書きを教えることは罰金を科せられる罪だが、わたしは既婚女性だから、わたしの罰金はわたしの法的な所有者が払わなければならない」（272）とケンブルは記している。

ここで「既婚女性」と訳した"feme coverte"あるいは"feme covert"というのは「守られた女性」を意味する法律用語で、キャシー・デイヴィッドソンの簡にして要を得た解説によると、それは既婚女性の「権利は夫によって取り込まれていると同時に夫の意思に従属している」（Davidson 117-18）ことを規定している。「独立革命はアメリカを植民地という窮屈な地位から解放したが、アメリカの女性を隷属的な地位から解放することはしなかった」と論じる『革命と言葉』の著者は、「『守られた女性』としての妻の地位は、実質的に妻を法的には見えない存在にしていた」（Davidson 118）と述べている。『ジョージア日記』における「既婚女性」としてのケンブルは、夫バトラーが彼女の「法的な所有者」であることを認めているが、そのことは彼女自身がバトラーの私有財産であり、「法的には見えない存在」、つまり彼女の周囲にいる、彼女が同情してやまない奴隷女たちとまったく同じ存在だったことを物語っている。バトラーの妻として「隷属的な地位」にあったケンブルとしては、「見えない存在」としての黒人奴隷たちの姿に自分自身の姿を重ね合わせることになったに違いない。バトラーが共通の「法的な所有者」だったという意味で、ケンブルは「奴隷たちの仲間として生まれた」も同然だったのだ。

もちろん、ケンブルはそのような事実にひるむような女性ではなかった。アレックの願いをかなえてやることを決意した彼女は、「勉強したい者には誰でも教えてやろう。この忌まわしい煉獄での滞在は一週間そこそこだが、この最後の一週間の間に、わたしがいなくなってからも自習できる程度のことを、あの子に教えておこう」(272)と書いている。事実、彼女はアレックとの授業が順調であることや、彼と一緒にサリーという奴隷にも教えていることなどを一八三九年四月二日から四日にかけての日記に書き留めている(300, 302)だけでなく、四月五日から七日にかけての日記には、彼女の遠乗りのお供をしていたイズラエルという奴隷から突然、「奥様、わたしが読み書きを勉強するのは何のためですか?お先真っ暗ですのに!」(314)と問いかけられたことを日記/手紙の相手に報告している。

この思いがけない質問に虚をつかれた格好のケンブルが、しばらく考えてからやっと「たしかに、いろいろの点で『お先真っ暗』だけれども、読み書きは道徳的、精神的、身体的な状態を改善するのに役立つ」と答えると、これまでは総支配人のキングが奴隷の学習には反対で、子どもたちに読み書きを教えるくらいなら、仕事の段取りを教えろと言われてきたが、これからは読み書きの勉強に努めるよう仲間に呼びかけたい、という答えが返ってきたというのだ。「お先真っ暗です」という言葉が頭にこびりついて離れない、とケンブルは書きつけている（314）が、彼女が法律違反を承知のうえで、奴隷たちに読み書きを教えようとしたのは、奴隷たちの訴えに耳を貸そうとせず、彼らを「お先真っ暗」な状態に放置したまま、何の手を打とうともしない夫バトラー、彼女自身と奴隷たちを支配している「法的な所有者」として夫バトラーに対する精一杯のささやかな抵抗だったのではあるまいか。

もちろん、この程度の抵抗で「守られた女性」としてのケンブルの地位にいささかの変化が生じるはずもなく、彼女の「法的な所有者」バトラーは「冷淡な暴君」として君臨し続ける。それが原因で離婚問題に発展したことはすでに触れておいたが、彼女とバトラーとの間に支配者／被支配者あるいは所有者／被所有者という関係が横たわっていたことは、『ジョージア日記』の刊行をバトラーが絶対に許可しようとしなかったという事実によっても裏づけられている。

ケンブルがフィラデルフィアに引き揚げてから二年後の一八四一年、奴隷制廃止論者として著名なリディア・マライア・チャイルドがケンブルの日記に興味を示し、その単行本化だけでなく、彼女が編集していた奴隷制反対を唱える新聞に連載することを申し出るが、その申し出を一切無視することをバトラーはケンブルに要求する。「冷淡な暴君」の命令に従わざるを得ないケンブルは、日記を公開できない理由を説明する手紙をチャイルド宛てに書き、それに目を通してから投函してもらうためにバトラーに手渡すが、数週間後、彼の机の引き出しに放置されたままになっているのを発見する。この夫の仕打ちに激怒したケンブルは、おそらくは彼の反対を強引に押し切って、返事が遅れた事情を説明する手紙をチャイルドに書き送る、という一幕があった。「チャイルドの申し出とケンブルの返信をめぐる夫婦の激しいやり取りは、独立した個人のアイデンティティに関する既婚女性の権利をめぐる両者の妥協不可能な見解の相違を示していた」（Clinton 132）とキャサリン・クリントンは説明している。この場合にもまた、ケンブルは「法的な所有者」に隷属する「見えない存在」、ジョージアのプランテーションの奴隷女たちと同じ状況に置かれた存在だったのだ。

その後、一八五二年に『アンクル・トムの小屋』が出版されて話題を呼び、とくにイギリスではアメリカ本国以上に大きなセンセーションを巻き起こしたが、著者のハリエット・ビーチャー・ストウ夫人によるアメリカ奴隷の描写は不正確で信頼できないという『ロンドン・タイムズ』の記事を読んだケンブルは、新聞社に宛てた長い抗議文を用意する。そこでの彼女は「合衆国の居住者」として、なおかつプランテーションで暮らした経験のある「目撃者」として、『アンクル・トムの小屋』が「実際に存在する事実のきわめて忠実な描写」であることを証言できる（248-49）と主張し、「居住者である場合は別として、南部諸州を訪れたイギリス人が奴隷たちの置かれた真実の状況を知ることは、まず不可能であると言ってよい」（352. 強調原文）と断言している。さらに、ケンブルは「奴隷制度という地獄」（357）をじかに体験した彼女自身の観察と、奴隷制度を外から眺めただけの『タイムズ』の「冷静な」記者の観察を比較検討しながら、「南部の奴隷所有者」を「マンチェスターの製造業者ともマサチューセッツの実業者ともまったく異なった人種」あるいは「野蛮と封建制度の残滓」(350)と規定する一方で、奴隷制度という悪に染まった南部の人間の「傲慢で横暴な短気、めめしい怠惰、無鉄砲な浪費、不品行と冷酷の兼備」などといった特徴は「奴隷に対して行使する無責任な権力の直接の結果」(353)であると断じている。

この新聞社宛ての手紙は、話題作『アンクル・トムの小屋』の信憑性を疑う記事を批判しながら、同時にまた諸悪の根源としての奴隷制度を激しく攻撃する切れ味鋭い抗議文になっているが、この手紙もまた、ジョージアからの一連の手紙／日記と同じように、投函されないままに終わってしまう。その三年前にバトラーとの離婚は正式に成立していたが、十四歳と十七歳の愛娘たちがまだ彼の監督下に置かれていたため、彼の反発を恐れたための処置だった、と説明されている(Clinton 178)。すでに「法的な所有者」の支配から解き放たれていたにもかかわらず、ケンブルは依然として「冷淡な暴君」の監視の目を意識しながら行動しなければならなかったのだ。

結局、この『ロンドン・タイムズ』の編集者への手紙が公表されるのは、執筆から十一年後の一八六三年、リンカーン大統領が奴隷解放宣言書に署名をした年になってやっと陽の目を見た『ジョージア日記』の付録としてだったが、その事実はまた、彼女が「法的な所有者」から名実ともに自由になったことを意味していた。ケンブル自身にとって、ジョージア州のプランテーションで書き綴ってから四半世紀後に出版された『ジョージア日記』は、きわめてパーソナルな、いわば小文字の奴隷解放宣言書にほかならなかった。それは同時にまた、生命と自由と幸福の追求という権利を黒人奴隷から奪っている奴隷制度を否定しているという意味で、非常に早い時点で独立宣言の読み直しを迫っていた貴重な歴史的文書でもあったのだ。

第二部　セネカフォールズ以後の白人女性作家たち

第六章　ヘスター・プリンの予言
――『緋文字』の周辺作家たち――

『緋文字』の結末近くに、助言を求めてやってきた悩める女性たちに向かって、ヘスター・プリンが「いつかもっと明るい時代になり、世間の機運が熟して、神の御心のままに生かされる時代がくれば、新しい真理が姿を見せて、男女間の関係が相互の幸福という、いままでよりも堅実な基盤の上に築かれることになるに違いないという固い信念についても、はっきりと語ってきかせる」（Hawthorne 247）場面が用意されている。

あらためて書き立てるまでもなく、『緋文字』（一八五〇年三月一六日発行）は一七世紀半ばの（厳密には一六四二年六月から一六四九年五月にかけての）ボストンを舞台に展開する小説だが、「男女間の関係が相互の幸福という、いままでよりも堅実な基盤の上に築かれる」時代の到来をナサニエル・ホーソンがヘスターに予言させた背景には、二年近く前の一八四八年七月一九日から二〇日にかけて、ニューヨーク州セネカフォールズで開催された女性権利大会でのマニフェストが色濃い影を落としていたと考えられる。ホーソンの周辺には有名なピーボディ家の三姉妹がいたこともあって、この女性権利大会を彼が意識していなかったはずはないのだが、結局は憶測の域を出ない。だが、この権利大会がセネカフォールズで開かれたという事実は、ヘスターの予言が一九世紀の半ばになっても実現に至っていなかったことを何よりも雄弁に物語っている。

そこで、この章では、『緋文字』というフィクションの世界でなされた予言が『緋文字』と同じ時期に出版されたフィクションの世界で果たして実現されているかどうか、という問題を考えてみたい。この文学的な、あまりにも文学的な、と思われかねない実験の材料となるのは、一八五〇年に出版されたE・D・E・N・サウスワース『棄てられた妻』、二年後の一八五二年出版のアリス・ケアリー『ヘイガー——現代の物語』とキャロライン・チーズブロ『アイサー——ある遍歴』の三冊だが、同じ世代の三人の白人女性作家によって描かれた女性主人公たちの人生の軌跡は、ヘスター・プリンの予言あるいは信念と一体どのように関わっているのだろうか。

1

まず取り上げるE・D・E・N・サウスワース（Emma Dorothy Eliza Nevitte Southworth, 1819-

1899）は、一八六〇年代に「アメリカ作家の女王」と呼ばれ、生涯に六十冊以上の小説を発表し、一万ドルを超す年収があったと言われている（Coultrap-McQuin 51）。大衆好みのベストセラー小説をつぎつぎに発表していた彼女が、ホーソンのいわゆる「いまいましい物書きの女ども」の一人として、フレッド・ルイス・パティの『女性の五〇年代』（一九四〇年）に姿を見せているとしても不思議はない（Pattee 122-24）。この「物書きの女」が文筆業に手を染めたのは、夫フレデリックに棄てられ、「精神も健康も財布もぼろぼろ——事実によってではなく運命によって未亡人」（qtd. in Coultrap-McQuin 55）になったのがきっかけだった、と彼女自身が語っているので、『緋文字』と同じ年に出版された長編第二作『棄てられた妻』（*The Deserted Wife*, 1850）に描きこ込まれている「男女間の関係」、とりわけ作品の主要部分を占める女性主人公の結婚生活の描写には、自伝的な要素がかなり色濃く反映しているに違いない。

この小説の主人公ヘイガー・チャーチルはメアリーランド州の旧家に生まれるが、その直後に母を、一歳にならないうちに父を相次いで喪ったため、叔母ソフィーに育てられることになる。やがて十七歳のソフィーは、親子ほどの年齢差のある牧師のジョン・ウィザーズと結婚するが、それから長い歳月が流れて、ウィザーズ牧師と先妻の間に生まれたレイモンドと愛し愛されるようになったヘイガーは、十八歳のときに二十八歳のレイモンドと結婚する。その結婚式の直後、「二分前には、野育ちの自由な娘だった少女が、いまでは奴隷女も同然だった。二分前には、彼女の小さな黒い指先を唇に押し当てるにも恭しく頭を下げていたと思われる心優しい若者が、いまでは彼女を生涯にわたって支配する権力を付与されていた」(179) と語り手は呟き、「この新しい関係、この新しい立ち位置、この新しく所有し所有されるということ」は「非常にユニーク」(179) であると指摘しているが、ここに出現した「奴隷女」としての妻ヘイガーと、その妻を「支配する権力」を手に入れた夫レイモンドとの対立、葛藤が『棄てられた妻』の後半を貫く主題となっている。なお、主人公の名前は本来はアガサだったが、「彼女の野性的で浅黒い美しさのせいで、ヘイガーと呼ばれた」(3) と説明され、彼女自身も「一体いかなる奇妙な予言的インスピレーションがわたしの本来の名前を捨てさせ、わたしをヘイガーと呼ばせたのだろうか」(207) と問いかけているのは、ヘイガーが旧約聖書創世記に登場するイシュメールの母親ハガルの運命を連想させるからだろう。「イシュメールがアメリカの男性作家の悪魔的な哲学的探究の原型だったと同じように、イシュメールの不幸だが自由な母親は自立した女性探究者の適切な原型だった」(Reynolds 418) とデイヴィッド・レナルズは指摘している。

レイモンドとの結婚生活が始まった直後から、息苦しさを覚えるようになった「野育ちの自由な娘」ヘイガーは、ある日、彼の許しを得ずに愛馬に跨って野山を駆け巡る。それを咎めた母親代わりの叔母ソフィーに向かって「この頃、わたしの鎖の縛りがあまりにもきついのにいらいらしていたので、一度だけ、その鎖を断ち切ってみたかっただけなの」(223) と彼女は答え、レイモンドに謝るようにと諭す叔母の言葉を耳にすると、「手枷をはめてもらうために、わたしの手首を恭しく差し出して、ご主人様にもう一度、縛りつけてくださいとお願いするなんて！いやよ、死んでもいやよ！」(223)と言い返している。また別の機会には、レイモンドの言いなりになるべきだ、と主張するソフィーが口にする「愛のために犠牲を払うことに屈辱はない」という言葉を聞いた瞬間、ヘイガーは「愛のために自由を犠牲にすることには屈辱を感じるわ――神の御法は別として、どんな物のためであっても、自由を犠牲にすることには！」(232)と反論している。このエピソードは家父長的な「支配する権力」を握るレイモンドと暮らすうちに、彼女が「手枷」をはめられて「自由」を失っていたことを物語っている。「彼女は彼女の新しい地位によって閉じ込められ、拘束され、圧迫されているように感じた」(242)というコメントを語り手が加えるのは、もはや時間の問題だった。

新婚夫婦はそれまで暮らしていた屋敷のヒース・ホールから、ニューヨークの近くの、ハドソン川沿いにあるリアルトと呼ばれる新しい屋敷に移り住むことになるが、その直前に、ヘイガーの愛犬二匹と愛馬一頭をレイモンドは彼女に相談することもなく勝手に売り払ってしまう。そのことを知って怒り狂う彼女を優しく抱きしめて、にこやかにほほ笑みながら、レイモンドは「君のワシが翼を羽ばたかせて、鳥籠に乱暴に打ち掛かるようなら、翼と爪を切るだけでは十分ではないようだね――完全に押し殺してしまわなければならないのかな」と囁きかけ、抵抗する気力さえ失ってしまった彼女に「君は元気なお嬢さんだが、そのうち大人しくなるだろうよ」（228）とうそぶいている。ヘイガーは精一杯の皮肉を込めて「あなたの自動人形の誕生をお悦び申し上げます」（228）と言い返しているが、彼女にとって結婚とは自由の翼を切り取られたワシ、主人に唯々諾々と従う自動人形《オートマトン》にならざるを得ないことを意味していたのだった。

新しい屋敷に落ち着いてから一年ばかり経って、ヘイガーは双子の女の子に恵まれるが、レイモンドは独断で乳母を雇い入れ、母親としてのヘイガーに赤ん坊の世話をさせようとしない。当然、この処置に彼女は反発するが、レイモンドは「君は反対するのを止めるのか、それとも続けるのか――イエスかノーか」と例のにこやかだが有無を言わせぬ口調で話しかけ、「これから先は、仲直りの申し入れは、この点に関する無条件降伏を前提にしてもらうよ」（265）と言い放っている。夫が妻に無条件降伏を強制するような結婚生活においては、ヘスター・プリンの予言が実現するはずもなかった。そこに見いだされるのは「相互の幸福」という基盤の上に築かれた男女関係ではなく、「所有し所有される」主人と奴隷の関係だった。

ある日、レイモンドの横暴な態度に耐えかねたヘイガーが「わたしはあなたの言いなりになる奴隷ではありません！」と口走ったとき、彼は少しも騒がず「そうさ、奴隷じゃないよ、ヘイガー。君は誇り高くて気性の激しい女だよ――しかしだよ、ヘイガー、明日、僕が僕のそばへおいでと言えば、君はやってくるのさ！」（276）と言い切っている。妻となったヘイガーを自分の思い通りになる女性に作り替えるのが、レイモンドの結婚の目的ではなかったか、と呟きたくなる読者がいるとしても驚くにあたるまい。ジョアン・ドブソンは『棄てられた妻』を「気性の激しい、情熱的な女性を屈辱と依存の状態に引き下ろすために、その女性と結婚し、その女性の自分に対する愛情を利用することによって、彼女の自立心を挫こうとする男性の計画的で計算された試みに関する綿密な考察」（Dobson xxiv）と呼んでいることを指摘しておこう。どうやら、ヘイガーを「奴隷」の状態に追いやって、精神的に苦しめることを楽しんでいるかのようなレイモンドは、現代ならモラル・ハラスメントの加害者として訴えられてもおかしくない人物だが、彼の罪状はそれだけに留まらない。

レイモンドの屋敷には、ボルティモアに嫁いでいたソフィーの姉ロザリーの死後、その娘ロザーリアが同居するようになっているが、この可憐な女性に魅せられたレイモンドは、彼女に愛を告白する。この場面を「彼は突然、『僕の花！僕の小鳩！僕の小羊！僕の天使！ローズ！おお、ローズ！』と叫びながら、彼女をつかんで胸に押しつけた」とか、「彼の腕は彼女の美しい、打ち震える体を炎の鎖のように抱きしめ、熱い口づけが彼女の顔に降り注いだ」（293）とかいった大衆受けを狙った常套的な表現でサウスワースは描写している。また、偶然の機会を巧みに利用した外交官の彼は、ロザーリアと一緒にヨーロッパの赴任地へ旅立った船のなかでも、「君は僕のものだ！僕は君を代償、高い代償を払って買ったのだ！僕は国も家庭も妻も子どもたちも放棄した。品位もプライドも野心も投げ捨てて、名誉も損なった。ああ、神よ！僕は君のために大きな犠牲を払うのだ、ロザーリア！」（312）と囁きながら、無垢な彼女をかき口説いている。だが、物語の最後でロザーリアはレイモンドの実の妹だったことが判明するので、一連の煽情的な描写にもかかわらず、彼が最後の一線を越えたとは考えられない。こうしてヘイガーは「棄てられた妻」になってしまうのだが、その辺の事情は後で簡単に触れるとして、レイモンドが男性の特権を利用して女性をたぶらかす、札付きの悪漢的人物であることに疑問の余地はあるまい。

だが、『棄てられた妻』には家父長的な特権を振り回す人物がもう一人登場していることを忘れてはならない。レイモンドの父ジョン・ウィザーズ牧師がヘイガーの叔母ソフィーと結婚したことはすでに触れたが、教区の牧師として着任した直後から、ウィザーズは「牧師としての特権」（31）を悪用してヒース・ホールを足繁く訪ね、十七歳の彼女に執拗に結婚を迫るようになる。こうして、三カ月ばかり通い詰めた挙げ句、暮夜、一人でやってきた彼はソフィーの腰に手を回して、「かわいい小鹿」と呼びかけながら、「お前は三週間後にはウィザーズ夫人となる！」と催眠術師のように囁きかけるが、「彼女は彼のしっかり抱きしめる腕から尻込みした。それがまるでヘビの冷たく湿ったとぐろでもあるかのように」（46）という場面が用意されている。さらに、「あなたを怖がって後ずさりするような女となぜ結婚しようとなさるのですか」と問いかけるソフィーに対して、牧師は「儂を怖がって後ずさりするからこそさ」と答え、「お前は逃げ場のない状況の網にかかっている、ソフィー・チャーチル。抵抗するのをやめたまえ。手足を傷つけ、力を使い果たして、ますます身動きが取れなくなるからな」(48)と脅したりもしている。「儂の腕の抱擁は、お前を取り囲む運命の象徴だ」(48)という彼の言葉を耳にして、ソフィーがわっと泣き出したということも詳しく描かれているが、この老人が若い娘に結婚を迫るグロテスクな場面に、一九世紀の小説には珍しく、レイプのイメージが大胆に持ち込まれていることは否定すべくもないだろう。

夜も更けて、ウィザーズ牧師が立ち去った後、「わたしは気が狂ったのだろうか。狂おうとしているのだろうか。夢を見ているのだろうか」とソフィーは呟き、「おお！わたしの父なる神よ！目覚めることができさえすれば！わたしはわたしの自由な意思を失う！おお、運命よ！運命よ！あなたの手はわたしの上に置かれ、その手に逆らうことができない！」(49)と嘆いている。「こうして、彼女の弱い意志の翼は、強くて、執念深くて、鉄のような意志につかまれたまま、もがいていた」(49)という言葉で、この場面を語り手は締め括っているが、レイモンドがヘイガーを沈黙させる場面でもやはり翼(pinions)のイメージが用いられていたことを見落としてはならない。強烈な意志を持った父と子が揃って若い女性の自由の翼を奪い取るという設定は、しかし、単なる偶然の出来事と受け取るべきではないだろう。それはいつの時期にも、いつの世代にも、ヴィクトリアン・アメリカにおいては、女性を「生涯にわたって支配する権力」を付与された男性が家父長的な特権を心ゆくまで享受していたことを象徴的に物語っているのだ。

『棄てられた妻』が『サタデー・イーヴニング・ポスト』に連載されたとき、ウィザーズがソフィーに結婚を強要する章を掲載することを拒絶した編集長のヘンリー・ピーターソンは、サウスワースに宛てた一八四九年九月一〇日付の手紙のなかで「あの章がなければ、作品全体はきわめて称賛すべき完全なものだと思った――あの章があれば、一人の読者として、われわれは不快感を抱いて、あの作品を投げ捨てたことだろう。われわれは涙ながらに抗議する若い女性を強引に結婚させせようとする人物に興味を持たせようとする試みに憤慨すべきだった」(qtd. in Coultrap-McQuin 64. 強調原文) と述べている。そこに編集長の見識の高さを見て取るべきだろうが、ヘンリー・ピーターソンの従弟のT・B・ピーターソンが経営する出版社が『棄てられた妻』を一八五五年に刊行したときには、アップルトン社の初版(一八五〇年)と同様、問題の章は削除されていなかった。この事実は当時の読者大衆が牧師のレイプまがいの求婚をさほど抵抗なく受け止めていたことを示唆しているのではないか。一九世紀半ばのアメリカでは、男性が女性に対して家父長的な特権を振りかざすのはきわめて日常茶飯的な事柄に過ぎなかったのだ。

『棄てられた妻』の「棄てられた妻」となったヘイガーは、双子の娘と生まれたばかりの乳飲み子を抱えて途方に暮れるが、彼女に好意的で、後日、ロザーリアと結婚することになるガスティ青年の助けを借りて、実家のヒース・ホールに引き揚げるだけでなく、声楽家として新しい人生のスタートを切ることになる。やがてヨーロッパ公演において世界的な成功を収めた彼女は、アメリカに帰国してヒース・ホールの改修工事に取り掛かり、それが見事に完了した直後に、尾羽打ち枯らして帰宅して「僕は破産した」（433）と呟くレイモンドを、彼女は三人の子どもたちと一緒に優しく迎え入れるというのだから、この何とも安易で、ご都合主義的な物語の展開には驚くほかはない。しかも、その場に居合わせたロザーリアが「お兄さんにご挨拶なさい」と促されて、「顔を赤らめ、体を震わせながら立ち上がり、レイモンド・ウィザーズは両腕を開いて、妻と妹の二人を胸にしっかり抱き寄せた」（433）という描写を読まされた読者は、ロザーリアに対する彼の情熱的な告白の場面を鮮明に記憶しているだけに何とも鼻白む思いがするに違いない。

こうして「美しい家族全員が愛と喜びに結ばれた」（434）という甘い言葉で終わる『棄てられた妻』のハッピーエンディングは、作家としての成功を（もしからした南アメリカに旅立った夫フレデリックの帰宅を）夢見る「棄てられた妻」サウスワース自身の希望的観測のファンタスティックな産物としか思えない。ヘイガーのような「棄てられた妻」が登場するリアリズム作家ウィリアム・ディーン・ハウエルズの小説『ありふれた訴訟事件』（一八八二年）は、「センチメンタルな物語一般、とりわけE・D・E・N・サウスワースの『棄てられた妻』と題する永遠にポピュラーなテクストの辛辣なパロディ」（Korobkin 334）になっている、というローラ・コロブキンの評言が思い出される所以だが、読者としてはベストセラー『棄てられた妻』のセンチメンタルな展開や安直なセンセーショナリズムを批判するだけでなく、主人公ヘイガーを取り囲むヴィクトリアン・アメリカの男性至上主義的な雰囲気にも注目すべきだろう。そこにヘスター・プリンが予言していた男女関係における「相互の幸福」が実現しているとは到底言い難いが、アリス・ケアリーの作品に登場するもう一人のヘイガーには一体どのような運命が待ち受けているのだろうか。

2

詩人としてのアリス・ケアリー（Alice Cary, 1820-1871）の名前は文学辞典の類いにも出ているし、短編作家としての彼女の重要な作品はラトガーズ大学出版局のアメリカ女性作家シリーズなどで読むことができる。だが、彼女の長編小説『ヘイガー――現代の物語』（*Hagar: A Story of To-day*, 1852）については、その題名さえ耳にしたことがないという読者がほとんどではないだろうか。この小説は彼女の短編を高く評価するアネット・コロドニーやジュディス・フェタリーによっても無視され、一九九三年出版の『女性の小説』の著者ニーナ・ベイムにいたっては、『ヘイガー』を「非常に乱暴に書かれている」と酷評し、「ケアリーはフェミニストで、詩人で、女性に関する時代遅れのイメージの信奉者」（Baym *Women's Fiction* 262）と切り捨てていた。だが、最近では、デイヴィッド・レナルズが『ヘイガー』を「現代の読者による再考に値する」（Reynolds 399）小説と呼び、フィリップ・グーラも「女性作家の再発見に努めている二〇世紀のフェミニスト批評家たちでさえ、彼女の作品を称賛するのに困難を覚えている」（Gura 224）としながら、『ヘイガー』はベイムが下したよりも高い評価に値する、と主張している。

この小説の主人公エルジーは、その後、ヘイガーと名前を変えることになるが、ニューヨークから五十マイルばかり離れた寒村で、母親と二人だけで暮らしている。その村を偶然訪れた牧師のネイサン・ウォーバートンの「ハンサムな容姿と知的な能力と説得力のある雄弁」（255）に魅かれて恋に落ちた彼女は、母親の反対にもかかわらず、彼の結婚の約束を信じて肉体関係を結ぶが、ニューヨークにもどったネイサンからは何の音沙汰もない。やがて彼の子どもを身ごもったことを知ったエルジーは、「ついに、この不安の苦痛に耐えきれなくなったわたしは、偽りの口実を設けて家を出ると、独りで、友だちもいないまま、見知らぬ大都会で、わたしの約束された夫を探し求めた」（256）と告白している。

ニューヨークにたどり着いたエルジーは、ようやくネイサンとの再会を果たすが、牧師としての名声が高まっていた彼は、「洗練と優雅のさなか」に突然姿を見せた「田舎娘」のエルジーに対する不快感を隠そうとしない（257）。「ついに彼は驚くべき巧妙さで被害者であるかのように振る舞い、わたしの分別のない軽率な行為がわたしたち二人に破滅をもたらすことになるかもしれない、と語った」（257）と彼女は回想している。「結婚は現時点では不可能だ」（257）とネイサンは彼女に告げるだけでなく、しかるべき時期がくるまで待つようにと命令し、それに対してイエスかノーで返答するように迫っているが、ここで読者は『棄てられた妻』のレイモンドも同じような口のきき方をしていたこと思い出すべきだろう。「もしイエスと答えるなら、君の勇気と忍耐のゆえに僕は君を二倍いとおしく思うだろう。もしノーと答えるなら、僕は君を君が自分から招いている破滅へ即座に、そして永遠に追いやり、憎悪と呪詛だけを君に与えることになる」（258）と宣言する彼は、一片の愛情もない高圧的な態度を崩そうとせず、エルジーを場末の落ちぶれた下宿屋に住まわせる。

その四階の「小さな、安っぽい家具の部屋」を「わたしの牢獄」（258）とエルジーは呼び、それが「高い煉瓦の壁で完全に囲い込まれていて、目に触れるのは数ヤードの狭い地面だけだった」（259）と語っている。そこに囚人のように閉じ込められた「力もなければ希望もないよそ者」の彼女は、思い出したように訪ねてくるネイサンを待ちながら、「ときには死ぬことを神に願った。ときには荒野で行き暮れた子どものように大声で泣き、ときには両手をだらりと垂らして座ったまま、言葉にならないほどの絶望のうちに昼と夜を過ごした」（260）が、それは「この惨めな牢獄」（261）のような下宿屋の外に出ることをネイサンに固く禁じられていたからだった（265）。やがて身二つになったエルジーに会いにきたネイサンは、眠っている赤ん坊を両腕に抱き、明日にでも結婚式を挙げることを約束するが、その言葉を信じ切って眠りについた彼女が目を覚ますと、「部屋は冷たく空ろだった。わたしの約束された夫とわたしの美しく汚れのない子どもは、永久に失われてしまっていた」（278）と彼女は語っている。

こうして誘惑されて捨てられ、すべてを失ってしまったエルジーは、さる屋敷の住込みの乳母に雇われて、母親が出産直後に他界したキャサリンという幼女の世話をすることになる。このとき年齢を間もなく二十歳と告げ、名前をヘイガーと変えた彼女を見て、「あなたは荒野にいて、水を見つけられなかったみたいな顔をしている——すっかり青ざめて、憂鬱そう」（161-62）と語る家政婦の言葉は、旧約聖書創世記第二一章のハガルの描写を踏まえている。それから長い月日が流れて、十七歳になったキャサリンは社交界で知り合ったネイサン・ウォーバートンと結婚する（283）が、ヘイガーはひそかに彼を「わたしの恋人、わたしの約束された夫」と苦い思いを込めて呼んでいる。ネイサンはすでに牧師の職を辞して、著述家として名声を馳せているが、キャサリンのお付きとして身の回りの面倒を見ている「黒い髪のヘイガー」が「遠い昔の若くて、健康美にあふれたエルジー」であることにまったく気づかない（233-34）、といった物語の不自然な展開が、ニーナ・ベイムに小説『ヘイガー』は「非常に乱暴に書かれている」と評させたのかもしれない。

しかも、主人夫妻の留守の間に、ネイサンの書斎の机の引き出しを開けたヘイガーが、そこに隠されている小さな黒い柩のなかに彼女のミイラ化した子どもの遺骸を発見する、といったゴシック的場面（290）まで作者は用意している。この場面で、彼女の正体にようやく気づいたネイサンは、「君は僕の妻だ――ほかに妻はいない――いるはずがない」（293）と叫び、「世界は広い。一緒に逃げよう。お互いの抱擁のなかで、僕たちが避けることができないものに挑戦しよう」（296）と訴えるが、ヘイガーは「僕を見捨てないでくれ！」という彼の言葉に耳を傾けようとせず、「人殺し！」と言い返している（297）。それから二日後、すでに心の病に罹っていたネイサンが馬車で精神病院に運ばれるのを目撃したことを彼女は読者に報告している（299-300）。

その後、ヘイガーはニューヨークを離れて、オハイオ州シンシナティ――『日常生活におけるアメリカ人の風習』のファニー・トロロプも暮らしていたシンシナティの近くの村に移り住み、そこで村人たちのために献身的に働く彼女について、「病気や死、それに何らかの不幸があるところで、彼女ほど親切な人は誰もいなかった」とか、「彼女は何かを楽しむこともなく、奉仕の仕事のときは別として、住んでいる小屋から出かけることは絶対になかった」（194）と説明されている。こうしたヘイガーに惹きつけられた村の牧師（またしても牧師の登場だが）のジョゼフ・アーノルドは彼女に結婚を申し込むが、いったんは求婚を受け入れたかに見えた彼女は、結婚式の前日、ジョゼフ宛の一通の手紙を残して忽然と姿を消してしまう。小説『ヘイガー』全体のほぼ四分の一を占めるこの長い手紙（227-300）には、少女時代やネイサン・ウォーバートンとの関係など村にやってくる以前の彼女の過去が詳しく語られている。

『ヘイガー』がホーソンの『緋文字』に著しく似通っていることは、あらためて書き立てるまでもなく歴然としている。主人公が牧師と深い関係を結び、彼の子どもを産むことになるという設定は言うまでもなく、罪を犯したエルジーをヘスターにアドバイスを求める罪を犯した若い女性の一人に数え上げることもできるに違いない。彼女が村人たちのために「奉仕の仕事」（errands of mercy）に出かけるというのは、ヘスターがみずからを「慈善の修道女」（Sister of Mercy）と呼んでいた（Hawthorne 154）ことを連想させる。あるいは『ヘイガー』で牧師が遠くへ逃げることを提案する場面は、『緋文字』の森の場面でヘスターがヨーロッパへ逃げようと訴える場面のパロディと読めるかもしれない。いずれにせよ、小説『ヘイガー』から浮かび上がってくるのは、男性至上主義的なアメリカ社会で不幸と不運を一身に背負うことを余儀なくされている女性のイメージにほかならない。この点を捉えて、ニーナ・ベイムはケアリーを「女性に関する時代遅れのイメージの信奉者」と呼んだのだろうが、家父長制に反逆する新しいタイプの女性を描くことは『ヘイガー』における彼女の目的ではなかったのだ。

『ヘイガー』から十数年後の一八六八年四月二〇日、新しく創立された女性のためのクラブ

「ソロシス」の会長に就任したアリス・ケアリーは、女性だけのためのクラブを設立する理由を世間の男性諸氏に説明するスピーチで、「わたしたち［女性］は事実、恥辱と屈辱に押しひしがれている」と述べ、このようなクラブを新しく作ることによって、「わたしたちはわたしたちが造物主から授かっている能力を完全に伸ばして活用することに反対するすべてに対して・・・異議を申し立てることを提案した」(qtd. in Clemmer 79-80) ことを明らかにしている。ケアリーが『ヘイガー』に「現代の物語」というサブタイトルを付けたのは、不実な恋人によって「牢獄」のように閉鎖的な空間に閉じ込められて、「恥辱と屈辱に押しひしがれている」エルジー／ヘイガーが「造物主から授かっている能力を完全に伸ばして活用すること」が不可能な状況に置かれている一九世紀半ばのアメリカ女性一般の姿を象徴していると考えたからだろう。

アリス・ケアリーの伝記作家メアリー・クレマーは、アリスの生まれた家のささやかな本棚に聖書、賛美歌集、ルイス&クラーク『探検記』、アレキサンダー・ポープの評論と一緒にスザンナ・ロウソンの『シャーロット・テンプル』(一七九一年・アメリカ版一七九四年) が並んでいた、と伝えている (Clemmer 21) が、「主要人物が同じように捨てられ、運命の手に委ねられている」ロウソンの小説と『緋文字』に負うところが大きい『ヘイガー』を書くことによって、「ケアリーは新しい国家アメリカにおける女性の依然として低い地位に関する問題を提起していた」(Gura 227) とフィリップ・グーラは論じている。

どうやら、一七世紀半ばのアメリカを舞台にした『緋文字』から一八世紀末のアメリカを描いた「真実の物語」という副題の『シャーロット・テンプル』を経て、「現代の物語」という副題を掲げる『ヘイガー』に至るまで、常に不当に低い社会的地位に甘んじることを余儀なくされているアメリカ女性が描かれてきたのではないか。いつか「男女間の関係が相互の幸福という、いままでよりも堅実な基盤の上に築かれる」日がくるだろうというヘスター・プリンの予言は予言のままで終わっている、と言わざるを得ない。なお、「現代の物語」という副題を付けるのはレベッカ・ハーディング・デイヴィス『マーグレット・ハウス』（一八六一年）やマーク・トウェインとチャールズ・ダドリー・ウォーナーの合作『金メッキ時代』（一八七三年）の例に見られるように、当時としては決して珍しい現象ではなかったことを付け加えておこう。

3

『ヘイガー』と同じ年に上梓された『アイサ――ある遍歴』（*Isa, a Pilgrimage*, 1852）の作者キャロライン・チーズブロ（Caroline Chesebro', 1825-1873）の場合、アリス・ケアリーよりもさらに知名度が低いかもしれない。彼女は一八五〇年代に長編小説をつぎつぎに発表して人気を博したが、現在の彼女は正当な評価を受けているとは言い難い。『オクスフォード版合衆国女性作家案内』（一九九五年）の項目執筆者は、チーズブロが「基本的に明らかな教訓で終わる家庭中心的でセンチメンタルなプロット」を好む点に触れて、彼女の描く女性登場人物が「天使によく似た存在」であり、「概して、これらの女性たちは不平を言わない自己犠牲と素朴な善良さのゆえに、最後には報いられる」（*Women's Writing* 164）と解説しているが、こうした評言が彼女の最初の長編小説で代表作の『アイサ——ある遍歴』（以下『アイサ』と略記する）に当てはまるとは到底考えられない。

『アイサ』の主人公アイサ・リーは施設で暮らしている孤児の少女だが、施設を見学にきた裕福なダガン夫人に気に入られ、養女として引き取られることになる。生まれつき豊かな才能と資質に恵まれていたアイサは、夫人の一人息子ウェアと競うように勉学に励み、その才能が見事に花開いた彼女は、やがて哲学的な評論をつぎつぎに発表する。その評論は雑誌『ザ・ガーディアン』のオーナーであるウォレン氏によって高く評価され、副編集長に抜擢された彼女は、編集長のアランサス・スチュアートの下で働き始める。スチュアートが彼女の愛読する本——そのラディカルな思想のゆえにウェアに読むことを禁じられていた本の著者だったことから、アイサは急速に彼に引きつけられる。やがて二人は正式な結婚をしないまま同棲生活を営むことを決意するが、もちろん、こうして生きざまは当時としてはきわめて反社会的、反道徳的だったので、二人はヨーロッパに生活の場を移し、子どもにも恵まれるが、その子は幼くして病死する。アイサは『ヘイガー』の主人公とはまったく異なる環境に置かれていたが、結婚しないまま母親になったという意味では、ヘイガーと同じようにヘスター・プリンの妹と呼んでもいいだろう。

スチュアートとアイサの親密な関係について、「彼らが出会う以前の、彼女が彼を故人と思っていたときでさえ、彼女は彼を通して、彼のなかで、彼によって知的生活を送っていた」(218)と語る語り手は、スチュアートもまた「彼自身の性格の完全化、その達成を彼女のなかに見いだした」(221)と説明し、「さまざまな相違点にもかかわらず、二人は何と奇妙なまでに似かよっていたことか！その精神と衝動と目的と欲望において、何と双生児的だったことか！ほんの数週間で二人の間に確立された相互信頼を獲得するのに、ほかの男女だったら数年を要したことだろう」(221)と結論している。この語り手の発言から判断する限り、いささか理想化され過ぎているきらいはあるとしても、「相互信頼」が確立された、「双生児的」な精神構造のスチュアートとアイサは、ヘスターによって予言されていた男女関係をほぼ完璧なまでに実現していると言えるだろうが、二人の生活が真空状態で営まれているような印象を受けるのは、当時の女性が社会的に期待されていた結婚という儀式が欠落しているために違いない。

だが、これほどまでに愛し合っているアイサとスチュアートが正式な結婚をしなかったのはなぜか。そもそも結婚とはアイサにとっていかなる制度だったのか。この疑問に対する答えは『アイサ』のサブプロットあるいはカウンタープロットに用意されていると思われる。

『ザ・ガーディアン』の編集に携わるようになったアイサは、ほどなくしてメアリー・アーヴィングという女性と知り合う。アイサと同年齢のメアリーは声楽家としての才能に恵まれているのだが、夫のロデリック・アーヴィングとの結婚生活は決して幸福とは言えない。ロデリックは大富豪であって、一見したところ、アーヴィング夫妻は何不自由ない生活を送っているかのようだが、「二人の容姿に見られる明確なコントラスト」を観察しているうちに、「具眼の士なら、この夫婦を眺めただけで、二人の間にひとかけらの知的共感も存在しないことに気づくに違いない」(147-48)という結論にアイサは達している。すべてにおいて「双生児的」で「相互信頼」が確立しているスチュアートとアイサ。「ひとかけらの知的共感も存在しない」ロデリックとメアリー。この二組の男女の間にもまた「明確なコントラスト」が見られることを看過してはなるまい。

さらに観察を続けるアイサによると、「その声が露骨に伝えている横暴な性格――好色な顔つき、財力自慢、教育を受けた人間らしからぬ驚くべき無知」が目立つロデリックと、「弱々しくて、臆病で、絶妙なまでに美しく、音楽的な魂を備え、生よりもはるかに濃い死の色を顔に浮かべている」メアリー(148)とのコントラストも際立っている。この「政略結婚」(149)だったと噂される夫妻を見比べながら、「二人は二つのまったく異なる生活――肉体の生活と精神の生活の具現化のように見えた」と感じたアイサは、「彼は彼女を金で買ったに違いないと思った」

だけでなく、「メアリー・アーヴィングは奴隷妻（slave-wife）だった」（148）と断言している。一九世紀半ばのアメリカで、結婚生活における妻の位置が奴隷のそれと変わらないという状況はきわめて日常茶飯的で、決して異常な事態ではなかったが、この点に関する詳しい議論は次章を参照されたい。

やがてメアリーと個人的に親しくなったアイサは、彼女から結婚という制度についてどう思うかと尋ねられたとき、「十中八九まで、結婚の誓いを立てた人たちは、とりわけ女性たちは、一椀の羹《あつもの》と引き換えに生まれながらに持っている自由という権利を売り渡している。現状では、制度としての結婚は聖なるものではない――それは忌まわしいものだ」（169）と旧約聖書創世記第二五章第三四節に言及しながら答えている。さらに、「わたしたち人間は知的自由を極限まで享受するように作られている」（171）と語るアイサは、「本当の意味で生きようと思うなら、人は自由を持たねばならない。自由なくして、人生の名に値する人生を思い描くことはわたしにはできない。そのような人生を送るくらいなら死んだほうがましだ」（171）と言い切っている。結婚によって「自由という権利」を放棄したメアリーのような生きざまは絶対に受け入れられないということを、アイサはここでも再確認しているのだ。

こう見てくると、『アイサ』におけるチーズブロは、「双生児的」な理想の伴侶を見つけながら正式の結婚をしようとしないアイサの生きざまと、性格のまったく異なる男性に身売りする形で

「知的自由」を失ってしまったメアリーの生きざまとを対比させるダブルプロットによって、結婚という制度の下では女性は「自由という権利」を失って、配偶者に完全に依存する存在――アイサのいわゆる「奴隷妻」にならざるを得ないということを読者に語りかけている。結婚を「忌まわしいもの」と定義するアイサとしては、人生に真に生きる価値を与えている「自由という権利」を守るために、「結婚という足枷」（170）は絶対に拒絶しなければならなかったのだ。チーズブロが論じているように、結婚における男女の関係が主人と奴隷のそれであったとすれば、『アイサ』の発表された時点でのアメリカでは、男と女の関係が「相互の幸福」という基盤の上に築かれる日の到来というヘスター・プリンの予言は、まだ実現からほど遠い状態にあったと考えられる。だが、同時にまた、結婚して家庭という領域に閉じこもることが女性一般に要求されていた一九世紀半ばのアメリカで、「自由という権利」を売り渡した「奴隷妻」になり果てるような生き方に断固たる否！を突きつけているアイサは、ヘスター・プリンの予言の実現に一歩でも近づこうと努力している例外的に勇気のある女性だったということも否定できないだろう。

だが、そうした男女の理想的な関係を実現することができなかったとき、まことに意外な行動を取る二人の女性の生きざまに、『アイサ』の翌年に発表した長編第二作『光の子ら』（*Children of Light*, 1853）のチーズブロは焦点を当てている（なお、本書の題名は新約聖書エペソ人への手紙第五章第八節、テサロニケ人への第一の手紙第五章第五節から取られている）。

この小説の主人公エイシャ・フィリップスは彼女自身「わたしが男性だったら、誰にもわたしより高い位置に立たせない。しかし、いまここにいるわたしはただの女性にすぎない」と語り、彼女が「わたしのいるべき場所」から一インチも出ようとしないのは、「誰もかれもがわたしの敵に回って、わたしを野獣か何かのように追い詰めるからだ！おお、この礼儀作法――この何の意味もない滑稽な習慣！」（31-32）と叫んでいるように、彼女は「きちんと躾けられたイヌ」（31）のような女性になることに抵抗を覚えている。他方、『光の子ら』に登場するもう一人の主人公ヴェスタ・マデロンもまた、エイシャに勝るとも劣らぬ強烈な個性の持ち主で、「その青い目の穏やかな深みには忍耐力が露わになっている」（46）と書かれているが、エイシャの「艶やかな漆黒の髪」が「彼女の内なる心と目的の強さ」を物語っている（42）のと対照的に、ヴェスタの「性格の強さと豊かさは、彼女の頭に古典的な優雅さで巻かれている豊かな褐色の髪に現われている」（47）。ヴェスタの「純粋な魂」は「褐色でも眩いばかりの白色でもない肌の色から伝わってくる」（47）と考える語り手は、彼女は「女性らしくて、美しくて、上品で、優しい――人生の困難やありふれた試練からは守られているけれども、一切の不条理な状況に反抗して、大いなる人生の活動に身を投じることができる」（48）とも説明している。

だが、この二人の個性的な女性を周囲の男性たちは理解することができない。ヴェスタが恋心を抱いていた牧師は、彼女に魅かれているような様子を見せながら、教区の若い女性を結婚相手に選び取る。舞台女優になることを夢見て、ヴェスタの従兄の指導を受けていたエイシャは、彼がヴェスタの姉と結婚したとき、誘惑されて捨てられたことを知って入水自殺を図る。ヴェスタが一命を取り留めたエイシャと語り合う『光の子ら』の最終章の場面で、「あなたは天職をやり遂げなくてはいけない。あなたがすっかり元気になったら、あなたを受け入れてくれることを約束してくれた偉い先生の下で勉強できる場所へあなたを連れて行く」（370）と言って励ますヴェスタに、エイシャは「女優として素晴らしい人生を送るのが、かつてのわたしの希望であり、決心だった」けれど、「いまのわたしは自殺しようとした弱くて、行き暮れて、気の狂った女に過ぎない」（371）と答える。これに対して、「あなたはあなたの運命を全うしなくてはならない。それが輝かしい運命となることを、あなたがかつて信じたと同じように、わたしは強く信じている」とヴェスタは反論し、「わたしはわたしの計画通りに行動する。行動するのが――あなたに言うことを聞かせるのが、わたしの仕事だと分かっているから」（372）と言い切っている。

こうして、『光の子ら』はやがてエイシャが女優への長い道を歩み始め、その彼女をヴェスタが全面的にサポートするだろうということを暗示する形で終わっている。この結末について、ニーナ・ベイムは「すばらしい才能に恵まれた女性たちは伝統的な異性関係では満たされない」（Baym *Women's Fiction* 216）と語り、フィリップ・グーラも「チーズブロは異性関係において女性たちが味わう屈辱を悲しんでいる」（Gura 132）と指摘している。エイシャとヴェスタとの会話が交わされたとき、ヴェスタはベッドに寝たままのエイシャの傍らに横になって、「わたしたちが子どものときからあなたを愛してきた」（366）と囁きかけ、エイシャもまた「あなたをいつも心から愛してきた。いまのわたしにはあなた以外の何も愛していないように思われる」と語り、「わたしは女性全体をその弱さゆえに軽蔑していたし、わたし自身が誰よりも弱い人間だった。でも、わたしはいつもあなたを愛していた」（372-73）と繰り返している。

論文「愛と儀式の女性世界」で一九世紀アメリカにおける女性同士の関係を考察したキャロル・スミス＝ロゼンバーグは、「親密さと、自由な感情的な表現と、抑制されない身体的接触が女性と女性の相互関係を特徴づけていた。・・・そのような女性のサポートと親密さと儀式の世界において、成人の女性は信頼と愛情をこめて相手に依存し合っていた」（Smith-Rosenberg 74）と指摘しているが、そのような「ホモソーシャルな絆」によって結ばれたヴェスタとエイシャは、「相互の幸福」を約束しようとしない異性関係に疑問を呈し、それを否定していると考えていいだろう。男性に理解されることのなかった二人の女性は、伝統的な意味での結婚制度の存在しない、ニーナ・ベイムのいわゆる「フェミニン・コミュニティ」（Baym *Women's Fiction* 216）を構築し、「自由という権利」を放棄したり、「奴隷妻」の身分に甘んじたりする必要のない世界を選び取っている。女性同士の「ホモソーシャルな絆」はやがて「ボストン・マリッジ」と呼ばれることになるのだが（「ボストン・マリッジ」については大井『エロティック・アメリカ』

四七―七九を参照)、その強固な絆を作品の最終段階で導入するという思いがけない戦略によって、『光の子ら』のチーズブロはいつまで経ってもヘスター・プリンの予言が実現することのない、白人男性至上主義の一九世紀アメリカに対して異議を申し立てているのだ。

あらためて指摘するまでもなく、『ヘイガー』や『アイサ』が出版された一八五二年はストウ夫人の『アンクル・トムの小屋』が出版された年でもあった。サウスワースやケアリーやチーズブロが結婚生活における男女間の不平等を訴え、奴隷や囚人のような状況に置かれていた女性の生きざまに光を当てていたことを現代の読者は見逃すべきではないだろう。この時期にはまた、ハリエット・ウィルソン『わたしたちのニグ』(一八五九年)、ハリエット・ジェイコブ『ある奴隷少女に起こった出来事』(一八六一年)、ハナ・クラフツ『奴隷女の物語』(?―一八五三―六九年)なども出版されていたが、アフリカ系アメリカ女性だけでなく、アングロサクソン系アメリカ女性もまた特権的な男性によって所有され、隷属状態に甘んじることを余儀なくされていたという事実を、ほとんど忘れられたアメリカン・ルネサンスの白人女性作家たちの作品から読み取ることができるのだ。

なお、蛇足ながら、一八五二年には女性解放運動の先駆者で、本書第一部で登場していたファニー・ライトが、ファニー・トロロプが一時期滞在し、『ヘイガー』の舞台にもなっていたオハイオ州シンシナティで孤独な死を遂げていることを付け加えておきたい。

第七章　結婚の生態

——女性作家の自伝小説から探る——

メディカルライターで社会改良家でもあったトマス・ロー・ニコルズは妻のメアリー・ゴーヴ・ニコルズとの共著『結婚——その歴史と性格と結果』（一八五四年）の彼が分担する第一部で、「わが国の婚姻法の下での妻の地位はアフリカ系奴隷のそれに酷似している」（*Marriage* 89）と指摘し、「結婚制度と奴隷制度は人間の自由の墓場である点で共通している」（96）と主張している。

さらに彼は「この男性による女性の所有——この特定の人間が別の人間に対して抱く絶対的な生殺与奪の権利——このあらゆる独裁主義と奴隷制度の根本的要素は、文明国の美徳の必要条件に挙げられている」（115）と論じた後で、一八四八年七月にニューヨーク州セネカフォールズで開催された女性権利大会でのマニフェスト「所信の宣言」から、「人類の歴史は男性の女性にたいする虐待と搾取の繰り返しの歴史であり、その直接の目的は女性の上に絶対的な暴政を打ち立てることであった」(qtd. in *Marriage* 115-16. 引用は児玉佳與子訳による)という言葉を引用しながら、結婚制度こそは「女性が訴える諸悪の組織全体の根源である」(117)と言い切っている。『アイサー――ある遍歴』のキャロライン・チーズブロは、結婚した女性は「奴隷妻」にならざるを得ないと主張していたが、この章では、トマス・ニコルズが女性にとっての諸悪の根源と考える一九世紀アメリカの結婚制度の実態を、いずれも『結婚』の翌年の一八五五年に発表された女性作家による三冊の自伝小説、メアリー・ゴーヴ・ニコルズ『メアリー・リンドン』、マーサ・タイラー『題名のない本』、ファニー・ファーン『ルース・ホール』のなかに探ってみたい。

1

『結婚』の翌年、トマス・ニコルズの妻メアリー・ニコルズ(Mary Gove Nichols, 1810-1884)は自伝小説『メアリー・リンドン』(*Mary Lyndon: Or, Revelations of a Life: An Autobiography*, 1855)を出版しているが、そこには彼女の不幸な結婚生活が赤裸々に語られている。メアリー・ニールとしてニューハンプシャー州に生まれた彼女は、一八三一年、二十一歳のときに彼女とはほぼ四十歳の年齢差のあるハイラム・ゴーヴと結婚して、翌一八三二年に一女をもうける。彼女はマサチューセッツ州リンで女学校を開いたり、ボストンで若い女性のための連続講演会を催したりしていたが、専制的な夫との生活に耐えきれなくなった彼女は一八四二年に夫と別居、ようやくゴーヴとの離婚が成立した一八四八年にトマス・ニコルズと再婚している。

メアリー・ニコルズが『メアリー・リンドン』という三百八十八頁もの長編小説を書いたのは、みずからの不幸な結婚を材料にして、結婚という制度に内在するさまざまな問題を指摘するためだった。リンドン自身、「この西暦一八五四年の晴れた日に、何千人もの女性が法律と慣習、それにみずからの恐れと弱さによって、そのような精神的麻痺状態に閉じ込められていることを考えるとき、なぜ路傍の石は『今のいのちと後の世のいのち』に死をもたらす制度に強く抗議しないのだろうか、と私は自問する」（*Lyndon* 125）と新約聖書の言葉（テモテへの第一の手紙第四章第八節）を引用しながら語っているように、非人間的とも言える結婚制度の下で悲惨な生活を送ることを余儀なくされている何万もの女性たちの代弁者として発言するためだったと言い換えてもよい。

主人公メアリーの夫アルバートは事業に失敗して無職の身となるが、「女には財産権も男が享受する行動の自由もない」（130）と公言してはばからず、彼女の学校教師としての収入はすべて夫のものとなってしまう。このような不当なことが自由の国アメリカで許されるはずがない、と読者は思うかもしれないが、「神かけて言うけれども、そのような事柄はなされてきたし、それゆえに私は苦しめられた」(130) と彼女は語っている。結婚生活に疲れ果てた彼女が別居を申し出ても、認められるはずもなく、やがて彼女は夫のもとから逃げ出すが、一人娘は連れ去られ、この件をめぐって裁判沙汰にまで発展する。孤立無援のメアリーとしては、妻という名の「従属物、自分自身の意思を持たない物」(131) となり果てた身の不幸を嘆くしかないのだが、トマス・ニコルズとの共著『結婚』の彼女が分担した第二部でも、夫に依存するしかない女性を「男性によって支配され、保護される、男性の従属物」(*Marriage* 191) と呼び、「女性は自立できるようになるまで、男性の従属物、本当の意味での奴隷にならざるを得ない」(*Marriage* 196) と「従属物」(appendage) としての女性の立場を強調していることを付け加えておこう。

さらに結婚とは何かという問題について考えたメアリー・リンドンは、「理想の結婚を生み出すのは何か?」と繰り返しみずからに問いかけた結果、「愛のない結婚は合法的な姦通だという確信が長い間、私のなかで育まれていた」(*Lyndon* 135) と告白し、彼女の稼ぎを奪い取って、それを勘定することに喜びを覚える守銭奴と化した夫と生活を共にする苦痛を訴えている(136)。「夫が私に近づいてきたり、私の体に手を触れたりするたびに、発作的な痙攣が私の全身を襲い、名状しがたい苦痛を私に与えた。それを私は乗り越えることができなかった」(137) という彼女の言葉は、一九世紀の小説らしい間接的な表現で "marital rape" に言及していると受け取っていいだろう。

『メアリー・リンドン』の前半部では、こうした結婚生活に関する不平不満が延々と語られているが、それがただ単に主人公の個人的で例外的な経験ではなかったことは、すでに触れたセネカフォールズ女性権利大会で承認された「所信の宣言」に列挙されている男性の暴挙の実例が証明している。そこには「男性は女性を、もし結婚したなら、法律の眼には市民としては死んだも同然とした」とか、「男性は女性から全ての財産権を取り上げた。女性が自分で働いて得た賃金を使う権利でさえも」とか、「男性は可能なかぎりの方法で、女性が自分のうちに持っている能力にたいする自信を破壊し、女性の自尊心を減らすように努力してきた。また女性に喜んで依存的かつ惨めな生活を送ることを予期させるよう努力してきた」（qtd. in *Marriage* 116. 引用は児玉佳與子訳による）とかいった男性を弾劾する言葉が書き連ねられているが、そのすべてが『メアリー・リンドン』の主人公が味わうことを余儀なくされた事柄に正確に対応している。読者としては、この小説を書きながらメアリー・ニコルズは「所信の宣言」を参照していたのではないか、と思いたくなるに違いない。

メアリー・リンドンはまた、苦難に満ちた彼女の日常生活のなかで、「人間として、私は『生命・自由・幸福を追求する権利』を持っていることをかなり意識し始めていた。この真理が私の心のなかに目覚めかけていたのだった」（*Lyndon* 211）と述べて、アメリカ独立宣言で謳い上げられていた「譲り渡すことのできない権利」に言及しているが、「所信の宣言」の前文にも、やはりこの独立宣言の言葉が呼び込まれていた。このようにして、七年前のセネカフォールズ女性権利大会と密接に連動している小説『メアリー・リンドン』は、著者メアリー・ニコルズ自身のきわめてプライベートな、いわば小文字の「所信の宣言」として読むことができるのではないだろうか。本書の第一部で取り上げたファニー・ケンブルの『ジョージア日記』が彼女にとってのパーソナルな奴隷解放宣言であったと同じように。

すでに触れたように、『結婚』のトマス・ニコルズは、アメリカの既婚女性が奴隷と同じ状態に置かれていることを指摘していたが、『メアリー・リンドン』の作者もまた、「この本を読む前のあなたがたは、財産権を持たず、それゆえに自立した意思も持たず、子どもの養育権も持たない者、売られることもできず、それゆえにより良い主人に巡り会うチャンスを持たない者が、黒人奴隷のそれにかなり類似した生活を送っているということに思い至ったことがあったでしょうか？」（269. 強調原文）と読者に問いかけている。この小説の結末において、主人公は女性にとってもっとも望ましい理想的な未来世界を思い描いているが、その世界では女性はもはや「従属物」でも「男性に寄生する動物」でも「独立した存在権を持たず、所有者／夫の意のままになる生き物」でもないことが明らかにされている（386）。

『結婚』において結婚制度と奴隷制度の共通点に注目したニコルズ夫妻は、「いまや結婚制度はその廃止論者が現われねばならない。その『アンクル・トムの小屋』が書かれなければならない」（*Marriage* 95）と語っていたが、「合法的売春婦」（214）の地位から解放されて、結婚相手の「従属物」であることをやめた未来の女性たちが「生命・自由・幸福を追求する権利」を行使している姿を思い描く『メアリー・リンドン』という小説は、「メアリーとトマスが期待していた結婚制度の『アンクル・トムの小屋』」（Silver-Isenstadt 187）として読まれてしかるべきだろう。

2

マーサ・W・タイラー（Martha W. Tyler, c.1819-？）の自伝小説は、『題名のない本』（*A Book without a Title: or, Thrilling Events in the Life of Mira Dana*, 1855）という奇妙な題名が付いているが、サブタイトルに名前が出ている主人公マイラ・デイナのイニシャルが、結婚前の作者の実名マーサ・デイモンのそれと同じである点からも察せられるように、この作品はマーサ・タイラーの生活と意見をかなり忠実に再現している。

一八五五年版の序文でタイラーが「愛し敬い守ることを神の前で誓った男性の手で、死よりも辛い苦しみを受けている私と同じような女性が数多くいる」（*Book* iii）と述べ、彼女の作品を「そのような男性の評判を縛り首にするための処刑台」（iii. 強調原文）に譬えているのは、そうした神を畏れることも女性を愛することもできない男たちの「残忍な行為」を阻止する手段は「正体暴露」しかないと考えるからにほかならない（iii）。そして、「すでに罰を受けている者たちと同じ運命に値する数多くの男たちは、まだ邪魔立てされることもなく、傲慢にも悪しき態度を取り続けている」と主張する彼女は、「この国から人間の姿をした怪物たちがいなくなるまで」倦み疲れることなく頑張らなくてはならない、と女性読者に呼びかけている（iv）。このように悲惨な結婚生活を送る女性の状況を訴える『題名のない本』の主題は『メアリー・リンドン』のそれと同じであり、「もしこの本がたった一人の女性であれ、女主人公に降りかかった悲しみから救い出すことに役立つとすれば、私の努力が徒労に終わることはない」（iv）という序文の言葉は、そのままメアリー・ニコルズの作品にも当てはめることができるだろう。

『題名のない本』の主人公マイラ・デイナはマサチューセッツ州の田舎町ランカスターの自然のなかでのびのびと暮らす少女だったが、やがて十六歳になった彼女は、家計を助けるために同州ローウェルの有名な工場町で織工として働き始める。だが、ほどなくして工場の経営者たちが女工たちのただでさえ低い賃金を切り下げることを決定し、この事態に対応するために開かれた緊急集会で委員長に選ばれたマイラの指導の下で、女工たちはストライキに突入する（21-30）。『題名のない本』は「実際のストライキ、ローウェルの女工たちの一八三六年のターンアウト（当時ストライキはそう呼ばれていた）」（Ranta 17）を扱っていると主張するジュディス・ランタは、ストライキを描いた箇所を「ストライキを行なったマイラや女工たちの勇気と独立心を褒めたたえる、この小説のもっとも感動的な場面」（Ranta 19）と称賛しているが、ここでは一八三七年一月に終結したストライキに勝利したマイラがその後の人生で経験することになる、副題の「スリリングな出来事」とは何だったかについて考えてみたい。

ジュディス・ランタの考証によると、実生活におけるマーサ・デイモンは一八三七年一一月一日に船長のヘゼカイア・グラントと結婚している（Ranta 21）が、小説に登場するメリル・グレイ船長は、フランスはボルドーの港でストライキの指導者としてのマイラの活躍ぶりを耳にしたのがきっかけで、彼女に求婚したのだった（*Book* 31-61）。だが、この結婚生活は長続きせず、グレイ船長は海難事故であっけなくこの世を去ってしまい、その後、マイラはハーバート・ティレルという人物と再婚するという設定になっている（88）が、実生活でのマーサがハイラム・タイラーと結ばれたのは一八四二年一月一九日のことだった（Ranta 21）。マイラが最初に出会ったときのハーバートは「誰がどう見ても穏和な模範的青年」（81）に思われたが、彼がいつも浮かべている微笑は「罪深く、陰鬱な心を隠すための薄いベール」（86）だったことがやがて明らかになってくる。

マイラは三人の子どもに恵まれるが、『題名のない本』は随所で彼女の結婚生活が決して幸福ではなかったことを示している。再婚相手のハーバートは「かりに結婚するとしたら、身の回りの世話をしてくれる妻を手に入れるためだ」（87）と公言するような男であり、語り手もまた「彼が欲しかったのは必要な家具としての妻――不平不満を言うことのない受身的な女性だけだった」（87）と付け加えている。こうした彼の専制君主的な態度は、物語の終わり近くになっても変わることはなく、「あの女に教えてやるさ、『教会は男と女を一心同体にすることができる』としても、亭主はやはり女のご主人様で、女の権利と希望はご主人様の権利と希望に従わねばならないということをさ。女の権利だって！一体何だい、それは？コーンケーキを焼いて、ガキの子守りをすることだろ！」（253）とうそぶく彼の姿が描かれている。そこには「真の女性」は家庭と呼ばれる領域で家事と育児に勤しむべし、という家父長制的な主張が露骨に表明されている。

このハーバート・ティレルの人間性について、語り手は「愛！彼はこの偉大で高貴で純粋な力のことを何一つ知らなかった。彼の心を満たしていた感情は下劣で薄汚かった」（87. 強調原文）と語っているが、そのような冷酷無情な夫との生活について「結婚後ほどなくしてマイラは彼女の将来が暗く不安定であることに気づいた。彼女の道は、どうひいき目に見ても、険しい道だった」（88）と説明されているとしても不思議はない。たとえば、ある時期、一家が暮らしていたジョージア州で二人目の子どもが生まれたときには、「彼女は夫の冷たい仕打ちにどんなに苦しんだことか！出産の床に就いていたのに医者を呼ぼうとさえしなかった」（109）と書かれ、その後も「明るい太陽の南部に家を構えて以来、ずっとまったく同じ冷淡で無頓着で投げやりな態度で彼女の夫は彼女に接してきた」（111）と語り手は説明している。結局、ティレル夫妻は別居を何回か繰り返し、三人の子どもの親権をめぐって裁判を起こしたりすることになるが、その泥沼状態のなかで書き綴った結婚生活をめぐる原稿をマイラはボストンの出版社に千ドルで売り込むことに成功する。

その原稿を準備しながら、マイラは「子どもたちを胸に抱きしめながら、『大事なお前たちのためのマイホームを持つからね——この世で別れ別れになることはお仕舞だよ』と言える幸せな日の訪れ」（249）を夢見ていたのだったが、『題名のない本』の最終頁に登場する彼女は、その言葉どおりに、原稿料で手に入れた家で年老いた父親や二人の娘と一緒に幸せに暮らしている。息子のハーバートはまだ夫に引き取られたままだが、「そして、期待にあふれた目で、彼女はいとし子をまた胸に抱き寄せるときを待ちわびている」（260）という説明は、その子もまたやがて彼女のもとに無事に戻ってくることを暗示している。「読者よ、マイラは夢をどんどん実現しているではありませんか」（260）という語り手の幕切れの言葉は、『題名のない本』がハッピーエンディングを迎えたことを物語っている。

ところが、その翌年の一八五六年にマーサ・タイラーは増補版を急遽出版しているだけでなく、「読者へ」と題する新しい序文で、一八五五年版の「夢の実現」と題する最終章は「単なる想像の産物」（2nd ed. vii）だったということを認め、新しく書き下ろした四十頁ばかりの増補部分で、彼女の置かれた状況がまったく好転していないことを明らかにしている。ハーバート・ティレルは性悪な妹と結託して、妻のマイラを経済的にも精神的にも追い詰めることをやめないし、あくまでも男性に有利に働く法律は、彼女が子どもたちと一緒に暮らすことを許してくれない。マイラを苛め抜くハーバートに向かって、語り手は「あなたの残酷な圧迫の道を──あなたの軽蔑的なあざけりを──あなたの下劣な嘘を続ければ、相手の女性の心を子どもを奪われた雌ライオンの獰猛な心に変えることになる。マイラ・ティレルは死ぬことはできても、おのれの自由意思を奴隷生活の苛立たしい頸木《くびき》に屈服させることはできない」(268)という言葉を投げかけ、マイラに向かっては「私たちは奴隷の鎖に縛られた母親を憐れに思う。だが、マイラよ、お前はもっと憐れまれてしかるべきだ。お前の隷属状態は一万倍も苦しく窮屈だ。悲しいかな！親権を無条件で父親に与える悪法が法令全書に記載されている限り、私たちはお前を助けてやることができない」(285-86)と語りかけている。結婚制度と奴隷制度を「人間の自由の墓場」と規定していた『結婚』の著者たちの主張があらためて思い出されるのだ。

一八五六年版の『題名のない本』の最終章では、主人公マイラは「家庭と子どもたちに無縁な人間」(297)となって、「夫と一緒に暮らしていないすべての女性の周りに築かれた偏見の壁」(297)の前に立ち尽くしている。一八五五年版の結末のマイラは希望に満ちあふれていたが、増補版の最後では「そして、期待にあふれた目で、彼女はもっと快適な土地を目指して急いでいる。『悪人も、あばれることをやめ、うみ疲れた者も、休みを得る』あの至福の国で、愛する者たちと永遠に途絶えることのない親愛の絆で結ばれることを願い、かつ信じながら」(298)と書かれている。そこに引用されている旧約聖書ヨブ記第三章第一七節の言葉が示すように、マイラの絶望的な目は天国に向けられているのだ。

初版の結末がマイラの夢見ていた理想を描いていたのとは対照的に、再版の結末には彼女の直面する現実が示されている。『題名のない本』の二つの異なる最終章には、理想と現実の狭間で引き裂かれた主人公マイラの、そして著者マーサ・タイラーの苦悩が投影されていると言い切ってよいだろう。その苦悩が同時にまた結婚制度の下で呻吟する女性たちすべてのそれであったことは、「マイラ・デイナは彼女の歴史が愛するに値することをやめた男たちにわが国の法律によって縛りつけられ、その男たちの利己的な残忍さと身勝手な怠慢さのために尊敬を受ける権利をすべて奪われたまま、筆舌に尽くしがたい悲惨な人生をずるずると送っている女性たちの何千もの歴史の一つに過ぎないことに気づいている」(vii-viii)という増補版の序文の言葉によって裏づけられている。

3

これまで考えてきた二冊の自伝小説と比べると、ファニー・ファーン（本名 Sara Willis Parton, 1811-1872）のベストセラー『ルース・ホール』（*Ruth Hall: A Domestic Tale of the Present Time*, 1855）ははるかに高い知名度を誇っている。彼女と同時代の女性ベストセラー作家たちを「いまいましい物書きの女ども」と呼んで非難したナサニエル・ホーソンが『ルース・ホール』に関しては、「大いに楽しませてもらったと言わざるを得ない。この女性は自分のなかに悪魔がいるかのように書いている。それこそが女性が読むに値する何らかの作品を書く唯一の条件だ」（qtd. in Warren 121）と述べていることもあって、彼女の長編第一作は早くから積極的な再評価を受けている。だが、ニコルズやタイラーの作品とは違って、この小説には一九世紀半ばの、女性にとって悲惨な結婚制度をめぐる話題は一切扱われていないではないか。同じ年に出版された自伝小説というだけの理由で、三人の女性作家の作品を同列に置くのはいかがなものか、という意見が聞かれるとしても不思議ではないだろう（なお、『ルース・ホール』の出版年は実際には一八五四年一一月だが、ここでは一八五五年とする一般的慣行に従っている）。

『ルース・ホール』の主人公は幸福な結婚生活を送っていたのだが、最愛の夫ハリーが腸チフスに罹って急死した後、二人の娘を抱えて生きていくことを余儀なくされる。だが、貧困に喘ぐ彼女を父親も亡夫の両親も冷たく遇するばかりで、ほんの僅かな金銭的な援助しかしてくれない。困り果てた彼女は貧民街の下宿屋で暮らすことになるが、学校教師やお針子の仕事では生計を立てることができず、窮余の一策として新聞への投稿で生活費を稼ぐことを思いつく。最初、助言を求めた有力な編集者の兄にはすげなくされるが、やがてフロイというペンネームで書いた記事が少しずつ売れるようになるだけでなく、書きためたコラムを集めた単行本によって一躍ベストセラー作家となった彼女は、自立した女性としての収入と地位を手に入れる。ファニー・ファーンの代表作『ルース・ホール』は、女性がアメリカン・ドリームを実現する物語として読まれているが、そこには成功に至るまでの主人公の困難な状況は描かれていても、夫との美しい思い出のなかに生きているルース・ホールは、女性に容赦ない一九世紀アメリカの結婚制度などとは無縁な存在のように思われるかもしれない。

この小説には作者ファニー・ファーンの実生活に起こった出来事がほぼ忠実に再現されている、というのが定説だが、まことに奇妙なことに彼女の再婚をめぐるエピソードはそこからすっぽりと抜け落ちている。夫チャールズ・エルドレッジの死から三年後の一八四九年に、彼女はサミュエル・ファリントンというボストンの商人と結婚している。だが、彼女の再婚は惨憺たる失敗だったらしく、わずか二年後には別居に追い込まれ、さらに二年後には離婚が成立している。ジョイス・ウォレンによると、この再婚をファニーの娘エレンは「惨めな失敗」と呼び、孫娘エセルはファリントンについて「彼は狂わんばかりに嫉妬深い男だった——普通の意味で嫉妬深かっただけでなく、男女を問わず妻の友人全員に対しても、彼女の人望に対しても、自分の家の四つの壁の外で彼女が示しそうなあらゆる種類の興味に対しても、嫉妬していた」と語っている（Warren 83）。さらにウォレンは「その嫉妬深くて暴力的な行動に加えて、ファリントンは妻に性的な嫌悪感を抱かせていたと信じる理由がある」（Warren 84）と付け加えている。この男との不幸な再婚をファニー・ファーンことサラ・パートンが『ルース・ホール』に一切持ち込まなかったのは、メアリー・ケリーが指摘しているように、それが「パートンが絶対に忘れたかった、できることなら消し去ってしまいたいエピソード」（Kelley 266）だったからだろう。

にもかかわらず、まことに意外なことに、このエピソードをファニー・ファーンは『ルース・ホール』の翌年に発表された長編第二作『ローズ・クラーク』（*Rose Clark*, 1856）のなかで副次的登場人物ガートルード・ディーンの口を借りて忠実に再現しているのだ。ガートルードは最初の夫アーサーに死なれた後、ファリントンと同じように二人の連れ子がいるジョン・ストウルと再婚するが、『題名のない本』のマイラと同じように、「良心的なクリスチャン」（*Rose* 234. 強調原文）と思っていた相手がまったくの仮面紳士であることに気づいた彼女は、「彼は偽善者で、下劣な好色漢だという確信がゆっくりと——だが確実にわいてきた。彼が私に対して抱いているのが愛情ではなくて欲情であり、結婚はほかの方法では不可能な満足を得るための足掛かりに過ぎないという確信が」（*Rose* 235）と告白している。さらにジョンとのセックスに対して嫌悪感しか覚えないガートルードは「おお、彼の近づく足音を耳にしたときのぞっとするような恐怖！　彼が近づいてくるのを足音が教えてくれると、私は椅子からぱっと立ちあがった——幸福な時代に私がアーサーを出迎えたときみたいに、夫を出迎える妻のように彼を出迎えるためではなかった——助けを求めて絶望的に両腕を上げ、立ち上がったばかりの椅子にまた身を沈めて、目を閉じたまま穏やかな声で彼のおぞましい抱擁を受け止める勇気を奮い起こすためだった」（*Rose* 235）とも語っている。こうした彼女の言葉は一九世紀の小説には珍しく直接的な表現で“**marital rape**”が日常的に繰り返されたことを示している。なお、同様の場面が『メアリー・リンドン』にもあったことを付け加えておこう。

ガートルードはまた夫ジョンとの関係が悪化した時期について、「彼は何日も私に口を利くことなく過ごしたが、同時にまた、ハーレムの女でさえも私以上に主人の下劣な情欲に奴隷のように従わされた者はいなかった」（*Rose* 245）とも打ち明けている。ここでの「奴隷のように」という修飾語が暗示しているように、彼女がジョンとの結婚生活において性的奴隷の状態に置かれていたという事実は、すでに取り上げた『メアリー・リンドン』や『題名のない本』においてもまた既婚女性が夫に隷従させられていたことを思い出させる。ファニーの実体験に基づく悲惨な再婚生活の実態が『ルース・ホール』で紹介されていたら、冒頭の主人公の幸福な結婚との対比において見事な効果を発揮していただろうという思いを禁じ得ないのだが、このファニーが消し去りたかった不幸な結婚という主題がひそかに、別の思いがけない形で『ルース・ホール』に忍び込んでいることもまた否定できないのだ。

ルースは社交界の花形として羨望の的となっているメアリー・レオンと近づきになるが、裕福な夫と結婚して何不自由ない生活を送っているかに見える夫人を観察しているうちに、「その完全無欠な大理石のような表面の下で、燃えるような、生き生きとした、愛してやまない心が眠っている」（*Ruth* 51）と感じると同時に、いつでもどこでも「冷酷で石のような灰色の目」（50）が変化することのないレオン氏に対しては直感的な反発を覚えている。やがてルースに心を開くようになったレオン夫人は、夫から与えられる宝石やドレスなどを「私の心の渇望を満足させるためのあのきれいな玩具のすべて」と呼び、それらが「私と同じように、レオン氏の世界に欠かせない従属物」（51）であると語っている。ニコルズの小説に登場するもう一人のメアリーもまた、夫にとって「従属物、自分自身の意思を持たない物」だったことを思い出すべきだろう。

それから数カ月後、ヨーロッパ旅行に出かけたレオン氏によって精神病院に送り込まれたメアリー・レオンは、誰にも看取られることなく孤独死を遂げる。偶然そのことを知ったルースに手渡された夫人のメモには「私は狂ってなんかいないわ、ルース。絶対に――でも、やがて狂ってしまうでしょう。ここの空気は私を窒息させる。私はだんだん弱っている――だんだんと。私はここで死ねない。お願いだから、ルース、私をここから連れ出しにきて」(112)と書かれているのだが、この精神病院は牢獄としての家庭の延長と解することができるのではないか。そこに収容されている女性患者の一人について看護人が口にする「あの女は鎖に繋がれている」(111)という言葉は、以前に涙ながらに身の上を語ったメアリーが「鎖は黄金でできていても苛立たしいことには変わりがない」(52)と呟いていたことを思い出させずにはおかない。黄金の鎖に縛られた彼女にとって、家庭もまた精神病院の「冷たく陰鬱な地下室」(111)とまったく同じ空間であり、そこでもまた彼女は「ここの空気は私を窒息させる」と叫んでいたのではないだろうか。

だが、冷酷無情な夫によって精神病院に閉じ込められていたのはメアリー・レオンだけではなかった。一八五二年に発表された短編「メアリー・リー」("Mary Lee")の主人公もまた夫のパーシー氏によって精神病院に閉じ込められ、メアリー・レオンと同じように、その一室で悲劇的な死を迎えている。『ルース・ホール』に登場するメアリーは「独りになりたい」と看護人に告げた後、「頬を手のひらで支えたまま穏やかに眠っていた」(*Ruth* 112)と書かれていたが、「メアリー・リー」のメアリーもまた「独りになりたい」と訴えた後で最期の眠りにつき、看護人が室内をうかがったとき、「パーシー夫人は頬を小さな手のひらに休ませたまま、同じ姿勢でそこに横になっていた」("Mary Lee" 88)と説明されている。

この薄幸のメアリーについて、作者は「メアリー・リーは美人に生まれたのが不幸だったが、さらに不幸だったのは嫉妬深い夫と結婚したことだった」(“Mary Lee” 83) と記しているが、この一文はファニー・ファーンの再婚相手のファリントンが「狂わんばかりに嫉妬深い男」だったという事実と切り離して考えることができない。「メアリー・リーの夫は打算的な結婚におけるファーンの二番目の夫をモデルにしていた」(Warren 135) とはジョイス・ウォレンの指摘だが、嫉妬深いファリントンと暮らすファニーは、精神病院の「冷たく陰鬱な地下室」に幽閉されたメアリー・レオンのような孤独感と絶望感を味わっていたに違いない。孫娘エセルが回想していたように、ファリントンが「自分の家の四つの壁の外で彼女が示しそうなあらゆる種類の興味に対しても」嫉妬の炎を燃やす男だったとすれば、ファニーも裕福な夫に黄金の鎖に繋がれたような状態で彼の家の「四つの壁の外」へは一歩も足を踏み出すことができなかったのだ。

こう見てくると、『ルース・ホール』の読者としては、ファニー・ファーンの経験した悲劇的な再婚という語られざるエピソードを常に意識していなければならないように思われる。地獄を見たメアリー・ニコルズやマーサ・タイラーと同じように、彼女にもまた当時の結婚制度の下で塗炭の苦しみを味わった数年間があったのだ。『ルース・ホール』には、「おとなになったら私も本を書くようになるかしらね、ママ?」と無邪気に問いかける娘のネティに、ルースが「そんなことがあってたまるものですか。幸福な女は本を書いたりしないものなのよ」(175) と答える場面が用意されているが、このファニーの実体験に裏打ちされた重い言葉に自伝小説の作者としてのニコルズやタイラーもまた大きくうなずいたのではないだろうか。

第八章　家父長社会のシナリオに背いて
――忘れられたフェミニスト小説群――

一九六六年に論文「真の女性らしさの崇拝、一八二〇年―一八六〇年」を発表した歴史学者バーバラ・ウェルターによると、一九世紀アメリカにおいては敬虔、純潔、従順、家庭性という四つの美徳を備えた女性が《真の女性》と見なされ、この美徳を欠いていれば「いくら名声や成功や財産を手中にしていても、すべては灰も同然だった。この美徳を備えていれば女性は幸福と影響力を約束されていた」のだった（Welter 152）。そして、この《真の女性》のあるべき場所は家庭だったので、家庭性がもっとも重要視された美徳だった、とウェルターは指摘し、「彼女の家庭から、女性は男性を神に引き戻すという大いなる仕事を成し遂げた」（Welter 162）と論じている。

さらに、ウェルターは「価値が頻繁に変化する社会、運命が恐ろしいほどの速さで浮沈する社会、社会的、経済的流動性が希望と同時に不安をもたらす社会において、真の女性はどこに見いだされても真の女性だった。男であれ、女であれ、真の女性らしさを作り上げている一連の美徳を弄ぶ者は誰でも立ちどころに神の敵、文明の敵、アメリカ共和国の敵という烙印を押された。か弱い白い手で聖域の柱を支える――それが一九世紀アメリカの女性に課せられた恐るべき義務であり、厳粛な責任だった」（Welter 152）という結論を下している。

そうした《真の女性》像は家父長社会が用意したシナリオに合致する女性像だったが、このステレオタイプ的な生きざまに対して、バーバラ・ウェルターが研究対象としたと同じ時期の女性作家たちはどのような態度を取っていただろうか。F・O・マシーセンが大著『アメリカン・ルネサンス』において特別視していた一八五〇年代に発表された三冊の忘れ去られたフェミニスト小説を取り上げ、そこに描かれている女性たちの生活と意見について考えてみたい。

1

一七九六年にマサチューセッツ州セイレムに生まれたハナ・ガードナー・クリーマー（Hannah Gardner Creamer, 1796-？）は四冊の作品を発表しているが、ニーナ・ベイムによると、「文筆業を生涯の仕事として、世間の人気を広く博した作家という意味での職業作家ではなかった」（Baym

Introduction xii）ので、長い間無視されていて、その名前は従来の文学史には記録されていない。だが、ケアリーの『ヘイガー』やチーズブロの『アイサ』と同じ一八五二年に発表された小説『ディーリアの医者たち』（*Delia's Doctors: Or, A Glance Behind the Scenes*, 1852）は、初期の貴重なフェミニスト小説として《真の女性》をめぐる問題を考えるための絶好の材料を提供している。

この小説はマサチューセッツ州クリントンという架空の町で暮らすソーントン家の十八歳の長女ディーリアの病気をめぐる物語で、何不自由ない家庭に生まれ育った彼女が学校を卒業した後、「無気力無感動になっただけでなく、心身ともに本当の病気になってしまう」（7）。その彼女の前に、アロパシー療法、ホメオパシー療法、骨相学、水治療法、催眠療法などを専門とする男性医師がつぎつぎに登場するが、誰一人としてディーリアの病気を治すことができない。ニーナ・ベイムが指摘しているように、彼女の病気の原因は「倦怠と無為」で、医者の診断や治療を仰ぐまでもなかった（Baym Introduction vii）ので、ディーリアの兄チャールズの婚約者で才色兼備のアデレードに教示された、「早起き。背中はまっすぐ。頭は冷たく。脚は温かく」という「四つの単純な原則」（222）を守るだけで快方に向かうことになる。

だが、このような「教訓的なコメディ」（Baym Introduction viii）の一体どこに《真の女性》をめぐる議論が展開されているのだろうか。ディーリアの妹エラは病弱な姉とは対照的に活発な十四歳の少女だが、彼女が「あまりにも男性的で、あまりにも自立心が強すぎる」と考える母親のソーントン夫人は、「エラのように考えたり話したりする習慣のある女の子は見るのも嫌だ」（14）と断言し、「現代の女性講演者」と題するレポートを書いたエラが「女性が人前で講演をすることは正当なだけでなく、非常に望ましい」と語るのを聞いて、腹立ちまぎれにそのレポートを暖炉のなかに投げ入れている（17）。さらに夫人は「女性は女性らしい優雅さと美しさを発揮する真の女性でなければならない。あるときは女性を、あるときは男性を思わせるような曖昧な種類の人間であってはならない」（14-15. 強調引用者）とも言い切っているが、この発言はクリーマーと同時代のある論者が「社会を混乱させ、文明を弱体化させる」メアリー・ウルストンクラフトやフランセス・ライトやハリエット・マーティノーらを「彼女たちは半女性、精神的な両性具有者に過ぎない」（qtd. in Welter 172-73）と非難していたこと思い出させずにはおかない。

この場面でのソーントン夫人は、エラを非難するついでに、その非難の矛先をチャールズの婚約者にも向けていて、「エラはアデレードに似過ぎている」（15）と指摘しているが、彼女の考えでは、エラもアデレードもともに《真の女性》と呼ぶことのできない、「精神的な両性具有者」ということになる。この夫人の意見に賛成できない夫のソーントン氏は「エラとアデレードの頭脳は非常に高い次元の話題で一杯だから、この二人と会話を交わすときの夫たちは『争い怒る女と共におるよりは、荒野に住むほうがましだ』というソロモンの格言を引用する暇もないだろうよ」（18）と旧約聖書箴言第二一章第一九節に言及しながら冗談まじりに語っているが、「精神的な両性具有者」エラとアデレードの頭脳には一体どのような「高い次元の話題」が詰まっているのだろうか。この二人は一体何を相手に「争い怒る女」だというのだろうか。

まず、エラの場合だが、兄チャールズとの会話のなかで、ディーリアのようになりたいと思うのか、と聞かれた彼女は、「とんでもない。ディーリアはそこにいるだけで、生きているのではない」(48)と答え、「彼女みたいに無関心な人には会ったことがない。勉強にも遊びにも興味を持っていない」(49)と無気力な姉を厳しく批判している。さらに、ディーリアのような運命を避けるにはどうすればいいか、と重ねて聞かれると、「人生という大きなドラマの観客ではなく演者になることによって」とエラは答えて、家庭という狭い私的な領域に閉じ込められた《真の女性》崇拝に対する嫌悪を露骨に表明している。この答えを受けて、チャールズは「多くの男たちが抱いている誤った物の見方のせいで、女性が手に入れることができる仕事は非常に少ない」(49)と応じ、「頑迷で狭量な男たちは、女性たちが活動の舞台に登場してきて、自分たちの影が薄くなることを恐れている。この連中は男女の異なった領域や不釣り合いな能力などのことを議論するのだ。…女性は、その行動によって、男性と同じ資質に恵まれているということを男性に納得させねばならない」(52)と語っている。こうした「頑迷で狭量な男たち」を批判する彼の見解が婚約者アデレードのそれと完全に一致していることは、『ディーリアの医者たち』を読み進めるうちに、しだいに明らかになってくる。

その後、熱心な教会員で、教区のリーランド牧師の教えを金科玉条としているスタンソン氏が訪ねてきたとき、エラはカエサルの『ガリア戦記』をラテン語の原典で読んでいることや、ギリシャ語の勉強を始める予定であることなどを話題にする。それを聞いて、スタンソン氏は「男が、とりわけ牧師先生がそのような勉強をする必要がないなどと言うつもりはないが、それは一体女性にとって何の役に立つのかね」と問い返し、「頭脳を授かった人間は誰でも教育を受ける権利がある」とエラが反論すると、「男性はそうだが、女性はそうではない！」とスタンソン氏は「男性であることを鼻にかけている」ような口調で答えている（165）。

そこにたまたま来合わせたリーランド牧師は、エラが古典語を勉強することに対しては賛意を示しながら、「女性は弁護士や牧師になるべきだと思うか」という彼女の質問に対しては否定的な態度を取るだけでなく、「女性の心は、男性の領域を侵害するためではなく、女性自身の領域での仕事を立派に果たすためにこそ、磨かれるべきだ」とか、「女性は私的な生活において発揮することができる影響力に満足してしかるべきだ」（168-69）とかいった主張を繰り返している。「女性は単なる観客であることに満足すると思うか」とエラが問いかけ、「男性に拍手や激励を送るのではなく、人生という大きなドラマの演者に私たちはなりたいのです」（171-72）と兄チャールズを相手にしたときと同じように訴えても、牧師は不快感を露わにするばかりで、彼女の言葉に耳を傾けようとはしない。スタンソン氏もリーランド牧師もチャールズのいわゆる「頑迷で狭量な男たち」にほかならないのだ。

こうした女性を取り囲む厳しい現実に対して、もう一人の「精神的な両性具有者」、リーランド牧師から「過激論者」（173）と呼ばれているアデレードはどのような反応を示しているのだろうか。

十歳も年齢が離れているにもかかわらず、エラとアデレードの間には「ときどき好条件の下で生まれるあの特異な友情が存在していた」（177）ので、二人は互いの意見を腹蔵なく打ち明けることができた。スタンソン氏とリーランド牧師を相手に「決闘」（177）をしたというエラの話を聞いたアデレードは、スタンソン氏のような「一顧の価値もない」男性に「真実を説き聞かせようとしても徒労に終わってしまう」だけだと断言し、「天分はシェイクスピアに、学識はサー・ウィリアム・ジョーンズに、政治的知識はブルームに、外交手腕はタレーランにそれぞれ匹敵するような女性が選挙権を厳しく拒まれているのに、あのような男性が選挙権を認められているのは何と残念なことか」（181-82）と嘆いている（なお、サー・ウィリアム・ジョーンズはイギリスの言語学者で東洋学者、ブルームはイギリスの政治家ヘンリー・ブルームを指していると思われる）。『ディーリアの医者たち』を「女性の参政権を支持した最初の小説」と規定するデイヴィッド・レナルズは「この小説は女性参政権運動の要求のすべてについて論理的に論じる、したたかで知的な女性を主人公にしている」（Reynolds 391）と述べている。なお、この小説は一八四八年に開催されたセネカフォールズ女性権利大会から四年後に出版された作品であるということをあらためて付け加えておこう。

もう一人の「頑迷で狭量な」リーランド牧師についても、アデレードは「彼は女性の領域は私的な領域に限定されていると主張している。公的な仕事のすべてを男性に処理させ、女性を惨めなままでに狭苦しい場に閉じ込めようとしている」（184）と非難し、「妻をハーレムに幽閉し、自分だけで妻の妙なる声を聴き、美しい顔を眺める、数多くの東洋のサルタン」に彼をなぞらえて、「文明国の夫は妻の心を独占し、半野蛮人は妻の顔を独占する」（185）と断じている。アデレードはさらに社会が女性を蔑視する「本当の理由」を説明して、「もし公の場で才能を発揮することを女性に許したら、男性はしばしば一敗地にまみれ、後塵を拝することを余儀なくされる」（185）からだと述べる一方で、女性は「教育を受ける権利が男性のそれと同等であることを要求しなければならない」（186）とエラに語りかけている。

こうした意見を抱く「過激論者」のアデレードが、リーランド牧師と直接対決したときの様子を著者クリーマーに報告するという形で、『ディーリアの医者たち』という作品は終わっている。そこでのアデレードは牧師と対等な立場で宗教論争を戦わせることができるのだが、彼女の見解を裏づける証拠は聖書のどこに見つかるのかと聞かれたときに、旧約聖書も新約聖書も「女性が現在存在するよりももっとひどい無知の状態に置かれていたときに書かれた」と述べたり、「聖書にはすべての必要な宗教的真実が含まれているけれども、まったく異なった進歩の時代に生きている人々の役割や行動の規範をその頁のなかに求めるべきだろうか」（256）と問いかけたりしているので、彼女が《真の女性》に必須の敬虔さという美徳を欠いていると判断する根拠を牧師に与えることになったかもしれない。

さらに、「男性が享受している自由の分け前」を要求するアデレードが「知性を幅広く発揮することが要求されるすべての領域で、女性は対等の権利を持っている」ので、さまざまな仕事に女性が就くことになれば、「女性はスズメの涙ほどの収入を得るために劣悪な場所であくせく働いたり、他人からの施しを頼りに生活したりすることを余儀なくされなくなる」（257）と主張しても、牧師からは「常識の世界にもどりたまえ。君は女性の大いなる領域をほぼ完全に見落としている。女性は結婚して、夫を助け、子どもの世話をするべきだ」（257）とか、「私的な生活のために生まれたことが明らかな女性が公の場で人目にさらされている姿を思うときの私の気持ちは言葉では言い表せない」（259）とかいった発言が投げ返されるばかりだ。一般社会の代表ともいうべきリーランド牧師との議論は平行線をたどるだけで、《真の女性》崇拝という壁をアデレードは乗り越えることができないだけでなく、彼女自身が《真の女性》からほど遠い存在として無視される結果にならざるを得ない。

『ディーリアの医者たち』に序文を寄せたニーナ・ベイムは「アデレードやエラのような女性

は、ほとんどのアメリカ女性が将来なるだろう姿を示しているが、女性の人生の選択肢が極度に制限されていた時代には例外的な存在だった。クリーマーは彼女たちの因習にとらわれない目的やエネルギーがもっと理解されるべきだと考えてはいるが、この女性たちが多くの普通の女性たちのモデルになり得るとは考えていない」(Baym Introduction ix) と論じている。だが、《真の女性》がひたすら崇拝されていた一九世紀半ばに《真の女性》を否定するエラやアデレードが「例外的な存在」だったとすれば、「何千何万人ものアメリカ女性の代表」(9) としてのディーリアの病気は、家庭という狭い領域に閉じ込められた《真の女性》の精神状態のメタファーになっていると言えるだろう。

この小説のどこかでアデレードが「公的な宗教儀式に才能と教育のある女性が参加することができる時代、男女の信者仲間を教導する能力を先天的にも後天的にも欠いている男性が沈黙を守ることを余儀なくされる時代がやがて訪れることをひそかに祈っていた」(158) ことが紹介されているが、彼女の切なる祈りは、単に教会内部だけに限られているのではなく、社会全般に向けられた変革の祈りと読み替えることができるのではないか。一九世紀アメリカ社会のシナリオが要求する理想の女性像を打破しようとするアデレードは、そしてエラもまた、現代的な意味で《真の女性》と呼ばれてしかるべき新しい女性だったのだ。

2

『ディーリアの医者たち』の二年後に出版されたエリザベス・スミス（Elizabeth Oakes Smith, 1806-1893）の小説『バーサとリリー』（*Bertha and Lily: Or, The Parsonage of Beech Glen*, 1854）は、副題に「ビーチ・グレンの牧師館」とあるように、ニューイングランドのビーチ・グレンというスモールタウンを舞台に展開する。この町にバーサと呼ばれる謎めいた女性が長い放浪の旅から帰ってきて、牧師アーネスト・ヘルフェンスタインとしだいに親しくなっていく。アーネストはきわめて世俗的で常識的で平均的な青年で、やがて登場する魅力的な従妹のジュリアとバーサとの間で大きく揺れ動く。この彼の葛藤がかなり詳しく描かれているが、それが『バーサとリリー』の本筋になっているのではない。なお、牧師のアーネスト・ヘルフェンスタインという名前は、一八四〇年代にスミスが雑誌に盛んに寄稿していたときのペンネームだった。

この小説の主人公はあくまでもバーサであって、彼女の過去を知らない読者は、アーネストと同じように、非常に神秘的な存在であるかのような印象を抱き続けるのだが、物語の半ば近くになって、ネイサン・アンダーヒルと名乗る男が突然、姿を現わし、このバーサの「二倍の年齢」（155）の男の口から、彼女の秘められた過去が白日の下にさらされる。ネイサンの告白によると、彼はずっと以前に年端もいかぬバーサを誘惑して妊娠させた男だったが、彼女と生まれた娘のリリーを棄てて蒸発し、彼女もまたリリーを手放すことを余儀なくされたのだった。いま彼が町へ舞いもどってきたのは、バーサの許しを乞い、あらためて結婚を申し込むためだったが、彼女に厳しく拒絶された途端、あっけなく息絶えて死んでしまう。『バーサとリリー』はジュリアと別れたアーネストがバーサに愛を告白して、リリーともども新しい家族を作ろうとするところで終わっている。

こうした物語の展開はリアリスティックというよりもファンタスティックであって、すべてが夢のなかの出来事のような印象を与える。また、作品全体がバーサとアーネストの会話が中心になっているだけでなく、アーネストの日記からの引用もふんだんになされているが、この作品で重要なのは、主人公のバーサが罪を犯した女性、罪の子リリーを産んだ女性という設定で、深い苦しみの半生を送った彼女が見いだした真実が作品のいたる所に散りばめられている。

『ディーリアの医者たち』が明らかにしていたように、ヴィクトリアン・アメリカの女性は公的な場で活躍することを許されなかった。『バーサとリリー』においても、男性社会を代表する牧師のアーネストが「女の子はいつも私を悲しい気持ちにさせる。世間は女の子にはほんの僅かしか用意していないからだ。たった一つの短い愛の夢と、病気と、心配と、悲しみだけを」(79)と日記に書き留め、彼の周囲に見いだされる女性は「操り人形、置き人形、奴隷、淫らな女であって、女性がそうであることを私たちが好むのは、私たち自身の利己心を満足させてくれるからだ」（201）と語っている。物事をあまり深く考えようとしないジュリアさえも、「現在の世界の状態では、女性が結婚して、子どもをたくさん産んで、おしゃべりをして、誰かの噂話をして、三文小説を読んで…、それから死ぬ様子しか見えてこない」（80）ことを認めている。クリーマーの小説で《真の女性》として保護されているディーリアが奇妙な病気に罹るとしても不思議はないだろうが、こうした「現在の世界の状態」を打破する方法はないのだろうか。

　バーサの言葉に耳を傾けてみよう。彼女に言わせると、遠い未来のいつか、女性が解放された存在、自由で行動的な存在になる日がかならず訪れる。そのような状態を彼女は「真の状態」と呼び、その状態が実現したとき、女性は「より即物的な男性的要素に可能なよりももっと近い神との関係において生きることになる。女性はもっと穏やかで、もっと神聖で、もっと平和を好むようになる――もっと美に集中する傾向が生じる。偉大な仕事を女性的なやり方で成しとげるようになる。もっと消極的でなくなり、もっと積極的になる」（84. 強調原文）と予言している。『ディーリアの医者たち』でアデレードが同じような日がくるのを念じていたことを思い出すべきだろう。さらにまた、別の箇所でも、バーサは「偉大で高貴な女性の真の、純粋で、優しい心が世間に知られるようになった暁には、犯罪や悲惨は霧消してしまう。男性に訴えても無駄だ。女性は自分自身で仕事をしなければならない。お互いを支え合い、お互いに誠実になることを学ばねばならない。そのときに私たちは解放される。そのときに私たちは男性の従属物ではなくて個人に、家庭での奴隷ではなくて仲間に、法律的に子どもや狂人や白痴ではなくて市民となるのだ」(99) と語っている。ここでのバーサの(そして作者スミスの) 主張に、六年前のセネカフォールズ女性権利大会での「所信の宣言」のエコーを聞きつけることは困難ではないし、『メアリー・リンドン』においても女性が男性の「従属物」でない理想社会の到来が暗示されていたことが思い出される。

予言者的なバーサが語るユートピア的ヴィジョンに耳を傾けているうちに、平凡この上ない牧師、女性の権利のことなど考えたこともなかったアーネストは大いに感化され、彼の内部で化学変化が起こり始める。彼はそれまでの形式や外観を重んじる生活から脱け出し、古い法律や偏見を乗り越えて、より高次の生活を目指すようになる。「私たちの牧師様は夢のような状態からしだいに活発な状態へ送り込まれたように思われる」と語り手は説明し、「彼は生きた人間になろうとしていた」(100. 強調原文) という事実に読者の注意を促している。この夢見る牧師から活動的な牧師への変身を可能にしたのは、「このすべてにおいてバーサが彼のガイドだったことは明らかだ」(100) という語り手の言葉が示しているように、予言者としてのバーサの存在、未来の男女関係を見通した女性の存在だったのだ。このアーネストに起こった化学変化が世のすべての男性に起こることをフェミニストとしての作者スミスは期待しているのだ。ここで読者はまた、『ディーリアの医者たち』のリーランド牧師がアデレードやエラの言葉に耳を貸そうとしない「頑迷で狭量な男たち」の一人だったことを思い出すに違いない。

『バーサとリリー』におけるバーサは、罪を犯した女性、罪の子リリーを産んだ女性という設定だったが、にもかかわらず、彼女は鋭い洞察力を備えた聖女に変身している。アーネストの日記にも「彼女の足は塵にまみれていたかもしれないが、その眼は神を透視する。いばらが彼女の額に刺さっていた――胆汁が彼女の唇に触れていた。彼女は十字架を背負って体を折り曲げていた。だが、見よ！彼女は我々の目の前で姿を変えている」（332）とバーサは聖書的なイメージで描出されている。その彼女がアーネストによって「新しい時代の娘」（332）と規定されているのは、一体何を物語っているのか。

　すでに触れたように、南北戦争以前のアメリカで崇拝された《真の女性》は家庭性、従順、敬虔、純潔という四つの美徳を備えていなければならなかったが、『バーサとリリー』では純潔という美徳を失った女性バーサが理想的な女性として登場することになっている。ある箇所で、アーネストは「バーサは真の女性ではなかった」（200. 強調引用者）と呟いているが、この言葉は彼女が家父長社会のシナリオに合致する《真の女性》ではなかったことを意味している。だが、そのバーサをアーネストが「新しい時代の娘」と見なすようになったということは、彼女がヴィクトリアン・アメリカの規範を脱却した女性、新しい時代の《真の女性》に生まれ変わったことを意味していると考えることができるだろう。彼女自身、「偉大で高貴な女性の真の、純粋で、優しい心」という表現を用いていたが、罪を犯した女性バーサはそのような「真の、純粋で、優しい心」の持ち主だったのだ。

『バーサとリリー』の読者は、罪の女バーサとその娘リリー、それに牧師アーネストという取り合わせが、四年前に出版されていたホーソンの『緋文字』のそれに酷似していることに気づくに違いない。とりわけヘスターとパール、バーサとリリーという母と娘の関係、罪の女から生まれたパールとリリー。ヘスターの胸のAの文字が「天使」を意味するようになったと同じように、バーサもアーネストに「天使バーサ」(160)と呼ばれ、パールが「天使たちの遊び相手」(*Hawthorne* 86)であったとすれば、リリーの描写にも「子どもの天使」(97, 187)のイメージが呼び込まれている。さらに、理想社会の実現を予言するバーサは、『緋文字』の結末で「男女間の関係が相互の幸福という、いままでよりも堅実な基盤の上に築かれることになる」時代の到来を予言していたヘスター・プリンの姿を思い出させるに違いない。

新しい生き方を模索するバーサが登場する『バーサとリリー』は、『緋文字』の影響のもとに書かれた作品と言えるかもしれないが、ホーソンの代表作そのものがセネカフォールズ女性権利大会からわずか一年半後に出版されていることを考慮すれば、この二冊の小説はいずれも一九世紀半ばの女性解放運動と切り離すことができないのだ。

3

ラディカルな女権運動家が主人公として登場するローラ・ブラード（Laura Curtis Bullard, 1831-1912）の長編小説『クリスティーン』（*Christine: Or, Woman's Trials & Triumphs*, 1856）は、一八五六年の出版以後、二〇一〇年にネブラスカ大学出版局からリプリント版が出るまではずっと絶版だった。『アメリカン・ルネサンスの基層』の著者デイヴィッド・レナルズは、一九八八年の時点で「アメリカの文学史家や社会史家によるすべての見落としのなかで、ローラ・カーティス・ブラードのほとんど完全な無視ほどに悪質な例はほかにほとんどない」（Reynolds 392）と喝破していたが、この長年無視されてきたフェミニスト作家ブラードが二十五歳のときに書いた小説『クリスティーン』とは一体どのような作品だったのか。

メイン州の片田舎の農家に生まれたクリスティーン・エリオットは、決して美人とは言えない女性で、農業の手伝いも満足にできないほど不器用だが、読書好きの彼女が『ドン・キホーテ』を読みふけっている場面は、その後の彼女の生きざまを考えるうえで興味深い。この余計者のような毎日を送っているクリスティーンの前に、叔母ジュリアが現われた瞬間から、彼女の人生は一変する。ジュリアは裕福な未亡人で、ボストン近郊で女学校を経営していたが、そこで教育を受けることになったクリスティーンは、人間的にも見事に成長し、社交界にデビューすることになる。その意味では小説『クリスティーン』は女性主人公の教養小説、いわゆる女性版ビルドゥングスロマンとして読むことができる。

やがてクリスティーンは社交界の人気者フィリップ・アームストロングと出会い、叔母の反対を押し切って、彼と結婚の約束をするが、プレイボーイのフィリップに誘惑されて捨てられたグレイスという娘が投身自殺を遂げたために、婚約は破棄され、フィリップはヨーロッパに旅立つ。このあたりまでの『クリスティーン』は、一八世紀以来のセンチメンタルな誘惑小説のパターンを踏まえているが、このエピソードを境にして、物語は新しい展開を示すことになる。

クリスティーンが親しくしているウォーナー夫人は「女性の解放」(122) に強い関心を抱いている女性だが、結婚の夢破れて落ち込んでいるクリスティーンに、女性の地位向上のために働く「女性たちの闘士」(157) になるべきだ、と説き聞かせる。夫人の熱心な説得に負けた彼女は、ほどなくして「女性たちの向上という一つの大きな仕事」(159) のために微力を尽くすことを決意する。だが、この決意を姪から聞かされたジュリアは、「お前は頭がおかしい！お前にふさわしい場所は精神病院しかない。講演者ですって！女性の権利のための講演者ですって！そのつぎはどんな途轍もないことをお前のその愚かな頭で思いつくというの？」(163) と一笑に付してしまう。本書の第一部で触れたように、講演者としてのファニー・ライトもキャサリン・ビーチャーに激しく非難されていたことが思い出されるに違いない。

だが、女性解放運動の闘士となる決意をしたクリスティーンは、「女性が立派にやり遂げることは何であれ、女性にやらせるように世論の門戸を開かせよう。同一労働に対して男性と同一賃金を女性に払わせよう」(173)と主張し、「女性は税金を課せられる——私たちの父祖が血を流して戦い取った原則、代表なくして課税なしという原則の恩恵に与らせよう」(174)とか、「さらに一歩進めて、すべての人間に属すると私たちが主張しているあの譲ることのできない権利を女性に与える」(211. 強調引用者)とかいった言葉を熱っぽく口にしているが、こうした発言にもセネカフォールズにおけるマニフェストのエコーを聞きつけることができる。この大会が当時十七歳だった作者ブラードにいかに強烈な印象を与えたかは、彼女が後年、全国アメリカ婦人参政権協会が発行する週刊新聞『ザ・レヴォリューション』の編集に携わったという事実からもうかがい知ることができるだろう。

　女権運動家としてのクリスティーンの名声が高まるにつれて、彼女の政治的な行動を容認できない保守的な叔母のジュリアと父親のエリオット氏は共謀して、彼女を精神病院に閉じ込めてしまう。『クリスティーン』の編者デニーズ・コーンが「一九世紀半ばにおける『女権』運動を、多くのアメリカ人はスキャンダル、いや、罪悪とさえ見なしていた」(Kohn ix)と指摘していたことがあらためて思い出される。だが、もちろん、クリスティーンは友人や仲間の尽力で精神病院からの脱出に成功し、女性解放運動の講演者としての活動を再開した彼女は、「ある晴れた美しい朝、ニューヨークで開催されることがしばらく前から新聞に書き立てられていた女性の権利に関する会議が使命を果たす日が始まった」(278) と書かれているように、セネカフォールズの女性権利大会を連想させるような会議に出席するまでになる。

『クリスティーン』にはまた、学生時代の友人アニーが不幸な結婚をして、別居や離婚に同意しようとしない夫の元から逃げ出すというサブプロットが用意されている。夫の専制的な態度に耐え切れないアニーは「気まぐれな夫に従わねばならぬ私は奴隷なのだろうか?」(266) と叫んでいるが、この言葉には家庭という牢獄に閉じ込められた女性のすべての思いが集約されている。クリスティーンはやがて貧困のうちに他界したアニーの娘ローザを養女として引き取り、女性解放運動の指導者に育てようとするが、ローザはクリスティーンの主治医ユージーン・ラッセルと結婚してしまう。この物語の展開は、三十年後に出版される二人の女性解放運動家を扱ったヘンリー・ジェイムズの『ボストンの人々』(一八八六年) のそれに酷似していると だけ言っておこう。

『クリスティーン』の結末では、死の床に横たわるかつての婚約者フィリップをクリスティーンが献身的に看病し、奇跡的に回復した彼と結婚するところで幕を閉じている。いったん別れた恋人と再会して結ばれるというプロットの展開は、シャーロット・ブロンテの『ジェイン・エア』(一八四七年) を連想させるが、この点については、デイヴィッド・レナルズが『クリスティーン』は「女権小説の『ジェイン・エア』と呼べるかもしれない」（Reynolds 393）と指摘していることを付け加えておこう。このように、ブラードの小説もまた、この章で取り上げたほかの二冊のフェミニスト小説と同じように、最後は結婚という形で終わっているが、いずれの場合も結婚は従来のセンチメンタルな小説のそれとは意味がまったく異なっている。

　クリスティーンの養女ローザと結婚するラッセル医師は、女権運動家としてのクリスティーンの生きざまにはかならずしも賛成ではないが、にもかかわらず、彼女に向かって「あなたはあなたが真の女性であることを証明した」（332. 強調引用者）と言い切っている。『ディーリアの医者たち』のソーントン夫人が「女性は女性らしい優雅さと美しさを発揮する真の女性でなければならない」と断言し、『バーサとリリー』のアーネストが「バーサは真の女性ではなかった」と呟いたときの《真の女性》は、ウェルターが規定していたような意味での《真の女性》を指していた。だが、ここでラッセル医師が口にする《真の女性》は、女性の領域としての家庭に閉じ込められた女性を意味しているのでも、家庭性、従順、敬虔、純潔といった美徳を家父長的なアメリカ社会から一方的に強制されている女性を意味しているのでもない。

　『クリスティーン』の編者デニーズ・コーンは「カーティス・ブラードによるクリスティーンの肖像は、女権運動の指導者を新しいタイプの『真の女性』として――この小説におけるクリスティーンや一九世紀半ばのアメリカの［ルクレティア・］モットや［ルーシー・］ストーンや

［スーザン・］アンソニーや［エリザベス・］スタントンのような指導者によって代表される行動的で、自立的で、共感的で、政治活動に従事する個人として描いている」（Kohn xxxix）と述べているが、このような「新しいタイプの『真の女性』」としてのクリスティーンの結婚は、『緋文字』の結末でヘスター・プリンが幻視していたような男女の平等な関係の上に築かれた理想的な結婚にほかならない。同時にまた、このコーンの指摘は、ブラードがセネカフォールズでのマニフェストの継承者だったことを再確認しているだけでなく、クリーマーやスミスによって描かれていたアデレードやエラやバーサも、やはりクリスティーンと同じような「新しいタイプの『真の女性』」だったことを暗示していると解釈できるだろう。

ここで取り上げた三冊のフェミニスト小説は、いずれも女性解放運動という一九世紀半ばの読者の関心を集めていたトピックを扱っている作品で、ハイブラウな純文学を愛する読者には、退屈この上ない大衆小説に思われるに違いない。だが、アデレードやバーサやクリスティーンの物語は、『緋文字』のヘスター・プリンが思い描いていた理想的な未来社会のヴィジョンが同時代の女性作家たちによって共有されていたことを物語っている。一八五二年から五六年にかけて書き継がれた三冊の小説は、一八五〇年の『緋文字』が終わったところから始まっている、と考えたい。

第九章　残酷で不条理な生きざま
――リリー・デヴェルー・ブレイクの世界――

セネカフォールズでの女性権利大会の翌年の一八四九年、わずか十六歳の白人少女が「私は女性に加えられた不正を正すために生きる」と題する文章のなかで、「女性は大昔から男性に欺かれて捨てられ、その感情は弄ばれ、その心は傷つけられてきた。この忌まわしい不正を正すために私は生きる決心をした。その目的のために私は青春と美と生命を捧げる。私は私自身と私自身の感情を忘れて、男性の不実に対して復讐する」と書き記し、「この恐るべき不正を正すためにのみ私は生きる」（qtd. in Farrell 32; Reynolds 401）と宣言している。この少女こそ、やがて女性解放運動のために闘う活動家として知られるようになったリリー・デヴェルー・ブレイク（Lillie Devereux Blake, 1833-1913）にほかならないが、この初めて耳にするような名前をここで持ち出すのは一体なぜなのか、という疑問を抱く向きも多いに違いない。

たしかに、生前のブレイクは七冊の長編小説のほかに数多くの短編やエッセイを発表しているだけでなく、南北戦争のときにはジャーナリストとして活躍し、その後、ニューヨーク州婦人参政権協会の会長（一八九五―一九八年）やニューヨーク市婦人参政権協会の会長（一八八六―一九〇〇年）を務めている。彼女はまた女性の視点から聖書を読み直して話題を呼んだ『女性の聖書』（一八九五―一九八年）の編集に当たった二十六名の委員の一人でもあった。だが、現在の彼女は完全に忘れられた存在になっていて、手元の文学辞典の類いにも彼女の名前は見当たらないし、ニーナ・ベイムの『女性の小説』第二版（一九九三年）にも彼女への言及は一切なされていない。このアメリカ文学／文化史から抹殺されているかに思われる女性作家リリー・ブレイクの代表的な著作のいくつかを取り上げて、その主題と構造を一九世紀半ばのアメリカという文化的コンテクストのなかで考えてみたい。

1

リリー・ブレイクの長編第一作『サウスウォルド』（*Southwold*, 1859）はニューヨークの下宿屋の一室で幕を開け、そこに才色兼備の女主人公メドーラ・フィールディングがいきなり姿を見せているが、ニューヨークの社交界でもっともハンサムな女性と噂されている十九歳の彼女が未亡人の母親と送っている生活は決して裕福とは言えない。登場したばかりの彼女は二十八歳のウォルター・ラセルズとひそかに婚約しているが、彼はやがてメドーラを捨ててルーシー・ウェントワースという金持ちの娘と結婚してしまう。傷心の彼女はほどなくして二十二歳のフロイド・サウスウォルドと出会い、この好青年との結婚を考えるようになる。だが、彼が遺産を継ぐことになっている伯父のサウスウォルド氏は、二人の結婚を絶対に許そうとしない、といった調子で、物語は展開していく。華やかな社交界に身を置きながら、金銭問題に悩む女性という設定は、半世紀ばかり後に出版されるイーディス・ウォートンの初期の代表作『歓楽の家』(一九〇五年)を思い出させるが、『サウスウォルド』のヒロインもリリー・バートに勝るとも劣らない存在感を発揮している。

この小説の冒頭近くで、「メドーラは女性にはめったに出会うことのない資質をいくつも生まれながら備えていた。彼女の頭脳には稀有な幅と広がりがあった。事実、それは思考の深さと分析力と探究力においてほとんど男性的だった。この能力は、その所有者にとっては常に危険だが、その所有者が女性の場合には二重に危険だ」(18)と語り手は述べ、その後も彼女の男性的な性格を繰り返し強調している。「ほとんどの話題に関する彼女の発想は新しく独創的だった。彼女の会話には彼がこれまで女性に見いだしたことのない自信と確証にあふれた思考がうかがわれた」(75)という印象を彼女の恋人フロイドは抱き、彼の伯父サウスウォルド氏も「メドーラの物腰の類いまれな魅力」の下に潜んでいる「とっつきにくいというか危険な資質のいくつか」（171）に気づいているだけでなく、作品の語り手もまた「彼女のそれのような強く情熱的な性格」（49）に言及し、彼女の意見が「大胆で、女性的でさえない」（188）ということを指摘している。

こうした一連の説明は、デイヴィッド・レナルズの巧みな比喩を借用すれば、メドーラが「派手な社交家という外観のなかに閉じ込められた自由な精神」（Reynolds 402）であることを物語っている。「彼女の露わな腕や肩に当たる夜風は冷たく湿っぽかったが、彼女の胸で荒れ狂っている激しい炎を鎮める力はなかった」（31）とか、「彼女の穏やかの物腰が憤怒と冷笑の火山を隠していると思う者は誰一人としていなかっただろう」（47）とかいった描写は、彼女の胸の内で激しい怒りが煮えたぎっていることをも示しているが、その怒りが女性を対等に扱おうとしない男性中心社会に向けられていることは、婚約相手のラセルズが彼女を「色褪せた花か壊れた玩具」（30）のように捨てて、裕福な女性ルーシーと結婚することを知ったときのメドーラについて、「彼女は女性に対する束縛のすべてを投げ捨てたいという激しく苛立たしい思いを抱いて、檻のなかのトラのように部屋を行ったり来たりしていた」（22. 強調引用者）と説明されていることからも明らかだろう。「私は女性に加えられた不正を正すために生きる」と心に誓っていた十六歳の作者ブレイクを、十年後に出版された『サウスウォルド』に登場する、「女性に対する束縛のすべてを投げ捨てたいという激しく苛立たしい思い」を胸に秘めた十九歳の女主人公メドーラと重ね合わすことはさほど困難ではあるまい。

まことに興味深いことに、『サウスウォルド』が上梓された一八五九年は、熱烈な奴隷廃止論者でエミリー・ディキンソンのよき理解者として知られたトマス・ウェントワース・ヒギンソンが、「女性はアルファベットを学ぶべきか？」と題する一文を『アトランティック・マンスリー』の二月号に発表し（『サウスウォルド』の出版は同年二月五日だった）、「『ジョンはばかで、ジェインは天才だが、ジョンは男だからという理由で学び、先頭に立ち、法律を作り、金を儲け、ジェインは女だからという理由で無知で、従属的で、公民権を与えられず、十分な賃金も払われない』などという原理は一体いかなる原理なのか？」（145）と問いかけることによって、女性は男性と完全に平等であるという、当時としてはきわめてラディカルな議論を展開している年でもあった。

このエッセイにおけるヒギンソンに言わせると、たしかに「女性の社会的劣等性」は過去においては「妥当な事柄」（145）だったし、「女性の長い隷属状態」が続いたのは「過去の帝国」が「筋肉の帝国」（146）だったからだが、男性の筋力を必要とする時代はいまや過ぎ去ってしまった。「現代がより高い理性、技術と愛情と大望の帝国を起こそうとしていることに疑問の余地はない。この現代のために女性の天分は保存されてきたのだ」と主張する彼は、『一九世紀の女性』

（一八四五年）におけるマーガレット・フラーの「地球はその女王を待っている」という言葉を引用しながら、「女王は、彼女の支配にふさわしいように、地球が平らにされ、準備されるのを待っていた、と言うのがより正しいだろう」（146）と言い切っている。こうして新しい時代は始まり、「女性がアルファベットを学ぶ時代がやってきた」（147）とヒギンソンは結論しているが、女性の自由や自立を困難にする「束縛」や「不正」に立ち向かうメドーラやその作者ブレイクが、「女性はアルファベットを学ぶべきか?」の筆者が想定する新しい時代にふさわしい新しい女性であることはあらためて書き立てるまでもないだろう。

だが、ヒギンソンの主張にもかかわらず、『サウスウォルド』の女主人公メドーラが新しい時代の女王として君臨することはない。サウスウォルド氏が甥のフロイドと彼女の結婚に猛反対していることを知って、「老人が死ぬまでの長い待ち時間、乏しい資力と遺産への大いなる期待から常に生じる不本意な立場、それに彼女がすでにうんざりしているいつもの逆境との戦いに人生を棒に振ってしまう可能性」（105）が目前に広がるのをメドーラは感じ取っていた。彼女の存在を認めようとしないサウスウォルド氏は、彼女にとって家父長制を象徴する人物であって、メドーラは彼に対して「強烈な嫌悪感」（192）を抱いていたが、ある日、サウスウォルド氏が屋敷のそばの鉄道線路に転落したとき、助けを求める伯父のもとへ駆け寄ろうとするフロイドの耳元で、彼女は発作的に「気でも違ったの?死なせてしまいなさいよ!」（194）と囁きかける。その瞬間、それまでフロイドにとって「天使」そのものだった（74）メドーラは、「現実には悪魔だった天使」（198）に姿を変え、伯父を轢死させてしまったことを後悔するフロイドは彼女を「人殺し」（195, 204）と罵る。その結果、メドーラは「彼女の魂は恐るべき罪悪に汚され、殺人の罪がいつまでも彼女に付きまとうことになるという不快な思い」（198）に苦しむことになり、やがて精神に異常を覚えるようになった彼女は、父方の祖母が精神病院で生涯を終えたことを知ったとき、みずからの手で命を絶ってしまう。

『サウスウォルド』の作者リリー・ブレイクにとって、メドーラは十六歳のときの彼女の夢と希望が託された女性だったが、そのヒロインが殺人者の嫌疑をかけられ、狂気へ、さらに自殺へと追いやられることになったのは、一体なぜだろうか。女主人公に「測り知れない惨めさ」を味わわせ、「この世での幸福の可能性は消え失せてしまった」（226）と感じさせねばならない理由を、一体どこにブレイクは見いだしたというのだろうか。

2

これまでにも何度か指摘してきたように、『サウスウォルド』が発表された一九世紀半ばのアメリカに深く根を下ろしていたのは、バーバラ・ウェルターのいわゆる「真の女性らしさの崇拝」だった。この支配的なイデオロギーは敬虔、純潔、従順、家庭性という四つの美徳を身に着けた女性を《真の女性》と規定していた、とウェルターは説明し、「男であれ、女であれ、真の女性らしさを作り上げている一連の美徳を弄ぶ者は誰でも立ちどころに神の敵、文明の敵、アメリカ共和国の敵という烙印を押された」（Welter 152）と付け加えている。『サウスウォルド』の読者としては、「女性に対する束縛のすべて」を否定し去ろうとする、きわめて反社会的な衝動に突き動かされている女主人公メドーラが、同時にまたアメリカ社会が期待する、きわめてステレオタイプ的な生きざまにこだわる《真の女性》として生きることが可能なのか、という問題に関心を抱かざるを得ないのだ。

すでに触れたように、メドーラは「女性にはめったに出会うことのない資質をいくつも」備えていることが指摘され、性格的にも「男性的」だとか、「大胆で、女性的でさえない」とか評されている彼女に、男性に対する「従順」という美徳を期待することは不可能と思われる。また、母親と一緒にホテル暮らしや下宿屋暮らしを余儀なくされてきたメドーラは、「性格の正常な発達にとって、とりわけ女性にとって絶対に必要な家庭という静かで幸福な場所」（18）を経験したことがない、と語り手は指摘しているので、その彼女に「家庭性」という美徳が育まれていたとはとても考えられない。婚約者のラセルズと別れた後も、何らかの形で玉の輿に乗ることを夢見るメドーラは、「フロイドに直ちに結婚を申し込ませるための最善の方法」（94）を画策する一方で、彼女に近づいてくるクロード・ハミルトンという資産家の男性にも興味を示し、誘われるがまま一緒にオペラ観劇に出かけているが、その場面で語り手が「結局、私たちのもっとも賢明な者でさえも、才気煥発な女性の手にかかると盲目的なばか者に過ぎない。もっとも鋭い洞察力を備えた男性でさえも、美しい女性の穏やかな顔の表情の下で波打っているさまざまな考えを、何と僅かしか察することができないことか！」（118）とコメントしているのを見落としてはなるまい。また、妻のルーシーに死なれたラセルズに言い寄られたときには、「彼の抱擁に身をゆだねた彼女の言葉と積極さが、口には言い表せないほどに卑猥な目的をラセルズの下劣な心にかき立てた」（241）ということをメドーラは想像することもなかった、と語り手は伝えている。その直後に、彼女は男の「まつわりつく腕」から身を引き離したと書かれてはいるけれども、彼女の「純潔」という美徳が大きくよろめいていたことは否定すべくもないだろう。

バーバラ・ウェルターは「敬虔」という美徳について、それは「女性の美徳の核、女性の強さの源」だったと説明し、「宗教は神の絶対的な権利によって女性の属性だった。それは神と自然の贈り物だった」（Welter 152）とも述べているが、宗教に対しておざなりな敬意しか払ったことがないメドーラの場合、「生死の境のかなたに恐怖と不安の状態で広がっている未知の果てしない未来のことを、これまで真剣に考えたことはほとんどなかった」（19）ということや、「宗教は彼女にとって名目以上のものでは決してなかった」（50）ということが語り手によって明らかにされている。また、もしメドーラが「思慮深くて信仰心の篤い母親」に育てられていたならば、「真の美徳のすべての根幹をなすに違いない、あの変わらぬ信仰心と深い宗教心」（129）が備わっていただろう、という語り手の指摘は、「敬虔」という美徳が彼女に欠如していたことを暗示している。語り手はまた、メドーラのライバルだったルーシー・ウェントワースに「慈しみ深い神の愛情と慈悲に対する暗黙の尽きせぬ信頼」が備わっている点に触れて、それはメドーラの場合とは対照的にルーシーが「思慮深い母親の庇護」の下で「慈愛に満ちた正しい神」を崇拝することを教えられていたからだ、と説明し、その結果、ルーシーは「この罪深い世界を寛大な心でみそなわす優しい神をひたすら信じ続けることで、窮状の極みに達したときでさえも確実な救い」（134）を見いだすことになった、とコメントしている。

『サウスウォルド』の終わり近くで、メドーラがフロイドの伯父と議論をする場面でも、「ミス・フィールディング、女性はみんな敬虔なキリスト教徒でなければならない、と私は思いますよ。あなたがた女性はこの宗教にすべてを負うていますからね」というサウスウォルド氏の発言を受けて、彼女は「すべての女性は、できることなら、真の敬虔という精神をしっかり持っているべきです」と答えながらも、その敬虔という精神はあくまでも「茨だらけの人生の道のこの上なく確かなガイド」として女性が身につけるべきものであることを強調し、「女性がキリスト教に非常な恩恵を被っているということを私は否定します」（172）と言い切っている。さらに「女性を奴隷の身分から現在の高い地位にまで引き上げたのはキリスト教ではないとおっしゃるおつもりではないでしょうね？」とサウスウォルド氏が重ねて問いかけたのに対して、メドーラが「ええ、もちろん、そのつもりです！」と躊躇なく即答している（172）のは、《真の女性》に備わっているべき「敬虔」という美徳が彼女に欠けていることを示す決定的な証拠となっている。

こう見てくると、「半ば奴隷の状態」（117）に置かれている「女性に対する束縛のすべて」を否定し去ろうという真摯な情熱にもかかわらず、いや、その真摯な情熱のゆえに、『サウスウォルド』のヒロインは一九世紀のアメリカ社会が理想とする《真の女性》に必要不可欠な四つの美徳のすべてを欠いていることが判明する。その結果、バーバラ・ウェルターの言葉を借りれば、メドーラは「神の敵、文明の敵、アメリカ共和国の敵」ということにならざるを得ないのだが、そのことは同時にまた、そのような女主人公にアメリカ女性の夢を託した作者リリー・ブレイクもまた、同時代の読者層にとっては「神の敵、文明の敵、アメリカ共和国の敵」以外の何者でもなかったということを意味しているのではないか。そのことに気づいたとき、ブレイクはみずからの理想の体現者としてのメドーラを「人殺し」に仕立て上げ、狂気と自殺に追い込む形で、『サウスウォルド』の世界から消し去ってしまったのではないか。『アメリカン・ルネサンスの基層』の著者デイヴィッド・レナルズは「もろもろの外力のために悪の迷路に追い込まれた情熱的で、高度に知的な女性」に対する「作者の著しくアンビヴァレントな態度」（Reynolds 401）に言及し、ブレイク研究家のグレイス・ファレルもまたメドーラの生みの親のブレイクが「自分自身の欲望を持っていて、それをひたむきに追及するヒロイン、ブレイクが人生のこの段階では夢見ることしかできなかった、家父長制への攻撃をやってのけるヒロインに対してアンビヴァレントな態度」(Farrell 62) を取っていることに注目している。

こうしたリリー・ブレイクのアンビヴァレントな態度が《真の女性》としての資格を欠いた女主人公メドーラに加えられるかもしれない非難や批判を意識した結果であることは言うまでもない。『サウスウォルド』の語り手がしばしばメドーラの言動を批判するような発言を繰り返しているのは、彼女の大胆な生きざまに不安を覚えた作者自身が意図的に取った戦略だったという見方もできるだろうが、同時にまた、それは家父長制が支配する一九世紀のアメリカで「女性に対する束縛のすべて」に挑戦する女性を登場させることが作家にとっていかに困難な作業だったかを物語っている。ブレイクがやがて女性解放運動にのめり込んでいくことになるのは、「女性がアルファベットを学ぶ時代がやってきた」というヒギンソンの希望的観測を一日でも早く現実化させたいと願ったためだったかもしれない。

『サウスウォルド』のような作品の価値は「女性が男性と同じ衝動や欲望を持った多様な個性であるということが認められる以前に続けられた悪戦苦闘をわれわれに再認識させてくれる点にある」(Farrell 65) とグレイス・ファレルは指摘しているが、この評言は『サウスウォルド』の前年に雑誌『ニッカーボッカー』（一八五八年二月号）にブレイクが発表した短編「マンモス・ケーブの悲劇」（"A Tragedy of the Mammoth Cave," 1858）にも当てはめることができる、と考えたい。このケンタッキー州の巨大洞窟マンモス・ケーブを舞台に展開する短編は、「十五年間、私は心に深く隠された暗い秘密を抱えてきた。その秘密のために私の命は削られ、死の瀬戸際でよろめいているような状態なので、私の最期の悲しい時間が穏やかなものになることを願って、遅きに失したとはいえ、一つの告白をしたいという気持ちに駆り立てられている」（111）という書き出しが示すように、余命いくばくもない主人公メリッサが十五年前、彼女が十七歳のときに起こった一連の事件を一人称で回想するという形を取っている。

大農園主の一人娘のメリッサは、裕福な両親に蝶よ花よと育てられた典型的な《南部令嬢《サザン・ベル》》で（ブレイクが四歳のときに他界した父親もノースカロライナ州の農園主だった）、「高慢でわがままで身勝手な人間になった」（111）ことを彼女自身が認めているが、十七歳のときに、四歳年上で「長い金髪と深い藍色の目をした、この上なく美貌の」（112）青年ウィリアム・ベヴァリーが家庭教師として北部からやってきた瞬間から、彼女の生活は一変する。この家庭教師に一目惚れした彼女は思いのたけを打ち明ける（115-16）が、ベヴァリーは彼女の愛を受け入れようとしないばかりか、別の農園主の娘と婚約してしまう（117）。嫉妬のあまり彼に復讐することを誓ったメリッサは、父親のプランテーションの近くにある、彼女が幼いときから慣れ親しんでいたマンモス・ケーブで偶然出会った彼を漆黒の闇のなかに置き去りにする（118-19）。それから十五年が経ったいま、その暗い洞窟にふたたび足を踏み入れる決意をしたメリッサは「何年も昔、私が犠牲者を無残にも追いやった暗黒と恐怖が死に際の私を取り囲むに違いない。私の犯罪を目撃した沈黙の岩たちの間で、赦しを求める私の祈りは受け入れられるだろうと思うからだ」（121）という言葉で彼女の告白を終えている。

《サザン・ベル》とは何かという疑問に答えて、『南部貴婦人——台座から政治へ』の著者アン・スコットは「完璧」と「服従」という理想を身につけるように躾けられた「従順な女性」（Scott 4, 7）と規定しているが、この保護された女性は、《真の女性》と同じように、南北戦争以前の白人男性至上主義のアメリカ社会によって押し付けられたステレオタイプだった。だが、短編「マンモス・ケーブの悲劇」におけるメリッサは《サザン・ベル》とは思われないような行動を取り続ける。彼女はベヴァリーに対する「この豊かな愛情、この荒れ狂う情熱」（113）が報いられないことを嘆き、彼の愛情を勝ち取るためなら「私の女性としての慎みの限度を踏み越えて、この誇り高い、冷淡な男の前にひれ伏す」（115）ことも厭わない、とさえ語っている。彼を全身全霊で愛していることを認めるメリッサは、「激しい情熱の竜巻が私と彼の愛の獲得の間に立ちはだかっているすべての障壁を運び去った」（115）と告白しているが、この“tornado of passion”という表現は、『サウスウォルド』においてフロイドが恋人メドーラの手にキスをしたとき、その

「危険な喜び」が「彼の内部で愛以外のすべての思いを運び去ってしまうような情熱の竜巻を引き起こした」（*Southwold* 98. 強調はいずれも引用者）という描写で繰り返されていたことが思い出される。短編「マンモス・ケーブの悲劇」の翌年に出版される『サウスウォルド』と同じメタファーを用いることによって、《サザン・ベル》としてのメリッサが男性と同じ衝動と欲望の持ち主であることをリリー・ブレイクは暗示しているのだ。

　ある夏の日、ベヴァリーと一緒に散歩に出かけたメリッサは「長い間閉じ込めてきた情熱」（115）を抑えきれなくなって、「私は突然、両腕を彼の首に投げかけ、私の顔を彼の胸に埋めて、激しく狂ったような愛の言葉を口走った。障壁が崩れ去ると、私の自制心のすべては失われた。これまで女性が誰も口にしたことがないような雄弁な情熱の言葉以外に、何をしゃべったか、憶えていないが、その間にもずっと、彼を私の心臓に押しつけ、ついには彼の額と唇にキスをしようと試みた」が、ベヴァリーは頑なな拒絶の姿勢を崩そうとせず、「必死になって、私の抱擁から身を振りほどくと、立ち上がった」（115-16）と告白している。そして、その直後に彼が口にした、「あなたにはプライドばかりか、女性としての慎みもないのですか?」（116）という言葉は、メリッサが「女性としての慎みの限度を踏み越えて」いたことを再確認していると同時に、ベヴァリーが「女性としての慎み」を彼女に強制している家父長社会の側の男性であることをも裏づけている。メリッサを捨てた彼が婚約する相手のミス・ミニー・ヘイウッドが、メリッサの言葉を借りれば「可愛くて、上品なおばかさん」（117）に過ぎなかったというのは、ミニーがアメリカの家父長制社会が用意したシナリオに合致する「従順な女性」だったことを物語っているのだ。

　元家庭教師が婚約したことを耳にしたとき、「漠然とした復讐の思いが私の頭をよぎった」（117）と語るメリッサが、通い慣れたマンモス・ケーブに足を運んで、その一角にある「小さな洞穴」に身をひそめて物思いにふけっている（117）と、見物客の一団が押し掛けてくる。そのなかに婚約者と腕を組んで、甘い言葉をささやき交わしているベヴァリーの姿を見つけた彼女は、「私は彼の声の調子そのものが以前に聞いたことがないほど柔らかく優しいのに気づいた。小さな洞穴に座って、檻のなかのトラのように怒り狂いながら、愛の言葉を掛け合っている二人をのぞき見ていた」（118. 強調引用者）と打ち明けているが、『サウスウォルド』のメドーラも婚約者のラセルズに弊履のごとく捨てられたときに「檻のなかのトラ」のように部屋を歩き回っていたことを思い出さねばなるまい。メリッサはやがて、たまたま婚約者やその仲間たちと離れたベヴァリーを言葉巧みにおびき寄せて、洞窟の暗闇のなかに放置することに成功する。「彼を驚愕と恐怖と絶望に投げ込んだことに残酷な喜びを感じた」（120）とメリッサは記しているが、それもつかの間、一週間も経たないうちに、「私はカインの烙印が私の額に押されていて、人殺しになったことを知った」（121. 強調引用者）と彼女は書き、やはり「人殺し」と呼ばれていた

『サウスウォルド』のメドーラと同じように、「暗い秘密」を抱え込むことになってしまうのだ。

もちろん、メドーラもメリッサもフロイドの伯父サウスウォルド氏や家庭教師のベヴァリーに直接手を下して殺害したのではない。メドーラの場合、彼女が「強烈な嫌悪感」を抱いていたサウスウォルド氏は彼女の存在を認めようとしない、「真の女性らしさの崇拝」が根づいたアメリカ社会を象徴する人物だったが、メリッサの場合にも、彼女の「復讐」のターゲットになったのは、「可愛くて、上品なおばかさん」を選び取ったベヴァリー個人ではなく、彼によって表象されるアメリカ社会、「可愛くて、上品なおばかさん」だけが受け入れられるアメリカ社会そのものだった。そうしたアメリカ社会が用意したシナリオを拒否するなどといった大罪を犯したという意味で、『サウスウォルド』と「マンモス・ケーブの悲劇」の著者ブレイクは、メドーラとメリッサを「人殺し」に仕立て上げ、発狂寸前のメドーラや余命いくばくもないメリッサに自殺への道を選ばせることになった。一九世紀半ばのアメリカでは、グレイス・ファレルが指摘していたように、「男性と同じ衝動や欲望を持った多様な個性」であることを主張する女性の額には「カインの烙印」が押されていたのだった。

3

一八六三年五月に『ニッカーボッカー』誌に匿名で発表した「女性の社会的状況」（"The Social Condition of Woman," 1863）と題する評論で、リリー・ブレイクは女性の地位の向上という「かつては禁じられていた主題」（381）が注目を集めるようになったが、「恣意的な束縛のすべてからの女性の真の意味での解放は、実現にはほど遠い状況である」（381）と述べ、現代社会では「女性であるという事実が常に女性に押しつけられているために、女性の身体《フィーメイル・フォーム》のなかに閉じ込められるということほどに強烈な呪いが人間の魂に降りかかることはない」（382）と嘆いている。さらに彼女は「誰であれ、女性の身体をしているというだけの理由で、ある種の生き方に押し込められるというのは、残酷であると同時に不条理でもある」（385）と主張し、「女性はいまだに奴隷の拘束から脱していない。女性の生活のすべてが隷属状態で過ごされているのは、依然として耐えがたい真実である」（386）とも語っている。そうした「残酷であると同時に不条理」な生きざまを強いられている「女性の社会的状況」を訴えるために書いたのが、同じ年に発表された長編第二作『ロックフォード』（*Rockford; or, Sunshine and Storm*, 1863）だった。

　この小説の主人公クローディア・ロックフォードは裕福な銀行家トマス・ロックフォードの妻で、一人息子のヴィントン、それにトマスの姪のイーディスと豪壮な邸宅で、何不自由なく暮らしているように見える。夫のトマスは四十歳の彼女（106）よりも「十五歳ばかり年上」で、「鉄灰色の頭髪と顎鬚をした、鋭敏で厳しい顔つきの背の高い男」（18）と描写されているが、外出から帰った彼をクローディアが「愛情の代わりをさせようとしている、あの几帳面な礼儀正しさ」で出迎え、トマスもまた「友人が相手であるかのように、冷たく妻の手を握った」（18）という場面は、夫婦の間が冷え切ってしまっていることを暗示していて、彼女が一見思われるほどに幸福な毎日を送っていないことを読者に印象づけている。やがて物語の展開とともに、そうした彼女を不幸のどん底に突き落とす事件が降りかかってくる。ハーヴァードを卒業したヴィントンは、父の跡を継ごうとはせず、法律の勉強をしようとしているが、突然、ジョージ・サンディーズの娘メイベルと婚約する。そのことを彼から聞かされたクローディアは、それを即座に「いとわしい婚約」（183）と呼びながらも、「彼女との結婚を永久に阻まねばならない越えがたい障害」（184）があると語るばかりで、その障害が何であるかを明らかにしようとはしない。

だが、小説『ロックフォード』はメイベルの父親ジョージ・サンディーズの葬儀の場面で幕を開け、墓穴のなかの彼の柩に土塊が投げかけられた瞬間に、「短く、鋭い悲鳴」が会葬者たちを驚かせ、ロックフォード夫人がその場に倒れ伏したことが明らかにされていた。「その最後の瞬間に、彼女の耐えきれなくなった自制心が崩れ、もはや抑えきれなくなった鋭い悲しみによって絞り出された悲鳴とともに、彼女は失神して地面に崩れ落ちたのだった」（8）。葬式からの帰路、彼女はヴィントンに「何年も昔、サンディーズさんはとても親切な――わたしのお友だちでした」と打ち明けているが（10）、それほどまでに「鋭い悲しみ」を彼女に味わわせる一体何が、ジョージとクローディアとの間にあったというのだろうか。その後、四十五歳で他界した（20）故人の妻アメリアとクローディアとが語り合う場面で、二人が学校時代以来ずっと会っていなかったことを読者は知ることになるが、ジョージの思い出話にふけるうちに、「あの方があなたに出会う前に、あの方はわたしのお友だちでした」とクローディアが話したとき、「この言葉に伴う表情と口調には、長い間隠してきた秘密をサンディーズ夫人に悟らせかねない何かがあった」（40）と語り手は指摘している。さらに、この場面で、いまわの際のジョージがはっきりした声で「クローディア、ぼくを許してくれたまえ！」と二回呟いたことをアメリアから聞かされて、ロックフォード夫人がむせび泣いたということも（41）語り手は付け加えている。

こうして、クローディアが「長い間隠してきた秘密」をめぐる読者の興味は深まる一方だが、彼女自身はそれを一切説明しようとはせず、ヴィントンとメイベルの結婚に対しては頑強に反対し続けるばかりなので、彼女と同居している姪のイーディスもまた「この最適であることが明らかな結婚に対する伯母の思いがけない反対の理由」（144-45）が何なのか、考えあぐねている。もともと病身だったクローディアは、ヴィントンの結婚話が持ち上がったことも一因となって、病の床に臥すようになるが、彼女の悩みを聞くために、メイベルの従兄で牧師のホートン氏が訪ねてきたときも、この「いとわしい結婚」(292)、「恐ろしい結婚」(292)をやめさせてくれるように嘆願しているが、その理由を明らかにしようとはしない。説明を求めるヴィントンに対しても、彼女は「それがいとわしいからです――恐ろしいからです!」と繰り返し、「この瞬間にも、わたしは惨めなのだが、もし責められるべき弱さのゆえに、この不自然な結婚を許すようなことがあれば、わたしは何百倍も行き暮れてしまうでしょう」(298)とまで言い切っている。結局、彼女は誰にも「秘密」を打ち明けないまま、すべてを書き記した遺書を残して息を引き取るのだ。

だが、クローディアが隠し続けた「秘密」を窺い知る手がかりは、小説『ロックフォード』のいたる所に散りばめられている。アメリア・サンディーズの家には、ジョージの肖像画が壁に掛かっているが、その肖像画の前に立ちはだかったロックフォード氏の「いまにも打ちかかろうとする磨き上げられた鋼鉄の刃が発するそれのような光を放っている冷たい青い目」に促されるようにして、それを見やったクローディアは「一瞬、魔法にかかったように立ちつくし、つぎの瞬間、『おお、ジョージ!』」とうめき声をあげた」(80)だけでなく、その直後の場面では、ある登場人物はヴィントンがジョージの親類か何かと思った理由として、「彼があの肖像画に驚くほど似ているという考えが心に浮かんだから」(98)と説明している。また別の場面では、イーディスの友人が「ヴィントンとミス・サンディーズが何と似かよっていることかという奇妙な考えが心に浮かんだ」と話すのを聞いて、顔がすっかり青ざめたロックフォード夫人は「メイベルはブロンドだし、ヴィントンは黒い髪と目をしている」と答え、それに対して相手は「それでも表情や顔立ちがすごく似かよっている」(127-28)と言い返している。さらにイーディスまでもがヴィントンに向かって「結婚した二人はしばらくするとお互いに似てくると言われているけれど、あなた方はそれを先取りしている。あなた方二人の間に微妙だけれどもはっきりした類似点があることは確かだわよ」(139)と言い切っている。ヴィントンとメイベルがお互いの気持ちを確かめ合う場面では、ヴィントンを兄のように慕うメイベルに、彼が兄以上の存在になりたい、と告白した瞬間に、彼女の父サンディーズ氏の肖像画が大きな音を立てて床に落下し、二人は思わず身を引き離してしまった、と語り手は伝えている(174)。

こうしたいくつかの手がかりから判断すると、どうやらヴィントンの父親はトマス・ロックフォードではなく、ジョージ・サンディーズだったと結論できるのではないのか。ヴィントンとメイベルが異母兄妹であるがゆえに、この二人の結婚はインセストであるという理由で、ロックフォード夫人はそれを「不自然な結婚」と呼び、断固として反対の意思を表明したのではないのか。さらに、インセストは社会的タブーであり、それに直接言及することもタブーだったので、作者リリー・ブレイクとしはこのような間接的な表現の手法を取らざるを得なかったのではないか。だが、クローディアはなぜジョージと結婚できなかったのか。彼女の夫トマスは二人とどのように関わっていたのか、などといった疑問に対する答えは、完全に黙秘し続けたクローディアの死とともに闇から闇に葬られてしまった。いや、事件の顚末は彼女が書き残した遺書に記されていたはずだが、それを読み終えたヴィントンは母親の言いつけどおりにそれを焼き捨てただけでなく、秘密の共有者として沈黙を守ったまま、二度とアメリカに帰らぬつもりでヨーロッパに旅立った彼は、乗っていた船もろとも海の藻屑と消えてしまう（308）。

ブレイク研究家のグレイス・ファレルはロックフォード氏を「ホーソンのチリングズワースを思わせる冷酷な男」（Farrell 77）と呼んでいるが、ヴィントンの死後、生き甲斐を失った彼もチリングズワースと同じようにあっけなくこの世を去る。秘密を固く守るクローディアを、パールの父親を明らかにしようとしなかったヘスター・プリンになぞらえたのはフィリップ・グーラだったが（Gura 236）、ジョージの名前を呟きながら息を引き取った彼女が、希望どおりに彼の墓地に隣接する墓地に葬られ、「生きているときは、とても長い間別々だった二人が、死んでからは隣り合って眠っていた」（302）という『ロックフォード』の結末は、『緋文字』のそれを読者に思い出させるに違いない。

だが、『緋文字』ではディムズデイル牧師の告白という場面が用意されているが、『ロックフォード』ではホートン牧師の熱心な説得にもかかわらず、クローディアは彼女の「長い間隠してきた秘密」を告白しようとない。この三百頁を超す長編小説を読み終えながら、彼女とジョージの恋愛事件の真相に迫ることのできない読者としては、フラストレーションを覚えるばかりではないか。だが、『ロックフォード』をもう一度読み直してみると、ホートン牧師とのやり取りのなかで、クローディアが「思い出すたびに憤りを禁じえない欺瞞の仕組みによって、わたしは現在の状況に誘い込まれてしまったのです」(205)と打ち明け、死の直前にもまた、息子のヴィントンに「おお、ヴィントン、わたしが書き残した悲しい物語を読むとき、どんなに残酷なやり方でわたしが惑わかされたかを覚えておいておくれ。わたしをわたしがお慕いする方から引き離し、わたしの若い人生を苦しみに変えてしまった企みがどんなに悪辣なものだったか、分かっておくれ。わたしが忌み嫌う人と結婚していたとしても、どうしてあの方を忘れることができただろうかということを考えておくれ」(300. 強調原文)と語りかけていたことが判明する。

『ロックフォード』の読者には、クローディアが口にする「わたしがお慕いする方」あるいは「あの方」がジョージ・サンディーズを、「わたしが忌み嫌う人」がトマス・ロックフォードをそれぞれ指していることは明らかだが、残酷で悪辣な「欺瞞」あるいは「企み」とは一体何を指しているのか。この疑問に答えることができれば、クローディアの「長い間隠してきた秘密」の一端を明らかにすることができると思われるが、そのための重要なヒントはヴィントンの結婚問題などとは無関係に展開しているかに思われる、『ロックフォード』のサブプロットに巧妙に隠されている、と主張したい。

すでに触れたように、ロックフォード家にはトマスの姪イーディスが同居しているが、彼女は「金髪の美女」で、「両頬とあごはバラの花」、「絶妙な唇はカーネーションの花」(12-13) のようだった、と書かれている。彼女はニューヨーク社交界に女王として君臨しているが、「従兄のヴィントンよりは二歳年下で、物語の時点では二十歳を少し過ぎている」。さらに「彼女は心が温かく、直情的で、寛大で」(13) もあり、「光の化身」のような彼女には「サンシャイン」というニックネームが周囲から奉られている (16)。この非の打ちどころがない女性の心を射止めようとする求愛者たちは数知れないが、彼女自身はヴィントンのハーヴァードでの三年先輩のライオネル・ロウアンのことを憎からず思っていて、ライオネルもまた彼女に恋心を燃やしている。にもかかわらず、二人はお互いの気持ちを打ち明けることができないまま、誤解が生じて、相手の真意を疑うといったお定まりの状況が続いている。

そうした折に、パーシヴァル・デンビーという「並外れてハンサムな男性」(24) が保養地ニューポートでイーディスの前に姿を現わし、やがてストーカーのように彼女にしつこく付きまとうようになる。彼は「年齢は三十歳を過ぎていることは確かだったが、恐らくは四十歳前」で、彼の特徴的な目は「その形のいい頭のなかで忙しく策を弄している頭脳の窓」(24) だった。さらに、彼は「世の中を知り尽くした人間で、利己的で、破廉恥で、サタンのそれのように悪の力を強めるためにのみ授けられたかに思われる知性に恵まれていた。彼に備わっている類い稀な態度の魅力のせいで、希望を失い、人生に絶望した女性は一人や二人ではなかった」(31) と語り手は述べ、「彼が十年前に妻に死なれていることを人びとは知っていた。その美しい妻がどのように死んだかを彼に尋ねた者はいなかった」(31) と付け加えているが、彼女が失意のうちに自殺したことを暗示しているのだろう。彼は若い頃は南部で暮らしていて、現在でもニューオーリンズに家を構えてはいるが、ニューポートでイーディスに出会って「新しい感動」を覚えた彼について、「善悪いずれの手段によってであれ、この無垢な女性を支配する力を手に入れることが、この男の現在の第一の目的だった」(31) とも書かれている。

その目的を達成するために、過去に関係があったエイドリアン・クリフォードというファムファタール的な女性がライオネル・ロウアンに横恋慕しているのを巧みに利用して、デンビーはイーディスを拉致する計画を立てる。あるブルックリンの豪邸で開かれたパーティの夜、エイドリアンがイーディスのエスコート役のライオネルを色仕掛けで引き留めている間に、デンビーは言葉巧みにイーディスを馬車に誘い込んで、あらかじめ用意してあった郊外のあばら家 (彼はそれを「俺の花嫁を連れてくるためのスイートホーム」[249] と自嘲的に呼んでいる) へ馬車を猛スピードで走らせるが、目的地に着く直前に馬車が横転し、彼は致命傷を負ってしまう。危うく難を逃れたイーディスは、この計画のためにデンビーが雇っていた女から事の次第を聞かされて、「彼女の無垢を露ほどの疑惑からさえも守ってくださった神に心から感謝申し上げた」(278)

のだった。やがて異変に気づいて、後ろから追いかけてきたライオネルによって彼女は無事に救出されることになる。

だが、このエピソードをリリー・ブレイクが『ロックフォード』に導入したのは、ただ単にパーシヴァル・デンビーの悪徳漢ぶりを紹介するためではなかった。彼がイーディスを凌辱しようとした計画は、クローディア・ロックフォードが語っていた「企み」あるいは「欺瞞」と深く関わっているのではないか。二十歳のイーディスと二十五歳のライオネルが五歳違いだったという設定は、ジョージとクローディアがやはり五歳違いだったことを思い出させるし、イーディスとライオネルを切り離そうとするパーシヴァルが四十歳前だったというのは、トマス・ロックフォードがクローディアよりも十五歳年上だったという事実を思い出させる。さらに、疾走する馬車を御するパーシヴァルにしっかりと抱きかかえられていたので、「イーディスはもはや抗うことをしなかった――何に役立つのか? 彼女の傍らの男は鉄だった」(261) と語り手は伝えているが、この鉄のメタファーもまた、トマス・ロックフォードについてクローディアの「夫の鉄の額」(119)、「この鉄の男」(186)、「彼の鉄の心」(236、304) といった表現が用いられていたことと無関係ではあるまい。結局のところ、『ロックフォード』で展開するサブプロットで「忙しく策を弄している頭脳」の持ち主パーシヴァルが実行した拉致計画は、二十年ばかり前にロックフォードがクローディアに対して実行した「企み」の再現ドラマにほかならなかった。その「欺瞞の仕組み」によって彼はクローディアを「支配する力」を手に入れ、ジョージアを愛していたクローディアと略奪結婚をすることになったのではないか。

このサブプロットについて、グレイス・ファレルは「ブレイクのサブプロットは二つの未遂に終わった性的誘拐に関わっている。典型的なファムファタールによるそれと、劣らず典型的な悪徳漢によるそれだ」（Farrell 77）と指摘し、フィリップ・グーラも「ブレイクはニューイングランドの女性に狙いを定めた南部人たちがいかにも見え透いた悪者たちで、最後には計画が失敗に終わってしまうサブプロットを挿入している」（Gura 236）と述べているだけで、このサブプロットが『ロックフォード』のメインプロットにおけるクローディアの「長い間隠してきた秘密」と深く結びついていることには一切触れていない。

『ロックフォード』におけるサブプロットはメインプロットと密接に連動していて、クローディアの沈黙の意味を解明する機能を果たしていると考えることができるのだが、なぜブレイクはこのようなダブルプロットによる「秘密」の解明という迂遠な手段に訴えねばならなかったのか。それはクローディアの「秘密」が白日の下にさらされると、家父長としてのトマス・ロックフォード氏の犯罪行為を暴露することになりかねなかったからだろう。作者ブレイクは「鉄の心」を持った家父長の絶対的な権威を直接的に批判することを避けて、サブプロットに隠された意味を読み解いた読者だけに、悪辣な「欺瞞の仕組み」を思いついた張本人としてのトマス・

ロックフォード、クローディアが「忌み嫌う人間」としての彼の正体が明らかになるような仕掛けを『ロックフォード』に施している、と考えたい。こう考えることによって、クローディアの悲劇は男性中心主義のアメリカ社会が引き起こした悲劇、まさに一九世紀アメリカの悲劇だったという事実を理解することができるのだ。

長編『サウスウォルド』や短編「マンモス・ケーブの悲劇」におけるリリー・ブレイクは、《真の女性》という家父長制的アメリカ社会が定めたシナリオに合致しない女性主人公たちの生活と意見を肯定的に描くことにためらいを覚えていたが、この『ロックフォード』においてもなお、彼女はトマス・ロックフォードによって象徴される家父長社会の権威を正面から批判することを躊躇している、と言えるだろう。だが、それから十一年後の一八七四年に発表された長編小説『死ぬまで鎖に繋がれて』におけるブレイクは、男性至上主義の支配するアメリカ社会とどのように向き合っているかという問題については、章をあらためて検討することにしたい。

第十章　夜明け前の女性群像
──一八七〇年代のデイヴィスとブレイク──

《ニュー・ウーマン》という言葉は、イギリス女性作家ウィーダ（マリー・ルイーズ・ド・ラ・ラメーの筆名）が「ニュー・ウーマン」と題する記事を『ノースアメリカン・レヴュー』に発表した一八九四年から広く用いられるようになったとされている（Powell 60）。この《ニュー・ウーマン》を「未婚で、高学歴で、経済的に自立している」女性と定義したキャロル・スミス＝ロゼンバーグは、《ニュー・ウーマン》を「人口統計学的かつ政治的に革命的な現象」と呼んでいるだけでなく、《ニュー・ウーマン》は「母親には決してできなかった形で『真の女性らしさの崇拝』を拒絶し、母親が決してしなかった形で男性を脅かした」（Smith-Rosenberg 245）と論じている。《真の女性》として敬虔、純潔、従順、家庭性という美徳を守ることを強要されていた母親の生きざまを否定することによって、《ニュー・ウーマン》は家父長社会が描いていたシナリオを拒絶し、白人男性中心主義のアメリカ共和国のありように断固たる否！を突き付けたのだった。

もちろん、《ニュー・ウーマン》という言葉が新たに造られたという事実は、それ以前から《ニュー・ウーマン》が姿を見せ始めていたということを物語っているのだが、アメリカ社会に《ニュー・ウーマン》が本格的に出現したのは一体いつだったのだろうか。この疑問に答えるような形で、アリシア・ミーシャ・レンフローは「一八七〇年代の女性作家の作品におけるヒロインは『これからの《カミング》女性《ウーマン》』、未来に解放される女性だった」というエレイン・ショーウォルターの発言を引用しながら、「真の女性でもなければニュー・ウーマンでもない一八七〇年代の女性は過渡期に生きていた」（Renfroe xi）と論じている。過渡期としての一八七〇年代に生きていたアメリカ女性は、《真の女性》としての過去と完全に決別することもできず、かといって《ニュー・ウーマン》として生まれ変わることもできないまま、宙ぶらりんの状態に置かれている女性だった、ということだろうか。いずれにせよ、一八七〇年代アメリカが《ニュー・ウーマン》誕生前夜のアメリカ、女性解放の夜明け直前のアメリカだったということは否定できないだろう。

こうした《真の女性》でも《ニュー・ウーマン》でもない過渡期のアメリカ女性の生きざまを探るために、ここではアメリカン・リアリズムの先駆者的女性作家レベッカ・ハーディング・デイヴィスと、前章でも取り上げたリリー・デヴェルー・ブレイクがこの一八七〇年代に発表していたいくつかの作品を紹介することにしたい。

1

あらためて書き立てるまでもなく、レベッカ・ハーディング・デイヴィス（Rebecca Harding Davis, 1831-1910）は、短編「製鉄工場での生活」（一八六一年）や長編『審判を待ちながら』（一八六七年）などが高く評価されている作家だが、一八七〇年代は「デイヴィスにとって芸術的に主要な推移の時期であり、間違いなく彼女のもっとも生産的な十年間だった」と『レベッカ・ハーディング・デイヴィスとアメリカン・リアリズム』の著者シェアロン・ハリスは語り、「一八七〇年代は彼女が彼女のもっとも勇気ある政治的、社会的なフィクションのいくつかを書いた十年間だった」（Harris *Davis* 152）とも指摘している。

そこでまず、デイヴィスが一八七〇年六月に『ギャラクシー・マガジン』に発表した短編「二人の女」（"Two Women," 1870）を取り上げて、そこに描かれている対照的な二人の女性の生きざまを眺めてみよう。これは南北戦争直後の南部ヴァージニアを舞台に展開する物語だが、この作品は「その行動や自己表現を規制する社会的習慣の罠にかかって、檻に入れられた動物のような女性たちに関する虚構と現実の記述を含むデイヴィス・キャノン」において重要であると考えるシェアロン・ハリスは、その題名は「ドメスティック・ウーマン」対「家の外に仕事を求める女性」という「女性をめぐるデイヴィスのフィクションに一貫して見られる人物の対立を表わしている」（Harris *Davis* 160）と主張している。ここでの「ドメスティック・ウーマン」は《真の女性》、「家の外に仕事を求める女性」は《ニュー・ウーマン》とそれぞれ置き換えることができるだろう。

この作品で《ドメスティック・ウーマン》の役回りを務めているアリス・マッキンタイアは、南北戦争のために没落した南部貴族の令嬢で、周囲の女性たちから「子猫ちゃん」と呼ばれていた彼女は、「イノセントで、かなり愚かで、愛情深いお嬢ちゃん」（808）だった、と語り手はコメントしているが、彼女に好意的な男性の一人である農園主のジェイムズ・ヴォグデスの目には「女性らしい小柄な体、シャイで感じやすい顔」が印象的で、アリスに家庭的な雰囲気を感じ取った彼は、「彼の妻として、また息子の母親として、この優しく清らかな娘」（808）を思い描いて、「見も知らぬ天国」を覗き見たような気分になっている。「彼女はそれほどに小さく、柔らかく、清らかだった！彼は彼女に対して赤ん坊か小鳥に対して感じるように感じていた」と語り手は指摘し、「それほどに頼りなさげな彼女は、彼の理想の女性だった。彼女を見つめるときほどに彼が男であることを実感することはなかった」（809）とも説明している。

このいかにも女性らしい女性のアリスと対照的に描かれているのがマッキンタイア家に滞在し

ているシャーロット・ヴェインで、ヒステリーか「秘密の悲しみ」で苦しんでいる彼女は眠れないままに「夜の闇や雨の中を檻のなかの動物のように歩き回っている」（802）のが目撃されている。「舞踏室でシャーロットを見た人たちは彼女をさまざまな種類の燃えるような熱帯産の鳥や花に譬えた」が、きれい好きの家政婦たちには「自分たちを苦しめるために送り込まれた悪魔の使者そのもの」（802）と見られていた、と説明されている。「彼女の人生のもっとも幸福な時期は戦争中にワシントンで南軍のスパイとなって、ブーツの踵や巻き髪《シニヨン》に地図を隠しているときだった」と考えているシャーロットは、「あのとき私は愛国者だった！あのとき私は生きていた！男性のように！」と呟いて、「目に涙を浮かべていた」（805）と語り手は伝えている。さらに、一週間か二週間前に会ったばかりのジェイムズ・ヴォグデスを恋した彼女は、「彼のなかに潜んでいると感じた脳力《ブレインパワー》や情熱」をかき立てることなどアリスのような「愚かで、平凡な娘」にできるはずがないとうそぶき、「私は彼とは対等だ！彼を私のものにしてみせる――今夜は」（805）と誓っているが、「そう口にしたとき、シャーロットはすっくと立っていた。一瞬、彼女の全身は驚くべき活力と美しさに溢れていた。その姿を見れば、彼女がこれまでの人生でさまざまな男性に及ぼしてきたと言われる無限の力を理解できただろう」（805）と語り手は語っている。マッキンタイア夫人に「女性の仕事に関する最近の有害な理論」のことを、やがて妻となり母となる娘のアリスに聞かさないでもらいたい、とシャーロットは言い渡されている（804）が、それは彼女が昔ながらの《真の女性》、シェアロン・ハリスのいわゆる《ドメスティック・ウーマン》の生きざまとは無縁の女性であることを物語っている。登場人物の一人が「ミス・ヴェインは珍しいタイプだ」（806）と評しているのも理解できないことではない。

このシャーロットが興味を抱いているジェイムズ・ヴォグデスは、アイルランド移民の集落で発生した黄熱病の治療に当たることになっているが、出発直前にシャーロットと語り合った彼は「彼女の磁石のように相手を引き込まずにおかない目」を見つめているうちに、「ミス・ヴェインの体や声や表情に潜む、完全に純粋だが、女性としての彼女に固有の強い魔力」（809）に魅せられる。「奇妙な狂気が彼の熱血を燃え立たせた」（810）のをジェイムズは感じ、シャーロットの魅力に抗しきれない自分を発見する。「彼女の黒い髪の巻き毛が崩れて、デリケートな香りを放った。彼女の胸は情熱的な震えと戦きで波打っていた。彼女の情欲的な目は彼の目を避けた。彼女の温かい吐息が彼に触れた」（811）というエロティックな描写は、シャーロットが誘惑者としてのダークレディ、ファムファタール的な女性だったことを示している。「つぎの瞬間、彼女は彼の胸に強く引き寄せられ、彼の燃える唇が彼女のそれに押しつけられた」（811）としても不思議はないが、女性のセクシュアリティを大胆に描くリアリスト作家デイヴィスの筆力に目を見張る思いがする読者もいるに違いない。

その翌日、ジェイムズの前に姿を見せたシャーロットは、彼と一緒に黄熱病患者の治療に当たろうと考えていたのだったが、そのときもまだ彼女は「もし男性の勇気と自己犠牲が称賛に値するなら、女性のそれらは神々しいとヴォグデスは思うだろう。彼女がどこであれ、男性と同等の立場で、彼と肩を並べて立つことができるのに気づくだろう。このような形で彼女が彼を愛していることを示してはいけない理由があるだろうか。女性が先に『愛しています』と言ってはいけない理由があるだろうか。男と女は平等だ」（812）と考えている。だが、「男物のコートとズボンを身に着け、頭にフェルト帽をかぶってそこに立っている」（813）彼女を見やった瞬間、ジェイムズは驚きと戸惑いと失望を覚える。前日の「薄明とロマンスと情熱は永久に二人の間から消え去った。彼女は間違いを犯したのだ。突然、彼女はそのことに気づいた。人生そのものが彼女の目の前で冷たく、薄っぺらになるように思われた」（813）と語り手は説明しているが、ジェイムズが目の当たりにしたのは「男でも女でもない、行動のすべてがばかげて我慢がならないように思われる、何の特徴もない、滑稽な生き物」（814）に過ぎなかった。「男でも女でもない」シャーロットと別れた彼は「ズボンをはいた彼女の何と恐ろしいまでに醜いことか！」（814）と呟き、やがてほどなくして彼にとっての「理想の女性」アリスと結婚している。

それから一年か二年後、ニューヨークの劇場で『ハムレット』を観劇していたヴォグデス夫妻は、またしても男装したシャーロットが舞台で小姓の役を演じているのを発見する。シャーロットもまた観客のなかにアリスを見つけ、「おばかなアリス！でも、あの男にはもったいないわ、結局のところ。愚かな男だよ」と呟きながら、「かわいそうなシャーロット！」と自分自身に向かって語りかけている（814-15）。短編「二人の女」は「だが、優しいオフィーリアの悲しみを見守ることで、ほかの者たちは彼女のことを忘れてしまっていた」（815）という一文で終わっている。この点について、シェアロン・ハリスが「またもやシャーロットは『女性らしい女性』に食われてしまっている」（Harris *Davis* 161）と指摘しているのは、アリスやオフィーリアのような「女性らしい女性」によって彼女が主役の座を奪われたことを指しているのだろう。だが、オフィーリアはともかく、アリスのことをジェイムズは「彼の妻として、また息子の母親として」意識していたし、マッキンタイア夫人もアリスを妻となり母となる娘と考えていたので、「女性らしい女性」は同時にまた典型的な《ドメスティック・ウーマン》でもあったのだ。シャーロットが「かわいそうなシャーロット」だったのは、彼女の前に立ちはだかるドメスティシティの壁を乗り越えることができなかったからにほかならない。

すでに触れた情熱的な一夜の後で、男装のシャーロットに対してジェイムズが冷ややかな態度を取るのを見て、彼女は『ハムレット』におけるレアティーズの「つかのまの香り、一時の慰めでしかない。それだけだ」（引用は小田島雄志訳による）という台詞を引用しながら、彼の心変わりを責めていた（814）が、そのときの彼女はその台詞が向けられたオフィーリアの立場に身を置いていたのだった。その意味でジェイムズに裏切られた彼女は「かわいそうなシャーロット」だったのだが、物語の結末においては、『ハムレット』の小姓としてオフィーリアと同じ舞台に立っていたのに、観客の目は「優しいオフィーリアの悲しみ」に釘づけになっていて、かつてオフィーリアと同じ状況にあった男装のシャーロットの「悲しみ」は、完全に無視されてしまっている。その意味でもまた彼女は「かわいそうなシャーロット」だったのであり、そこに読者は二重のアイロニーを読み取ることになる。

短編「二人の女」のシャーロット・ヴェインは《ニュー・ウーマン》を志向しながらドメスティシティの壁に阻まれて挫折した女性だったが、一八七六年一一月に『ハーパーズ』に載ったデイヴィスの短編「マーシャ」("Marcia," 1876)の主人公の場合はどうだろうか。マーシャ・バーはミシシッピー州の実家のプランテーションからフィラデルフィアに出てきた作家志望の女性だが、食べるものも食べずに文筆修行に励んでも成功の糸口さえつかむことができない。彼女の原稿を読む機会のあったデイヴィスのペルソナ的な語り手は、単語の綴りはひどいし、文法的なミスも数知れないという状態だったが、「その無知と誤りと弱点にもかかわらず、模倣の痕跡は一切なかった。誰からも剽窃していなかった」(926)ことを認めている。

語り手はマーシャにあれこれアドバイスをしてやるのだが、自分の才能を信じて疑わない彼女は、貧困にあえぎながらも原稿を出版社に送り続ける生活をやめようとしない。やがて「女は雌馬と同じだ――子どもを産むのに役立つだけだ」(925)が口癖だったマーシャの父親が他界したこともあって、ザック・バイロンという青年が語り手を訪ねてやってくる。ザックはプランテーションの総支配人の息子で、「その顔は無知で、狭量な男のそれだった」(926)が、生活に疲れ果てたマーシャを迎えにきた彼は、作家になる夢をマーシャに捨てさせるだけでなく、彼女とやがて結婚することになる。

プランテーションに引き揚げる前にザックと一緒に暇乞いに現われたマーシャは、南部令嬢らしい贅沢な服装をしていて、彼女が身に着けているシルクや羽根飾りは「彼女の所有者の金が買うことのできるもっとも高価なものだった。だが、彼女の小さな顔は青ざめ、誰とも目を合わさなかった」(928)と語り手は伝えている。すでにザックに所有された奴隷女のようになったマーシャは「私に代わって焼き捨ててくださいますか。何もかも。一行も一語も残さずに。私にはできなかったのです」(928)とだけ言って、書き溜めた原稿を語り手に差し出す。彼女の「所有者」であるバイロン氏が声高にしゃべり立てるのとは対照的に、「マーシャは一言も、お別れの言葉さえ口にしなかった」(928)という語り手の言葉で物語は終わっている。

職業作家として自立することを諦めて、ミシシッピーに帰った失意の彼女は、やがてプランテーションの女主人として、彼女の母親がそうだったように、「所有者」である夫の子どもを「雌馬」ように何人ももうける《ドメスティック・ウーマン》になるだろう、ということを短編「マーシャ」の結末は暗示している。「真の女性らしさの崇拝」が根強く残っている一八七〇年代のアメリカでは、とりわけ保守的な南部の女性にとって、《ニュー・ウーマン》としての作家に生まれ変わることは実現不可能な夢だったことを、マーシャの挫折の物語は明らかにしている。同時にまた、「所有者」としての夫ザックとその妻マーシャの関係から、第五章で取り上げたファニー・ケンブルのプランテーションにおける状況を連想する読者もいることだろう。

一八七八年九月にデイヴィスが『ハーパーズ』に発表した短編「ドクター・セアラとの一日」（"A Day with Doctor Sarah," 1878）の主人公ドクター・セアラ・コイトは、女性に対する偏見をめぐって「法律と宗教と社会に一騎打ちを挑んでいる」（611）婦人解放運動の闘士だが、女性の解放のために闘っているというだけの理由で、周囲から白い目で見られることに耐えられない思いを抱いている。解放運動に身を投じた彼女は、金もうけのためでも売名のためでもなく、「ルーターやパトリック・ヘンリーのように真剣そのものだった」（613）にもかかわらず、とあるニューヨーク市内の女性クラブで熱弁をふるっているときにも、出席している女性たちから「水族館のオニオコゼ」か、「鉄の顎をした女か、怪物か何か」（612）でも見ているような冷たい視線を浴びせられて、このように無理解な女性たちの解放のために戦うことに無力感を覚え、「これまでもしばしばそうだったように、この運動は成功の見込みがないと彼女は感じた」（612）と語り手はコメントしている。

だが、出席者の一人からマシュー・ナイルズの名前を聞かされて、セアラは二十年前に別れた恋人で現在は牧師となっている男性のことを思い出す。マシューと別れた後、彼女は同じ活動家のサイモン・コイトと結婚したのだが、彼に死なれて未亡人となった彼女は「墓場の反対側のどこであれ、彼と再会する気はさらさらなかった」（614）ことを語り手は明らかにしている。さらに、その女性クラブで熱弁をふるっているセアラの前に、脚に障害を持ったマシューの娘が現われるというハプニングがあって、その娘を膝に抱きかかえたとき、「この子は私の子どもだったかもしれない」と彼女が思ったのは、かつて彼女には死産で生まれた赤ん坊がいたからだった。「そのとき乳房は母乳で満ちていたが、死児の小さな唇はそれに触れることもなく、乳房はゆっくりしぼんで固くなった」（614）と語る一方で、「唇の薄い、広い額のドクター・セアラは、幸福な結婚をするために必要な資質をほとんど備えていなかった。だが、彼女は生まれながらの母親だった」（615）と語り手は付け加えている。

ニューヨークでの会合の後、議会委員会に出席するため、セアラはメアリーランドの教区に帰るマシュー親子と同じ列車でワシントンに向かうが、その列車が事故を起こして、マシューは瀕死の重傷を負う。母親のいない四人の子どもが後に残されることを知ったとき、セアラは彼女が「生まれながらの母親」であることを証明する。「誰が子どもたちの世話をしてくれるだろうか」と問いかけるマシューの言葉を耳にして、「彼女はためらった。彼女は命を捧げてきた運動のことを思い浮かべた。それに命を捧げたとき、彼女は真剣だった。それから彼女は体をかがめて、彼の手を取った。『私がいるわよ、マシュー』と彼女は静かに言った」(617) と語り手は伝えている。このセアラの決断をめぐって、ジェイン・ローズは「この短編は母性という私的な領域と職業や政治という公的な領域の間の本来的な対立を前提としている」(Rose 125) と指摘しているが、それはやがて登場する《ニュー・ウーマン》が否応なしに意識させられることになる「本来的な対立」だったのではあるまいか。

短編「ドクター・セアラとの一日」は議会委員会にセアラが姿を見せないことに立腹した活動家の一人が「女の場合にはいつも何らかの支障が生じる。しかし、なぜそれはいつも男か赤ん坊でなければならないのか」(617) と毒づく場面で終わっているが、それはニューヨークの会合で「この運動に時間とエネルギーの半分以上を捧げている女性は私以外にはいない」とセアラが主張し、「いつも何らかの支障が生じる。ある人は愚にもつかない小説を書いたり講演をしたりして生計を立てねばならないし、ある人はまた赤ん坊を抱えているし、また別のある人は恋人に死なれてふさぎこんでいる」(613) と語っていたことに呼応している。このセアラの発言もまた、私的な領域と公的な領域との間の壁は容易に乗り越えられないことを裏づけているのではないだろうか。《ニュー・ウーマン》として命をささげた女性解放運動の闘士であることを断念して、《ドメスティック・ウーマン》として孤児たちの母親となることを決意したとき、セアラは一つの領域で生きるためには、もう一つの領域で死なねばならないことを実感したに違いない。

2

デイヴィスの中編小説『キティの選択あるいはベリータウン』（*Kitty's Choice, or Berrytown*, 1873）は、一八七三年四月から七月まで『ベリータウン』と題して『リピンコット・マガジン』に連載され、同年リピンコット社からほかの短編と一緒に刊行されたときに現在のタイトルに改題されている。「『ベリータウン』では女性の変化する社会的役割の問題と取り組み続けているデイヴィスの姿が見られる」（Harris *Davis* 167）とシェアロン・ハリスは指摘し、「小説による女性の表象において《ドメスティック・ウーマン》と《ニュー・ウーマン》とのバランスを見いだそうとする彼女の努力」（Harris *Davis* 170）をそこに読み取ってもいるので、過渡期に生きていたアメリカ女性の生きざまを考えるには打ってつけの作品と言えるかもしれない。

デイヴィスの小説の舞台はベリータウンという架空の町で、この新興のコミュニティーを「社会制度とラズベリーが奇跡的に共存している進歩の首都」（401）と語り手は呼んでいるが、主要登場人物の一人である十八歳のキャサリン（キティ）・ヴォグデスは、この町で古くから古書店を営む義父ピーター・ギネスと実母ファニー・ギネスと一緒に暮らしている（短編「二人の女」のジェイムズもヴォグデス姓だったが、キティとは何の関係もない）。彼女はほとんど何も起こらない単調で退屈な毎日を送っていて、「家の外には解放されたベリータウンがあったが、解放されていないキティにとっては、それは音のないパノラマに過ぎなかった。家のなかにあるのは、食事と、バイオリンのレッスンと、ドレスを作ったり、インディアン・ミッションのための縫い物をしたりするときにバイアスの折り目や三角切れについて母親とする果てることのない相談だった。キティはベリータウンの女たちは頭がおかしくて男性化していると信じたい気持ちでいっぱいだったが、人生の出来事はビーフと新しいドレスと遠く離れたスー族からなっているべきではないのか」と思う一方で、「夕方、恋人と一緒にしゃべりながら通り過ぎる女性たちを窓から羨ましそうに眺めていた」（402）ことを語り手は明らかにしている。彼女はまた別の箇所で「頭の回転の遅い健啖家」（586）だっただけでなく、「ドメスティック・ウーマンという恥ずべき時代遅れの種族」（586）に属していたことも紹介されている。

この一見何の取り柄もないように思われるキティに縁談問題が持ち上がり、とんとん拍子に話が進んでいくが、相手のウィリアム・マラーは牧師で、少年院の院長を務め、ベリータウンの「文化人」（405）だったので、彼女は思いもかけず玉の輿に乗ることになる。この結婚に積極的だったのは母親のギネス夫人で、キティが「この善良なキリスト教徒の妻になれば、彼女の魂は安全だ」と考え、「教会の筆頭者で、少年院の院長である裕福なマラーの妻の立場にふさわしい地味だが豪華な服装（たとえば来年の冬は茶色の毛皮の縁飾りのついた、小鹿色のベルベット）を身に着けた彼女の幻影が突然、母親の目の前をよぎった」（403）と語り手は説明している。求婚者のマラーは「キティが女学生で、自分は中年の有名な社会改良家である」（404）ことを意識し、「彼女が結婚後は初歩の初歩から教え込まねばならない小娘であることや、ギネス家の社会的階級が彼よりも数段低いということを常に記憶していた」（404）が、ギネス夫人に向かっては「社会的地位や富などは私にはちっとも重要ではありません」（403）と言ってのける、などといった場面を作者は巧みに用意している。

当事者のキティはというと、この縁談話が始まってからしばらくの間、目の前に開けている「一本の道」が見えるばかりで、「そこにはキリストに仕える彼女の仕事と、妻と母になるという女性としての彼女の生得の権利が横たわっていた」と語り手は説明し、「人形ごっこをする赤ん坊のときからずっと、キティはこの二つになるつもりだった」（411）と付け加えている。しかも、「彼女は聖書と讃美歌集を抱えて閉じこもったまま時間のほとんどを過ごし、ときには祈りを捧げたり、ときには人差し指を挿んで、偶然開いた章句から今回の件に関する運試しをしたりした。この間ずっと、彼女はたいてい不自然なまでに控えめで、おとなしかった」（411）という記述は、彼女が敬虔で、従順な《ドメスティック・ウーマン》であることを物語っているだろうが、「彼女の不機嫌が耐えられない日々があった」ので、両親がやきもきすることになった（411）ということを風刺作家デイヴィスは忘れずに付け加えている。いずれにせよ、彼女はわずか二週間後にはマラー氏との結婚を承知することになり、「ギネス夫人は毎日、二階の自分の部屋でこのありがたい成り行きに対して天に感謝した」(579) のだった。

古書店の主人ピーター・ギネスにはヒューという息子がいたのだったが (ついでながら、デイヴィスの代表作「製鉄工場での生活」の主人公もヒュー・ウルフという名前だった)、後妻に入ったギネス夫人と折り合いが悪く、十数年前に家出をしたまま行方知れずとなり、ニカラグアで死んだという噂が伝わってきていた。そのヒュー・ギネスが突然、ドクター・ジョン・マッコールと名前を変えて、ベリータウンに舞いもどってきて、ひと悶着起こすことになる。とりわけ、両親が旅行中の店先に現われたヒュー・ギネスの顔を見かけて以来、心の動揺を隠すことができないキティが「男性が好む『言いなりになる、かわいい女』というタイプに打ってつけの理想的な衣装」(701) をまとった自分の姿を鏡に映す場面で、婚約者のマラー氏のことを思い出した彼女が「彼は私の夫なのよ!」と鏡のなかの「顔を赤らめている、青いローブの人物に向かって、別の人物に話しかけているかのように」(701) 話しかけたというのは、彼女の意識のどこかにヒューが影を落としていたからに違いない。

つぎにキティが鏡の前に立って、「そこに映った丸ぽちゃの、取るに足らない顔がスフィンクスであって、人生の謎に答えてくれるかのように鏡を見つめた」とき、突然、「ヒュー・ギネスなんか君にとって何なのさ? 君はほかの男のものだろ」というマッコールの言葉を思い出すと同時に、彼女はマラー氏のことも思い浮かべながら、「彼女の交差した両手は幅広い、青筋の浮いた両肩の上に置かれていた。そこから肉を引きちぎらんばかりだった。『私は誰のものでもない！』と彼女は叫んだ」(35)のだった。それでも、マラー氏のイメージを頭から追い払うことができないキティは、「もし彼女が白髪頭になるまで生きたとしても、彼だけが彼女の心と体を所有している」と考え、「私が死んで、棺に入れられたら、彼はあの優しい太った手を私の体の上に置いて、天国で私を所有することを楽しみに待つことだろう！おお！」と叫び、「この最後の苦痛はキャサリンにとっては耐えがたい苦痛だった」(35)と作者は記している。マラー氏が待っている階下へ降りて行こうとした彼女が、深靴のボタンをとめながら、鏡に映った自分の顔に目をやると、「目の下が黒くくぼんでいた。いままで以上に年を取った、深刻な表情をしていた」(35)というのは、ジョン・マッコール／ヒュー・ギネスとの出会いが、「頭の回転の遅い健啖家」に過ぎなかったキティの内面に大きな変化を引き起こしていることを暗示しているのだろう。

ヒューがベリータウンから立ち去った後に、一通の手紙が彼宛てに届いたとき、キティは「生まれて以来、ベリータウンから五マイルも離れたことは一度もなかった」(42)にもかかわらず、嵐の気配さえ感じられる夜半に、手紙の発信地のフィラデルフィアまで行くことを決意する。たった一人で旅行の準備を万端整えたキティが「上着と手袋のボタンをとめて、鏡のところまで行った」とき、「彼女の目に入ったのは子どもっぽい顔だったが、いつになく深刻で、感情を抑えた顔だった」(42)。「子どもっぽい顔」は変わらないとしても、落ち着いて、おとなびた表情をしていたということだろうか。キティがフィラデルフィアの駅に着いたとき、彼女の姿を偶然遠くから見かけたジョンは「ほかの女性たちには見たことがないようなある種の清潔さと爽やかさが彼女にはあった」(43)という感想を抱いているが、それはキティがもはや単なる《ドメスティック・ウーマン》ではなくなったことを意味しているのだろう。しかも、彼女がやっとの思いでたどり着いたのはフィラデルフィアの刑務所で、その塀のなかにいたのはジョンの妻ルイーズ・マッコールだった。アヘン中毒者の彼女が余命いくばくもないという診断を受けていることを知ったキティは、彼女と一緒に病院まで行き、献身的な介護に当たっただけでなく、その最期を看取ってもいる。「ベリータウンでも自由に歩き回ることを怖がる引っ込み思案で、愚かな女学生が、この深刻な事態で最高に思慮深い看護婦長のように行動した」(46)と語り手はコメントしている。

『キティの選択』において、この「引っ込み思案で、愚かな」キティと好対照をなすのが彼女の婚約者の妹マライア・マラーだが、彼女は独身で、医者で、女性参政権論者で、「女権拡張運動家特有の不愛想な誠実さの高みからキャサリンに会釈をした」(409)と書かれている。また、進歩的な女性のための「内なる光クラブ」の有力な会員という設定は、彼女がスミス=ロゼンバーグの定義する《ニュー・ウーマン》以外の何者でもないことを物語っている。初対面のキティが「がさつなドメスティック・ウーマンの好例」(407)であることを彼女は一瞬のうちに見抜き、「彼女は誰かの妻になり、子どもたちの母親になる日のことを考えている。この二つの考えは大半の女性の頭をいっぱいにするのに十分だ」(407)とも兄に話している。

さらにマライアはたいていの女性は「恋人や夫や息子の道化か奴隷」になることに満足している(407)、と語っているだけでなく、「世のなかには結婚して赤ん坊を育てること以外にすることがあるという事実」に目覚めると、ほとんどの若い女性はショックを受けてしまう、とも指摘している(408)。マライアはまた、キティに向かって「夫とか子どもとかは女性にとって邪魔物だ──それ以上の何物でもない」と話したり、「私は自由な人間だ。私には仕事がある。結婚は不幸な出来事だし、出産も同様だ。十中八九、結婚や出産は女性の仕事の妨げになる」(587)と断言したりしているが、こうした一連の発言は彼女が女性を「道化か奴隷」に変えてしまう結婚制度や、良妻賢母を理想とする「真の女性らしさの崇拝」の批判者であることを示している。

マライア・マラーはベリータウンの一般女性、たとえば自分のことを「私はピーター・ギネスの娘です」(407)としか定義できないキティのような平凡な女性とはまったく別の世界に住んでいる人間で、「ドクター・マライア・ヘインズ・マラー」(707)であることを絶えず意識している。マライアが院長を務める水治療病院の患者から「ミス・マラー」と呼びかけられたとき、彼女はそれに激しく反発して、「私は一生懸命頑張って医者の肩書を名乗る権利を手に入れたのだから、その肩書を作り笑いしている女学生の誰もが持っているような肩書と取り換えることはできない」と言い切り（キティがウィリアムに女学生扱いされていたことを思い出すべきだろう）、「私たち医者が女性であることを隠すこと」は何よりも重要なことだ（707）、と付け加えている。彼女がキティと出会ったとき、握手のために差し出した手が「大きくて、温かくて、元気があって、男性の手のように相手の手を強く握りしめた」（407）と説明されていたのは、彼女が女性であるという事実から相手の関心をそらすために日ごろから男性的に振る舞っていたことを示唆している。

マライアの前にジョン・マッコールが現われたとき、彼女はたちまち魅力的な彼に心を奪われるが、既婚者である彼とは結婚できないことが分かったとき、自分の部屋に閉じこもって、医学書が山積みになったテーブルの上に泣き伏す。

医学誌『ランセット』の合本と腎臓病に関する大判本が床に転がり落ちた。彼女はそれを見下ろした。「こんな──こんなガラクタのために私はあの人を諦めようとしたのだわ！」とすすり泣きながら、ぶたれた子どものように両腕をこすった。だが、このような苦痛の最中でも、話し続けるという根強い習慣の持ち主だったので、言葉は途切れなかった──「私はあの人を心から愛した。あの人は私と結婚することもできただろうに！私は社会の掟によって、あの人から遠ざけられねばならない！それは──それは」と立ち上がって、両手をねじり合わせた。「あのいまいましい掟のせいだ！」（707）

この場面は結婚を否定したはずのマライアが結婚願望にこだわり続ける《ドメスティック・ウーマン》という旧来の概念を捨てきれなかったことを暗示している。この「いまいましい掟」という言葉の直後でも、風刺作者デイヴィスは「ミス・マラーは男性のように考え、話すように自分自身を教育していたからだ」(707)とコメントすることを忘れていない(短編「二人の女」のシャーロットもまた「あのとき私は生きていた!男性のように!」と叫んでいたことが思い出される)。ここでフルネームに医者の肩書がついた「ドクター・マライア・ヘインズ・マラー」から、彼女が嫌う女学生のように単純な肩書の「ミス・マラー」へと呼び名が変わっているのは、一体何を物語っているのだろうか。

『キティの選択』の結末で、キティの選択はヒュー・ギネスと結婚することだったことが明らかになり、物語は彼女がヒューと幸福な家庭生活を送っている場面で終わっている。同居しているピーター・ギネスは「儂の考えでは、支配するなどといった考えのない昔風の女が家にいるのが一番いいことだ」と息子のヒューに語り、ヒューもまた自分の幼い息子に「この世で一番大事な仕事は、お母さんを大切にすることだよ」と語りかけている(48)。だが、さまざまな新しい経験にもかかわらず、キティにはほとんど何の本質的な変化も起こっていない。「彼女は彼と家庭と彼らの生活を完全に支配している。それが正しいかどうかあまり考慮することもなく。だが、彼はそのことに全然気づいていない。彼女自身も支配しているということがほとんど分かっていない」（48）というデイヴィスの結びの言葉は、マライアが見事に言い当てていたように、キティが「誰かの妻になり、子どもたちの母親になる日のことを考えて」いるだけの「がさつなドメスティック・ウーマンの好例」だったことを裏づけている。この結末にシェアロン・ハリスは「ドメスティック・ウーマンに対する詳細な批判」（Harris *Davis* 176）を読み取っていることを指摘しておこう。

他方、何かにつけてキティの引き立て役だったマライア・マラーのことをギネス家の男たちは高く評価していて、ピーターは「素敵な女だ」と語り、ヒューも「あれ以上に素敵な心の女に会ったためしがない」（47）と応じている。このやり取りを耳にしたキティが「あの人は［ヒーローという名前の］飼い犬をまるで赤ん坊みたいに世話している。ばかげている！気持ちが悪い！」（47）と鋭い口調で言い返しているのは、嫉妬に駆られた《ドメスティック・ウーマン》としての彼女が《ニュー・ウーマン》としてのマライアに対して敵意を抱いていることを示している。このように《ドメスティック・ウーマン》としてのキティの人間的成長に注目しているかに見えたデイヴィスは、『キティの選択』の最終場面では彼女に対する批判を表明している。同時にまた、作中で結婚や育児を否定する《ニュー・ウーマン》としてのマライアを「ミス・マラー」と呼ぶなどして、いささか冷淡な態度を取っていた作者が、物語の結末において彼女ににわかに好意的に接しているという事実は、一八七〇年代の過渡期に生きる作者デイヴィス自身のとを物語っているのではないだろうか。

『キティの選択』の雑誌連載が終わってから四カ月後の一八七三年一一月から翌年の四月にかけて、デイヴィスの中編小説『土の器』(*Earthen Pitchers*, 1874)が『スクリブナーズ・マンスリー』に連載されているが、この聖書に題名が由来する(旧約聖書哀歌第四章第二節および新約聖書コリント人への第二の手紙第四章第七節)作品には、短編「二人の女」と同じように、主要人物として二人の女性が登場している。ジャーナリストとして活躍しているジェイン・ダービーは「男の領域に割り込もうとしている切れる女」(77)と世間で噂されていて、周囲の男性たちも「ミス・ダービーが元気で話の分かる奴であるかのような親近感」(78)を抱いている。彼女自身、「新聞の仕事は、夏場はしんどいことは確かだけれど、これが結局は私の仕事なの。死ぬまで働くことになると思う」(597)と語っているが、彼女のことを「女性らしい女性」(80)と見てくれているだらしない芸術家のニール・ゴダードに対して結婚願望を抱いている。

だが、ニールが結婚したいと思っている相手はオードリー・スウェンソンで、音楽を天職と心得ていて、声楽家になることを夢見ている彼女は、「私の芸術が私のすべてだ」(599)と言い切り、「人妻や母親になるように私を神様が作ってくださったとは思わない」(278)とゴダードに打ち明けている。このオードリーにはジェインの従兄で農場を経営するキット・グラーフが思いを寄せているという設定なので、『土の器』に描かれている男女関係は複雑に絡み合っている。その関係を一気に突き崩すのがオードリーを除く三人の当事者が乗り合わせた列車の衝突事故で（ターニングポイントとしての鉄道事故は、すでに取り上げた短編「ドクター・セアラとの一日」でも使われている）、この事故をきっかけにしてジェインはニールと、オードリーはキットとそれぞれ結ばれることになる。

それから八年の月日が流れて、「死ぬまで働くことになる」と宣言していた新聞の仕事を辞めたジェインは、田舎に引きこもって三人の男の子の母親になっているが、芸術活動のためと称してフィラデルフィアに留まったり、ときには親しい女友だちとヨーロッパに渡ったりして、家計を顧みようとしないニールにひたすら尽くし続け、「才能豊かな夫の後を追いかける若い女性たちに対する世間の寛大な見解」（720）を受け入れるような平凡な女性になり果てている。他方、「音楽に理解のない」（721）キットと結婚したオードリーは、列車事故で視力を失いかけた夫の治療費を稼ぐため近所の子どもたちに歌を教えているうちに声が出なくなり、自作の子守唄を娘に聞かせてやることぐらいしかできない。ある日、夫が留守のときに、以前の自分を思いだして歌ってみた彼女は、「声の調子が外れ、かすれてしまっている」ことに気づき、「彼女が持っていたかもしれない歌唱力が完全に衰えて、消えてしまった」ことに愕然となる（721）。だが、何も気づかない無神経なキットに「君が後世に残すものは、あのささやかな子守唄以外に何もないのだね」と聞かれたとき、オードリーは「私の子どもを残します」と答え、しばらく間を置いてから、もう一度「私の子どもを残します」(721)と繰り返している。

ジェインもオードリーも無理解な男性と結婚したために、ジャーナリストや声楽家としての将来を犠牲にすることになったのだが、この二人の女性が迎えた人生の結末は、「夫とか子どもとかは女性にとって邪魔物だ——それ以上の何物でもない」と語っていた『キティの選択』のマライアの言葉を思い出させはしないか。ジェインとオードリーの悲劇は「世のなかには結婚して赤ん坊を育てること以外にすることがあるという事実」に気づかなかった女性の悲劇にほかならない。ジェイン・ローズは題名の「土の器」(earthen pitchers)について「この物語における二人の若い女性は、世俗的で物質的(earthen)な安楽を受け入れる器(pitchers)としての女性の役割を引き受けるために、自分から進んで才能と野心を犠牲にしている」(Rose 100)と解説している。

『土の器』にはキットの母親がオードリーに向かって「お前は女だ。お前は気まぐれのために本当の仕事から逃げることはできない」(717)と言って聞かせる場面が用意されているが、この「気まぐれ」がキティの愛する音楽を、「本当の仕事」が《ドメスティック・ウーマン》としての仕事を意味していることは、その直後に「トマトや塩漬けの魚や快適で整理整頓された家庭」が「現実」である(717)と語り手が説明しているという事実によって明らかになってくる。

『キティの選択』では《ニュー・ウーマン》に対する評価がぶれていたデイヴィスだったが、『土の器』における彼女は、女性が《ドメスティック・ウーマン》としての「本当の仕事」のために「才能と野心」を犠牲にすることを要求されるアメリカ社会では、《ニュー・ウーマン》はいつまでも「ばかげている！気持ちが悪い！」といった評価を受ける存在にならざるを得ないだろうということを読者に訴えている、と考えたい。

3

デイヴィスの中編小説『土の器』と同じ一八七四年に出版されたリリー・デヴェルー・ブレイクの長編小説『死ぬまで鎖に繋がれて』(*Fettered for Life; or, Lord and Master. A Story of To-day*, 1874）は、「女性の権利に関するもっとも優れた一九世紀アメリカ小説」（Gura 237）と評されているが、ローラ・スタンリーという二十一歳の若い女性が仕事を求めてニューヨークに出てくる場面から始まる。列車の事故のために到着が遅れた彼女は、ホテルに部屋を取ることができず、行き暮れているところを警官に保護されて、翌朝、警察裁判所に出頭する羽目になってしまう。当時としては、若い女性が夜道を独りで歩いているだけで、売春婦と見なされるのが一般的だったので、留置場で一夜を過ごすことを余儀なくされたローラは、法廷にいる浮浪者や酔っ払いたちから好奇の目で眺められ、やがて好色家のスイントン判事からはストーカー被害を受けたりすることにもなる。

さらに彼女が斡旋された下宿屋の主人ジョン・ブラジェットは、下宿させた若い女性たちを判事に紹介していることもやがて明らかになってくる。また、やっと仕事を見つけて働き出したローラの耳には「男は一段上の動物だ」(77)という声が絶えず聞こえてきて、どの階層の女性も横暴な男性の支配のもとに置かれていることに気づかされる。たとえば、バーで働かされているマギーやローダは誘惑されて捨てられた女性たちであり、下宿屋の女主人モリーは、本を読むのが好きだという理由で反感を抱く夫ジョンのドメスティック・ヴァイオレンスに苦しめられ、最後には殴られ踏みにじられて非業の死を遂げる。このように女性が自由な空気を吸うことができないニューヨークでレイプと暴力から身を守っているのは、ケント・ヘイウッドという名前で『トランペッター』紙の記者として働いている男装の女性だけであると言っても決して過言ではないことに、読者もまた否応なしに気づかされるのだ。

こうした快適とは言えない都会生活が続くうちに、ローラは女医のダーシー夫人の知己を得て、女性問題について語り合うようになるが、女性が男性よりも低い給料で甘んじることを余儀なくされているのは、女性が法的には "idiots, criminals and lunatics" と同類であり、選挙権もなく、「女性の劣等性は国と政府によって女性の心に刻みつけられている」(77)からである、といったことをローラは教えられる。また別の機会にダーシー夫人は「妻が家財道具と見なされ、ご主人様よりも劣っていると見なされているのは少しも不思議ではない」（141）と語り、「妻は夫の所有物と考えられている」（142）ことも認めているが、ここで「ご主人様」と訳した“lords and masters”はブレイクの作品のサブタイトルに単数形で使われ、彼女の評論「女性の社会的状況」には「女性は断固とした態度や高貴さや強さや高度の知能全般において男性に劣っている、と男性は声高に主張する」とか、「女性は万物の霊長（“lords of creation”）たるわれわれに服従する者として生まれた、と男性は語っているように思われる」（“Social Condition” 386）とかいった表現も散見される。ダーシー夫人はまた、評論「女性の社会的状況」におけるブレイクと同じ口調で、「ある時代には、女性の身体に閉じ込められることは、人間の魂に降りかかることができる最悪の呪いだった」（64）と語っていることを付け加えておこう。

このような状況では、女性が自立することなど到底考えられないし、ブレイクの題名が示しているように、死ぬまで鎖で繋がれた状態で暮らさざるを得ないが、ローラの学校時代の友人フローラ・リヴィングストンの場合は、それを裏づける典型的な事例となっている。フローラは上流階級の令嬢で、五番街にある父親の豪邸で暮らしている。久しぶりに再会した彼女から目的のない退屈な日々を送っていることを聞かされたローラは、弁護士である父親の指導の下で法律の勉強をすることを勧める（43）。だが、法律を教えて欲しいという娘の願いを耳にしたリヴィングストン氏は、その「たわけた申し出」（100）を冷ややかにはねつけ、彼女がなすべきことは「然るべき男のよき妻になること」であると言い聞かせ、「自分の個性を夫の個性のなかに喜んで埋没させるのが真の女性だ」（101）と主張しているが、ここでもモデルとしての《真の女性》が話題になっている点に注目する必要があるだろう。結局、リヴィングストン氏は舞踏会のためのドレスでも買うようにと、フローラに百ドル紙幣を渡し、フローラもそれを言われるままに唯々諾々として受け取るが、「部屋を出て行きながら、彼女は一椀の羹と引き換えに生まれながらに持っている権利を売り渡したかのように感じていた」（102）という語り手の言葉は、第六章で取り上げた小説『アイサ』で結婚制度について語る主人公アイサの言葉とほとんど完全に一致している。

その夜、リヴィングストン氏はフローラの「異常な申し出」（102）について夫人と語り合い、そのような「ショッキングな考え」を娘に吹き込んだと思われるローラは、リヴィングストン家への出入りを即刻差し止められることになる。「いつの間にか、最近、持て囃されるようになった女性の地位に関するそのようなおぞましい理論を、私どもが一切認めていないことはいくら強調してもし過ぎることはありませんわ」（102）と夫人は声を大にしているが、「リヴィングストン夫人は、人生のある時期には、反抗する奴隷の誰にも劣らないほど激しく彼女の運命に対して抵抗したことがあったが、長年にわたって、自分を縛っている鎖に満足してきたせいで、ほかの人たちが反抗しているなどという考えには我慢がならなかったのだ」（102-03）と語り手は皮肉なコメントを加えている。

フローラの頭に「怪しからん考え」を吹き込んだローラを遠ざけ、フローラが上流階級の御曹司のファーディナンド・ル・ロイ氏と一緒にいる機会を作りさえすれば、「きっと縁談が成立すると思う」（103）という言葉を口にしたとき、リヴィングストン夫妻の「計画」は完成した、と語り手は指摘しているが、その「計画」は家父長制社会の権力者たる父親のリヴィングストン氏が、フローラが《真の女性》としての人生を送るために用意したシナリオだったのだ。この彼女の両親がひそかに計画を立てる場面の最後には、「未開人は若い娘をガラス玉や羽毛で飾り立てて、偉い族長に売りつける、という内容の記事をもし夫妻が読んだとすれば、そのような非キリスト教的で野蛮な風習にひどいショックを受けたことだろう」（103）という言葉が書き込まれているが、女性のためのシナリオを一方的に作り上げて、「ご主人様」としての男性に鎖で縛りつける一九世紀アメリカ社会の「風習」こそ「非キリスト教的で野蛮な風習」である、というリリー・ブレイクの辛辣な批判をそこに読み取ることができるだろう。

やがてフローラと話題のル・ロイとの縁談が両親の「計画」通りにまとまるが、その婚約披露パーティに出席していた登場人物の一人は、いつもは活発なフローラが「目を伏せ、顔は蒼白で、全体の様子は勝利者の栄光に花を添えるために、鎖に繋がれたまま引き出された美しいギリシャ人の捕虜のそれだった」(195)と語っている。ここで作者ブレイクがハイラム・パワーズの有名な彫像『ギリシャの女奴隷』(一八四一―四三年)を意識していたことに疑問の余地はない(Farrell 52)。女性参政権論者のルーシー・ストーンは一八四八年に『ギリシャの女奴隷』を初めて見たとき、「両手を鎖で縛られ、顔を半ばそむけた」立像が女性一般の状況を象徴していると感じて、「解放されねばならない何百人もの女性のことを思って、わたしの目に熱い涙があふれたことを憶えている」と書き留め、一八五四年にも「結婚は女性にとっては奴隷の状態だ。それは自分自身の財産に対する権利を奪い、すべての事柄において女性を夫に従属させる」と述べている(qtd. in Lessing 53, 54)。

このストーンの言葉を紹介しながら、美術史家ローレン・レシングは「持ち物をすべて剝ぎ取られ、性的暴行をなすすべもなく待っている」女性を表象する『ギリシャの女奴隷』は、ストーンにとって「アメリカの伝統的な結婚のメタファー」だった、と解説している(Lessing 54)。この解説は、フローラの母親のリヴィングストン夫人が「長年にわたって、自分を縛っている鎖に満足してきた」という事実だけでなく、小説『アイサ』で使われていた「奴隷妻」という表現や、トマス・ニコルズ夫妻の共著『結婚』における「結婚制度と奴隷制度は人間の自由の墓場である点で共通している」という指摘をほとんど自動的に思い出させるに違いない。

当然予想されるように、結婚後のフローラは一瞬たりとも自由な空気を吸うことを許されない。いや、結婚前からすでに、フローラはル・ロイ氏に「僕の可愛い、ぶるぶる震えている囚人」（128）と呼ばれ（『ヘイガー』の主人公も囚人のように下宿屋という「牢獄」に閉じ込められていたことが思い出される）、「彼女は心のなかで激しい抵抗を覚えたが、それを言葉にすることも、この抗いがたい意志への服従を避けることも、まったく不可能に思われた」（128-29）と書かれていることからも想像できるように、「ご主人様」は横暴極まりない独裁者ぶりを発揮する。その後、彼女が詩集を出版して、好評を博したときにも、「僕の妻の名前が新聞に出るという考え」に異常なまでの嫌悪を露わにするル・ロイ氏は、「あなたと同じように、私も私の個性を発揮する権利があると思う」と主張するフローラに向かって、「君は自分が女であり、僕の妻であることを忘れているようだ」（332）と断言してはばからない。彼はフローラに詩を書くことを禁じるばかりか、書きためた原稿を彼女の目の前で引き裂いて、暖炉の火で燃やしてしまう。「フローラは自分の肉が引きちぎられているかのような悲鳴を上げ、炎が彼女の思索の成果をめらめらと焼き尽くしたとき、死んだように失神して床に倒れ伏した」（334）ことを語り手は明らかにしている。ほどなくして、短い生涯を終えた友人フローラの訃報に接したとき、ローラ・スタンリーは「彼女の人生は彼女が生きた社会の指図と、『女性の領域』という因習的な考えの犠牲になった」（360）という感慨を漏らしている。フローラの悲劇は《真の女性》の領域に閉じ込められることに反発しながら、結局は《ニュー・ウーマン》になり切れなかった過渡期のアメリカ女性の悲劇だったのだ。

『死ぬまで鎖に繋がれて』というタイトルは、一九世紀半ばのアメリカ女性が男性至上主義の支配する社会で隷属状態に置かれていたことを示すきわめて適切な書名だったが、この作品にアリス・ケアリーの小説『ヘイガー』のそれとまったく同じ「現代の物語」というサブタイトルが付けられているという事実は、一八五二年から一八七四年にかけてのほぼ二十年間、アメリカ女性の置かれた状況に何の変化も起こっていなかったということを、『緋文字』におけるへスター・プリンの予言が実現からほど遠い、夢のまた夢だったということを、雄弁に物語っている。《ニュー・ウーマン》が出現する環境がまだまだ整っていなかった、いわば夜明け前の一八七〇年代アメリカでは、女性は《真の女性》という家父長社会のシナリオに疑念を抱きながら、時代を支配するドメスティック・イデオロギーに縛られた生活を送ることを余儀なくされていたのだった。

エピローグ　共和国アメリカの現実

精神病患者のための安静療法を開発したことで知られる神経外科医サイラス・ウィア・ミッチェル（Silas Weir mitchell, 1829-1914）は、一八七一年に出版した『疲労と過労――働きすぎの人たちのためのヒント』（*Wear and Tear; or, Hints for the Overworkee*, 1871）と題する著書で（「疲労」を「頭脳や肉体の長年にわたる活動の結果」、「過労」を「肉体やエンジンの過度の使用あるいは誤った使用の結果」と定義している［*Wear and Tear* 6-7］）、「今日のアメリカ女性は、率直に言って、女性としての義務に対して身体的に不適切なことがあまりにもしばしばあって、もしかしたら文明世界の女性のなかで、人間の神経系に非常に大きな負担をかけるような重い仕事を手掛ける資格がもっとも低い。アメリカ女性は自然が妻としての女性、母としての女性に要求している事柄に十分に対処することができない。昨今の女性は、男性と共有することを熱望しているさらに過酷なもろもろの義務のプレッシャーの下で、どのように持ちこたえられるというのだろうか」(56-57)と論じている。

ミッチェルは一八八八年に出版された『医者と患者』(*Doctor and Patient*, 1888)においてもまた、「男性と同じレベルで競争をしたい、男性と同じ義務を果たしたいという女性の欲望が問題を引き起こしている、と私は確信する。女性の教育や行動形態が何世代もの長きにわたって変化しても、女性の特性を本質的に変えることは絶対にできないというのが、私の信念であるからだ。女性は生理学的に男性とは異なる存在なのだ」(*Doctor and Patient* 13)と主張している。セネカフォールズの女性権利大会から正確に四十年が経過した時点でもなお、このような女性蔑視の姿勢を崩そうとしないミッチェルの発言には驚くほかはないのだが、その前年の一八八七年に彼の安静療法を受けたシャーロット・パーキンズ・ギルマンは、この療法を厳しく批判する短編「黄色い壁紙」を、ウィーダの論文「ニュー・ウーマン」が雑誌に載る二年前の一八九二年に発表したとき、家父長社会の権威を真っ向から批判する《ニュー・ウーマン》として登場したのだった。

だが、もちろん、男性至上主義のアメリカに異議を申し立てたのはギルマンだけではなかった。『医者と患者』の三年前の一八八五年一二月に、すでに登場願った『死ぬまで鎖に繋がれて』の著者リリー・ブレイクは「分裂した共和国――未来のアレゴリー」(“A Divided Republic: An

Allegory of the Future"）と題する講演を行なっている。その後、この講演は『フレノロジカル・ジャーナル』一八八七年二月・三月号に掲載され、一八九二年刊行の単行本『大胆な実験その他』に収録されている。なお、題名の「分裂した共和国」はリンカーンの「分かれた家は立つこと能わず」という有名な演説（"'House Divided' speech"）を意識したものだろう。

このSF的な作品では、いつまで経っても女性の権利が認められないアメリカの現実に絶望した女性たち全員が、「古い習慣が私たちを苦しめ、旧弊な思想がはびこっている東部に見切りをつけて、自由な西部へ集団移住する」（349）ことを決意する。こうして建設された男性たちのいない「女性だけの共和国《フェミニン・リパブリック》」では、女性は持って生まれた才能を余計な抑圧や規制を受けることなく自由に発揮できるし、「服装の点で完全な革命が起こり、窮屈なウエストがすっかり消えてしまって、ゆったりとした衣服が例外なく着られるようになった」（358）といった具合に、「少しゆっくりであることは認めねばならないとしても、すべてが穏やかに進捗している」（357）ことが明らかにされている。この時代にウエストを締めつけるコルセットが女性に対する抑圧のシンボルだったことは指摘するまでもないだろう。

他方、女性たちがいなくなって、男性たちだけが取り残された東部でも「変化の兆し」（353）が見え始め、たとえば酒場が繁盛するのとは対照的に、男たちが身だしなみを整えなくなったため理髪店は寂れてしまう。数カ月後には、莫大な量のアルコールが消費されて、暴力沙汰が多発するようになったため、警察力が強化されるが、「酒を飲まない警官を見つけることが不可能だった」(353)ため、一向に効果が上がらないといった事態が生じる。女性が出席しなくなったため、閑古鳥が鳴くようになった教会は閉鎖に追い込まれて、酒場や賭博場に模様替えすることを余儀なくされる(353)。しかも、元ボクサーの男が大統領に選出されたため、事態はさらに悪化して、「男たちは新しく築いた要塞を使うチャンスを手に入れるために、全世界を相手に宣戦布告をしようとする」(355)までに至ってしまう。

そこでアメリカの将来を憂える男性の何人かが急遽集まって相談を重ねた結果、「白旗を掲げた代表団を女性たちのもとへ派遣する」(355)ことを決定するが、「女性だけの共和国」へ赴いた「男性だけの共和国《マスキュリン・リパブリック》」の代表団が提案した条件は、「もし女性たちがそれぞれの家庭へ戻ってくれさえすれば、全賃金労働者は同一労働に対して同一賃金を受け取ること、女性は男性と平等に役職に就くこと、要塞を校舎に変えること、酒類の販売の規制を女性の手に委ねること、普通選挙権が男女を問わずすべての土地で行使されるようにすることを男性たちは約束する」(359)というものだった。この条件を受け入れることに女性側が賛成した結果、「アメリカ全土で家庭が再建され、社会が再構築された。分裂していた諸州は、いまや再統合され、すべての人々が本当の意味で自由になった共和国を形成した」(360)ところで、ファンタジー的な物語は終わっている。

　こうした粗筋からも判断できるように、フェミニスト・ユートピアを描いた短編「分裂した共和国」ははなはだ稚拙な内容であり、取り立てて独創的な作品と呼ぶことはできないが、この荒唐無稽な物語の背後には、女性問題が一向に解決されないアメリカの現実に対する女性解放運動家リリー・ブレイクの幻滅や苛立ちを読み取ることができる。「女性の社会的状況」を変えたいという彼女の切実な願いがそこにこめられていることを読者は見逃してはなるまい。短編「分裂した共和国」の副題「未来のアレゴリー」は、奴隷と化したアメリカ女性の状況を描出したアリス・ケアリーの『ヘイガー』やリリー・ブレイク自身の『死ぬまで鎖に繋がれて』のような作品の副題がいずれも「現代の物語」だったという事実をあらためて思い出させずにはおかないのだ。

あとがき

三年ばかり前に『エロティック・アメリカ』（英宝社）という本を出したとき、アメリカン・エロティカの専門家と誤解されるのではないか、と心配してくれる友人がいましたが、それはまったくの杞憂に終わりました。人騒がせな題名にもかかわらず、ごく一部のアメリカニストたちの目にとまったに過ぎないからです。著者としては、一七七六年に誕生した《美徳の共和国》が例外でも何でもなくて、ほかのどの国とも変わらない普通の国だったことを明らかにしようとしたつもりだったのですが、ヴィクトリアン・アメリカの男女関係という現象ばかりが目立って、共和国の現実という本質的な問題は完全に見落とされてしまったようです。

この『内と外からのアメリカ』でも、やはり独立宣言の精神を忘れ果てたアメリカ共和国という問題を取り上げていますが、前著の失敗を繰り返さないために、この理念なき《理念の共和国》の現実を女性作家たちにつぶさに観察させるという形を取ることにしました。本書の前半では外なる目撃者として、魅力的な日記や印象記や小説作品を書き残した、ファニーという愛称で親しまれていた三人のイギリス人女性旅行者たちを、後半では内なる目撃者として、アメリカン・ルネサンスの巨匠的な男性作家たちの陰に隠れて完全に忘れられたか、ほとんど知られていない白人女性作家たちを登場させて、白人男性至上主義の一九世紀アメリカ社会に身を置いていた《物書きの女ども》の声なき声に耳を傾けることにしたのです。

とはいえ、この本があまりにも時代遅れであることは否定すべくもありません。誰も読んだことがないような一九世紀の女性作家たちの作品を取り上げているだけでなく、批評の時代だというのに新しい理論などは一切援用していません。強力な批評理論を駆使して、アメリカ文学の主要作品を鮮やかに分析してみせる気鋭の研究者の目には、文学性など皆無に近い女性作家の作品を、昔ながらの泥臭いやり方で読んでいる当方などは、化石人間か絶滅危惧種、いや既絶滅種の生き残りにしか見えないことでしょう。大衆レベルの想像力に関心を抱く一方で、文学作品をカルチュラル・ドキュメントとして読むという立場にこだわってきた自称オールド・ヒストリシストとしては、この程度の本でも気息奄々、試行錯誤の末にやっと書き終えたことを恥ずかしく思うばかりです。

本書の各章は、新しく用意したプロローグとエピローグ、それに第十章は別として、左記の論文、研究発表、講演を基にしていますが、いずれの場合にも原形をとどめないまでに書き改めたり、大幅な加筆や修正を施したりしています。

第一章／第二章　関西学院大学文学部文学言語学科英米文学英語学専修（旧英文学科）創設八〇周年記念式典（二〇一四年九月二〇日）での講演「ふたりのファニー――新世界を旅する物書きのイギリス女性たち」／「フランシス・トロロプのアメリカ体験――小説『旧世界と新世界』を読む」『人文論究』（関西学院大学）第六十一巻第二号、二〇一一年九月二〇日
第三章「フランシス・トロロプとアメリカ奴隷制度――『ジョナサン・ジェファソン・ホイットローの生活と冒険』」田中久男監修・亀井俊介＋平石貴樹編著『アメリカ文学研究のニュー・フロンティア』南雲堂、二〇〇九年一〇月二〇日
第四章「ガラガラヘビと先住民――フランシス・ケンブルの『アメリカ日記』を読む」大井浩二監修・相本資子・勝井伸子・宮澤是・井上稔浩編著『異相の時空間――アメリカ文学とユートピア』英宝社、二〇一一年五月一五日
第五章　日本ナサニエル・ホーソーン協会第二十六回全国大会（二〇〇七年五月一八日）での講演「アメリカを旅する《物書き》のイギリス女性たち」／「奴隷所有者の妻――ファニー・ケンブルの『ジョージア日記』を読む」『英米文学』（関西学院大学）第五十五巻、二〇一一年三

月一〇日

第六章　日本アメリカ文学会第五十三回全国大会（二〇一四年一〇月四日）での研究発表「ヘスター・プリンの妹たち――Alice Cary の *Hager* と Caroline Chesebro' の *Isa, a Pilgrimage* を読む」

第七章「結婚の生態――アメリカ女性作家の自伝小説を読む」『英米文学』（関西学院大学）第五十九巻第一号、二〇一五年三月一五日

第八章　日本ソロー学会二〇一一年度全国大会（二〇一一年一〇月七日）での講演「アメリカン・ルネサンスの女性作家たち――忘れられたフェミニズム小説を読む」／「新しい『真の女性』を求めて――アメリカン・ルネサンスのフェミニスト小説を読む」『英米文学』（関西学院大学）第五十七巻、二〇一三年三月一五日

第九章「アメリカ女性のルネサンス――Lillie Devereux Blake, *Southwold*（1859）を読む」『英米文学』（関西学院大学）第五十八巻、二〇一四年三月一五日

『内と外からのアメリカ』の出版に際しては、前記の『エロティック・アメリカ』につづいて、独立行政法人日本学術振興会から平成二八年度科学研究費補助金のうち研究成果公開促進費（学術図書・課題番号 16HP5049）の交付を受けることができました。ここに記して、ピア・レビューに当たられた審査委員諸氏をはじめとする関係各位に深甚なる謝意を表します。

この本の副題を「共和国の現実と女性作家たち」とすることは早くから決めていましたが、肝心の書名についてはなかなかいい考えが浮かばず、あれこれ悩んだ末に、大学院時代からずっとご指導を賜ってきた佐伯彰一先生のご著書のタイトル『内と外からの日本文学』から借用させていただきました。科学研究費の申請をした昨年一一月には思いもよらないことでしたが、それから間もない今年一月一日に先生は逝去されました。痛恨の極みです。深い感謝と哀悼の意を込めて、このささやかな一冊を佐伯先生の御霊前に捧げます。

最後になりましたが、本書の出版をいつものように快諾してくださった英宝社の佐々木元社長と、何かと無理を聞いていただいた編集部の宇治正夫氏に心よりお礼申し上げます。

二〇一六年初夏の候

大井浩二

Baltimore: Printed by Benjamin Lundy, 1825.
———. *Reason, Religion, and Morals*. New York: Humanity Books, 2004.
———. *Views of Society and Manners in America*. 1821. Ed. Paul R. Baker. Cambridge: Harvard UP, 1963.
Yellin, Jean Fagan. *Women & Sisters: The Antislavery Feminists in American Culture*. New Haven: Yale UP, 1989.

———. *The Refugee in America. A Novel.* 3 vols. 1832. Charleston: Nabu Press, 2010.

Turner, Frederick Jackson. "The Significance of the Frontier in American History." *Frontier and Section: Selected Essays of Frederick Jackson Turner*. Ed. Ray Allen Billington. Englewood Cliffs, N.J.: Prentice-Hall, 1961. 37-62.

Twain, Mark, and Charles Dudley Warner. *The Gilded Age: A Tale of To-day.* 1873. Ed. Shelley Fisher Fishkin. New York: Oxford UP, 1996.

Tyler, Martha W. *A Book without a Title: Or, Thrilling Events in the Life of Mira Dana*. Boston: Printed for the author, 1855.

———. *A Book without a Title: Or, Thrilling Events in the Life of Mira Dana*. 2nd ed., with additions. Boston: Printed for the author, 1856.

Warren, Joyce W. *Fanny Fern: An Independent Woman*. New Brunswick: Rutgers UP, 1992.

Watts, Steven. *The Republic Reborn: War and the Making of Liberal America, 1790-1820*. Baltimore: Johns Hopkins UP, 1987.

Welter, Barbara. "The Cult of True Womanhood: 1820-1860." *American Quarterly* 18 (Summer 1966): 151-74.

Wheeler, Sara. *O My America: Six Women and their Second Acts in a New World*. New York: Farrar, 2013.

White, Edmund. *Fanny: A Fiction*. New York: Harper, 2003.

Wilson, Harriet E. *Our Nig; Or, Sketches from the Life of a Free Black*. 1859. New York: Vintage Books, 1983.

Wright, Frances. *Biography, Notes, and Political Letters of Frances Wright D'Arusmont*. Dundee: Myles Bookseller, 1844.

———. *Explanatory Notes, respecting the Nature and Objects of the Institution of Nashoba, and of the Principles upon which it is founded*. New York: Printed for the Purchasers, 1830.

———. *A Plan for the Gradual Abolition of Slavery in the United States, without Danger or Loss to the Citizens of the South.*

(2013): 104-14.

Stowe, Harriet Beecher. *Uncle Tom's Cabin; Or, Life among the Lowly.* 1852. Ed. Ann Douglas. New York: Penguin, 1981.

Stowitzky, Renee M. "Searching for Freedom through Utopia: Revisiting Frances Wright's Nashoba." *Honors Essay.* Vanderbilt University, 2004.

高木八尺・斎藤光訳『リンカーン演説集』岩波文庫、1992 年。

Tocqueville, Alexis de. *Democracy in America.* Trans. Arthur Goldhammer. New York: Library of America, 2004. 松本礼二訳『アメリカのデモクラシー』岩波文庫、2005 年。

———. "A Fortnight in the Wilderness." *Memoir, Letters, and Remains of Alexis de Tocqueville.* Trans. the translator of Napoleon's Correspondence with King Joseph. 2 vols. London: Macamillan, 1861. Vol. 1: 140-207. Available at: http://oll.libertyfund.org/titles/2435

Tompkins, Jane. *Sensational Designs: The Cultural Work of American Fiction, 1790-1860.* New York: Oxford UP, 1985.

Tracey, Karen. *Plots and Proposals: American Women's Fiction, 1850-90.* Urbana: U of Illinois P, 2000.

Traubel, Horace. *With Walt Whitman in Camden.* Vol. 2. New York: Mitchell Kennerley, 1915.

Trollope, Frances. *The Barnabys in America.* 1843. Ed. John Bell. 2008. Available at: http://www.yorku.ca/johnbell/trollope/novels/

———. *Domestic Manners of the Americans.* 1832. Ed. Donald Smalley. New York: Vintage, 1960.

———. *Domestic Manners of the Americans.* 1832. Ed. Pamela Neville-Sington. London: Penguin, 1997. 杉山直人訳『内側から見たアメリカ人の風習』彩流社、2012 年。

———. *The Life and Adventures of Jonathan Jefferson Whitlaw; or Scenes on the Mississippi.* Paris: Baudry's European Library, 1836.

———. *The Old World and the New: A Novel.* 1849. Chestnut Hill, MA: Adamant Media, 2005.

Rose, Jane Atteridge. *Rebecca Harding Davis*. New York: Twayne, 1993.

Rousseau, Jean-Jacques. *The Confessions*. 1789. Vol. 5 of *The Collected Writings of Rousseau*. Ed. Christopher Kelly, et al. Hanover: UP of New England, 1988.

Rowson, Susanna. *Charlotte Temple: A Tale of Truth*. 1791. Ed. Cathy N. Davidson. New York: Oxford UP, 1987.

Sadleir, Michael. *Trollope: A Commentary*. 1927. London: Constable, 1947.

Safire, William. *Scandalmonger: A Novel*. Chicago: Harcourt, 2000.

Scott, Anne Firor. *The Southern Lady: From Pedestal to Politics 1830-1930*. Chicago: U of Chicago P, 1970.

Silver-Isenstadt, Jean L. *Shameless: The Visionary Life of Mary Cove Nichols*. Baltimore: Johns Hopkins UP, 2002.

Simmons, James C. *Star-Spangled Eden: An Exploration of the American Character in the 19th Century*. New York: Carroll & Graf, 2000.

Smalley, Donald. Introduction. *Domestic Manners of the Americans*. By Frances Trollope. New York: Vintage, 1960: vii-lxxvi.

Smith, Elizabeth Oakes. *Bertha and Lily: Or, The Parsonage of Beech Glen*. 1854. Charleston: BiblioLife, 2009.

Smith-Rosenberg, Carroll. *Disorderly Conduct: Visions of Gender in Victorian America*. New York: Oxford UP, 1985.

Southworth, E.D.E.N. *The Deserted Wife*. 1850. London: Charles H. Clarke, 1856.

Stanton, Elizabeth Cady, et al. *History of Woman Suffrage*. Vol. 1. Rochester: Susan B. Anthony and Charles Mann, 1889. Available at: http:// www. gutenberg.org/files/28020/28020-h/28020-h.htm

———. "The Slave's Appeal." Albany : Ward, Parsons, 1860. Available at: http://www.sojust.net/speeches/stanton_slaves.html

Stevenson, Ana. "The Novel of Purpose and the Power of the Page: Breaking the Chains that Bind in *Fettered for Life*." *Crossroads* 6. 2

大野美砂「『アンクル・トムの小屋』とアメリカ・ヨーロッパ・ハイチ・リベリア」倉橋洋子、辻祥子、城戸光世編『越境する女──19世紀アメリカ女性作家たちの挑戦』開文社出版、2014年：175-81頁。

Otis, George Alexander, trans. *History of the War of the Independence of the United States of America*. By Carlo Botta. New Haven: Whiting, 1837.

Ozkan, Hediye. "How Do They Break the Chains: Solidarity and Unity of Working Women against Patriarchy in *Fettered for Life or Lord and Master*." *Voices* 1 (2014): 13-19.

Pattee, Fred Lewis. *The Feminine Fifties*. New York: Appleton-Century, 1940.

Perry, Lewis. *Boats against the Currents: American Culture between Revolution and Modernity, 1820-1860*. New York: Oxford UP, 1993.

Poe, Edgar Allan (???). "Review of Frances Anne Butler's Journal." *Southern Literary Messenger*. May 1835: 524-31.

Powell, Andrea. "The Shaping of the New Woman in *The Rise of Silas Lapham*." *MP: An Online Feminist Journal* (December 21, 2004): 59-72.

Ranta, Judith A. "'A true woman's courage and hopefulness': Martha W. Tyler's *A Book without a Title: or, Thrilling Events in the Life of Mira Dana* (1855-56)." *Legacy* 21. 2 (2004): 17-33.

Renfroe, Alicia Mischa. Introduction. *A Law Unto Herself*. By Rebecca Harding Davis. Lincoln: U of Nebraska P, 2014. ix-xlv.

Reynolds, David S. *Beneath the American Renaissance: The Subversive Imagination in the Age of Emerson and Melville*. New York: Knopf, 1988.

Roberts, Diane. *The Myth of Aunt Jemima: Representations of Race and Region*. London: Routledge, 1994.

Robertson-Lorant, Laurie. *Melville: A Biography*. New York: Clarkson Potter, 1996.

Philadelphia: Lippincott, 1887.
Morris, Celia. *Fanny Wright: Rebel in America*. 1984. Urbana: U of Illinois P, 1992.
Mullen, Richard. *Birds of Passage: Five Englishwomen in Search of America*. London: Duckworth, 1994.
Myerson, Joel "Mary Cove Nichols' *Mary Lyndon*: A Forgotten Reform Novel." *American Literature* 58. 4 (1986): 543-39.
Neville-Sington, Pamela. *Fanny Trollope: The Life and Adventures of a Clever Woman*. 1997. London: Penguin, 1998.
———. Introduction. *Domestic Manners of the Americans. By Frances Trollope*. London: Penguin, 1997: vii-xli.
Nichols, Mary Cove. *Mary Lyndon: Or, Revelations of a Life: An Autobiography*. 1855. Charleston: Nabu Press, 2010.
Nichols, Thomas Low, and Mary S. Cove Nichols. *Marriage: Its History, Character and Results*. New York: Published by T.L. Nichols, 1854.
Noble, David W., and Peter N. Carroll. *The Free and the Unfree: A New History of the United States*. 1977. 2nd ed. New York: Penguin Books, 1988.
ノーブル、デイヴィッド・W. 編著『アメリカ研究の方法』大井浩二、村上陽介、佐々木隆、相本資子訳． 山口書店、1993年。
大井浩二『エロティック・アメリカ――ヴィクトリアニズムの神話と現実』英宝社、2013年。
———.『旅人たちのアメリカ――コベット、クーパー、ディケンズ』英宝社、2005年。
———.『南北戦争を語る現代作家たち――アメリカの終わりなき《戦後》』英宝社、2007年。
———.「米比戦争からセントルイス万博まで――アメリカの帝国主義と反帝国主義をめぐって」貴志雅之編著『二〇世紀アメリカ文学のポリティックス』世界思想社、2010年：25－55頁。

London: John Murray, 1835.

———. *Journal of a Residence on a Georgina Plantation in 1838-1839*. 1863. Ed. John A. Scott. Athens: U of Georgia P, 1984.

———. "A Letter to the Editor of the London Times." *Journal of a Residence on a Georgina Plantation in 1838-1839. 1863*. Ed. John A. Scott. Athens: U of Georgia P, 1984. 347-68.

Kissel, Susan. *In Common Cause: The "Conservative" Frances Trollope and the "Radical" Frances Wright*. Bowling Green: Bowling Green University Popular P, 1993.

Kohn, Denise M. Introduction. *Christine: Or, Woman's Trials & Triumphs*.1856. By Laura Curtis Bullard. Lincoln: U of Nebraska P, 2010. ix-xiv.

Korobkin, Laura H. "William Dean Howells's Deserted Wife: E.D.E.N. Southworth, *A Modern Instance*, and Sentimental Divorce Narration." *American Literature* 86. 2 (June 2014): 333-60.

Lessing, Lauren. "Ties That Bind: Hiram Powers's Greek Slave and Nineteenth-Century Marriage." *American Art* 24: 1 (Spring 2010): 40-65.

Marshall, Julian. *The Life and Letters of Mary Wollstonecraft Shelley*. London: Richard Bentley & Son, 1889.

Martineau, Harriet. *Demerara*. 1832. *Illustrations of Political Economy, Taxation, Poor Laws and Paupers*. Vol. 2. Bristol: Thoemmes, 2001.

Marx, Leo. *The Machine in the Garden: Technology and the Pastoral Ideal in America*. New York: Oxford UP, 1964. 榊原胖夫・明石紀雄訳『楽園と機械文明──テクノロジーと田園の理想』、研究社出版、1972 年。

Matthiessen, F.O. *American Renaissance: Art and Expression in the Age of Emerson and Whitman*. New York: Oxford UP, 1941.

Meckier, Jerome. *Innocent Abroad: Charles Dickens's American Engagements*. Lexington: UP of Kentucky, 1990.

Mitchell, S. Weir. *Doctor and Patient*. Philadelphia: Lippincott, 1888.

———. *Wear and Tear, or Hints for the Overworked*. 1871. 5th ed.

Woman Physician." *American Literary Realism* 44.1 (Fall 2011): 23-45.

Harris, Susan K. *19th-Century American Women's Novels: Interpretative Strategies*. Cambridge: Cambridge UP, 1990.

Hart, James D. with Philip W. Leininger. *The Oxford Companion to American Literature*. 6th ed. New York: Oxford UP, 1995.

Hawthorne, Nathaniel. *The Scarlet Letter*. 1850. Ed. Larzer Ziff. Indianapolis: Bobbs-Merrill, 1963. 大井浩二訳『緋文字』（講談社世界文学全集）、講談社、1969 年。

Heineman, Helen. *Frances Trollope*. Boston: Twayne, 1984.

Higginson, Thomas Wentworth. "Ought Women to Learn The Alphabet?" *The Atlantic Monthly* February 1859: 137-50.

Homestead, Melissa J., and Pamela T. Washington, eds. *E.D.E.N. Southworth: Recovering a Nineteenth-Century Popular Novelist*. Knoxville: U of Tennessee P.,2012.

House, Madeline, Graham Storey, and Kathleen Tillotson, eds. *The Pilgrim Edition of the Letters of Charles Dickens*. Vol. 3. Oxford: Clarendon, 1974.

Howells, William Dean. *A Modern Instance*. 1882. Bloomington: Indiana UP, 1977.

Jacobs, Harriet A. *Incidents in the Life of a Slave Girl, Written by Herself*. 1861. Ed. Valerie Smith. New York: Oxford UP, 1988.

James, Henry. *The Bostonians: A Novel*. 1886. New York: Modern Library, 1956.

Keeley, Dawn. "Ungendered Terrain of Good Health: Mary Cove Nichols's Rewriting of the Diseased Institution of Marriage." *Separate Spheres No More: Gendered Convergence in American Literature, 1830-1930*. Ed. Monika M. Elbert. Tuscaloosa: U of Alabama P, 200. 117-42.

Kelley, Mary. *Private Sphere, Public Stage: Literary Domesticity in Nineteenth-Century America*. New York: Oxford UP, 1984.

Kemble, Frances Anne. *Journal by Frances Anne Butler*. 2 vols.

Egerton, John. *Visions of Utopia: Nashoba, Rugby, Ruskin, and the "New Communities" in Tennessee's Past*. U of Tennessee P, 1977.

Ellis, Linda Abess. *Frances Trollope's America: Four Novels*. New York: Peter Lang, 1993.

Fanny Kemble in America: or the Journal of an Actress Reviewed with Remarks on the State of Society in America and England. Boston: Light & Horton, 1835.

Farrell, Grace. Afterword. *Fettered for Life; or, Lord and Master: A Story of To-day*. By Lillie Devereux Blake. New York: Feminist Press, 1996. 381-429.

———. *Lillie Devereux Blake: Retracing a Life Erased*. Amherst: U of Massachusetts P, 2002.

Fern, Fanny. "Mary Lee." *Fern Leaves from Fanny's Port-folio*. Auburn: Derby and Miller, 1853. 83-88.

———. *Rose Clark*. New York: Mason Brothers, 1856.

———. *Ruth Hall*. *Ruth Hall and Other Writings*. Ed. Joyce W. Warren. New Brunswick: Rutgers UP, 1986. 1-211.

Fetterley, Judith. Introduction. *Clovernook Sketches and Other Stories*. By Alice Cary. New Brunswick: Rutgers UP, 1987. xi-xlii.

———. *Provisions: A Reader from 19th-Century American Women*. Bloomington: Indiana UP, 1985.

Fuller, Margaret. *Woman in the Nineteenth Century*. 1845. New York: Norton, 1998.

Gilman, Charlotte Perkins. *The Yellow Wallpaper*. 1892. *The Yellow Wallpaper and Other Writings*. New York: Bantam Dell, 2006.

Gordon-Reed, Annette. *Thomas Jefferson and Sally Hemings: An American Controversy*. Charlottesville: UP of Virginia, 1997.

Gura, Philip. *Truth's Ragged Edge: The Rise of the American Novel*. New York: Farrar, Straus and Giroux, 2013.

Harris, Sharon M. *Rebecca Harding Davis and American Realism*. Philadelphia: U of Pennsylvania P, 1991.

———. "Rebecca Harding Davis' *Kitty's Choice* and the Disabled

Scenes. 1852. Urbana: U of Illinois P, 2003.

Crevecoeur, J. Hector St. John de. *Letters from an American Farmer.* 1782. New York: Dutton, 1957.

Davidson, Cathy N. *Revolution and the Word: The Rise of the Novel in America*. New York: Oxford UP, 1986.

Davidson, Cathy N., and Linda Wagner-Martin, eds. *The Oxford Companion to Women's Writing in the United States*. New York: Oxford UP, 1995.

Davis, Rebecca Harding. "A Day with Doctor Sarah." *Harper's* 57 (September 1878): 611-17.

———. *Earthen Pitchers. Scribner's Monthly* 7 (November 1873-April 1874): 73-81, 190-207, 74-81, 490-94, 595-600, 714-21.

———. *Kitty's Choice, or Berrytown. Lippincott's* 11-12 (April-July 1873): 300-11, 579-87, 697-707, 35-48.

———. "Marcia." *Harper's* 53 (November 1876): 925-28.

———. *Margret Howth: A Story of To-day*. 1862. New York: Feminist Press, 1990.

———. "Two Women." *Galaxy Magazine* 9 (June 1870): 799-815.

Declaration of Independence『独立宣言』斎藤真訳 . 斎藤真ほか監修『アメリカを知る辞典』平凡社、1986 年 . 579-81 頁。

Declaration of Sentiments『所信の宣言』児玉佳與子訳 . 有賀夏紀ほか編訳『ウィメンズ　アメリカ』資料編、ドメス出版、2000 年 . 328-33 頁。

Dickens, Charles. *American Notes for General Circulation*. 1842. Ed. John Whitley and Arnold Goldman. Harmondsworth: Penguin, 1972. 伊藤弘之・下笠徳治・隈元貞弘訳『アメリカ紀行』上下、岩波書店、2005 年。

———. *The Life and Adventures of Martin Chuzzlewit*. 1843-44. Ed. P.N. Furbank. Harmondsworth: Penguin, 1968.

Dobson, Joanne. Introduction. *The Hidden Hand or, Capitola the Madcap*. By E.D.E.N. Southworth. New Brunswick: Rutgers UP, 1988. xi-xli.

Brodie, Fawn M. *Thomas Jefferson: An Intimate History*. New York: Norton, 1974.

Brooks, Geraldine. *March*. 2005. New York: Penguin Books, 2006.

Bullard, Laura Curtis. *Christine: Or, Woman's Trials & Triumphs*.1856. Ed. Denise M. Kohn. Lincoln: U of Nebraska P, 2010.

Cappon, Lester J. ed. *The Adams-Jefferson Letters: The Complete Correspondence Between Thomas Jefferson and Abigail and John Adams*. Chapel Hill: U of North Carolina P, 1959.

Carpenter, Mary Wilson. "Figuring Age and Race: Frances Trollope's Matronalia." *Frances Trollope and the Novel of Social Change*. Ed. Brenda Ayers. Westport: Greenwood, 2002. 103-18.

Cary, Alice. *Hagar: A Story of To-day*. 1852. Charleston: Nabu Press, 2010.

Chesebro', Caroline. *Children of Light: A Theme for the Time*. New York: Redfield, 1853.

———. *Isa, a Pilgrimage*. New York: Redfield, 1852.

Clemmer, Mary. *A Memorial of Alice and Phoebe Cary, With Some of Their Later Poems*. New York: Hurd and Houghton, 1873.

Clinton, Catherine. *Fanny Kemble's Civil Wars*. New York: Oxford UP, 2000.

Cobbett, William. *The Emigrant's Guide; in Ten Letters, Addressed to the Tax-payers of England*. London: Cobbett, 1829.

———. *A Year's Residence in the United States of America. 1818-1819*. New York: Augustus M. Kelley, 1969.

Cooper, James Fenimore, ed. *The Correspondence of James Fenimore Cooper*. Vol. 1. New Haven: Yale UP, 1922.

Coultrap-McQuin, Susan. *Doing Literary Business: American Women Writers in the Nineteenth Century*. Chapel Hill: U of North Carolina P, 1990.

Crafts, Hannah. *The Bondwoman's Narrative: A Novel*. ?1853-61. Ed. Henry Louis Gates, Jr. New York: Warner Books, 2002.

Creamer, Hannah Gardner. *Delia's Doctors: Or, A Glance Behind the*

引用／参考文献

Baym, Nina. Introduction. *Delia's Doctors: Or, A Glance Behind the Scenes*. By Hannah Gardner Creamer. Urbana: U of Illinois P, 2003. vii-xxx.

———. *Woman's Fiction: A Guide to Novels by and about Women in America 1820-70*. 2nd ed. Urbana: U of Illinois P, 1993.

Bederman, Gail. "Revisiting Nashoba: Slavery, Utopia, and Frances Wright in America, 1818-1826." *American Literary History* 17.3 (2005): 438-459.

Behn, Aphra. *Oroonoka, or the Royal Slave*. 1688. Ed. Joanna Lipking. New York: Norton, 1997.

Blake, Lillie Devereux. "A Divided Republic: An Allegory of the Future." *A Daring Experiment and Other Stories*. By Lillie Devereux Blake. New York: Lovell, Coryell, 1892. 346-60.

———. *Fettered for Life; Or, Lord and Master. A Story of To-day*. 1874. New York: Feminist Press, 1996.

———. *Rockford; Or, Sunshine and Storm*. New York: Carlton, 1863.

———. "The Social Condition of Woman." *The Knickerbocker* February 1863: 381-88.

———. *Southwold: A Novel*. 1859. Charleston: Nabu Press, 2010.

———. " A Tragedy of the Mammoth Cave." *The Knickerbocker* February 1858: 112-21.

Botta, Carlo. *La Storia della Guerra dell'Independenza degli Stati Uniti d'America*, Paris, 1809; French translation, Paris, 1812-13.

Bradbury, Malcolm. *Dangerous Pilgrimages: Transatlantic Mythologies and the Novel*. New York: Viking, 1996.

---

*American fiction published in the years 1851-1875 is freely available in Indiana University's Wright American Fiction, 1851-75, at www.letrs.indiana.edu/web/w/wright2/.

《著者略歴》

大 井　浩二（おおい　こうじ）

1933年高知県生まれ。大阪外国語大学卒業、東京都立大学大学院修士課程修了。関西学院大学名誉教授。主要著訳書に『アメリカ自然主義文学論』、『ナサニエル・ホーソン論』、『アメリカの神話と現実』、『フロンティアのゆくえ』、『金メッキ時代・再訪』、『美徳の共和国』、『ホワイト・シティの幻影』、『手紙のなかのアメリカ』、『アメリカ伝記論』、『センチメンタル・アメリカ』、『日記のなかのアメリカ女性』、『旅人たちのアメリカ』、『アメリカのジャンヌ・ダルクたち』、『南北戦争を語る現代作家たち』、『エロティック・アメリカ』、ナサニエル・ホーソン『緋文字』、アラン・トラクテンバーグ『ブルックリン橋』、ソール・ベロー『フンボルトの贈り物』、ジョン・キャソン『コニー・アイランド』、アプトン・シンクレア『ジャングル』など。

内と外からのアメリカ
—共和国の現実と女性作家たち—

2016年11月25日　印　刷　　2016年11月30日　発　行

著　　者© 大　井　浩　二

発 行 者　佐 々 木　元

発 行 所　株式会社　英　宝　社

〒101-0032 東京都千代田区岩本町 2-7-7
第一井口ビル
TEL 03 (5833) 5870-1 FAX 03 (5833) 5872

ISBN 978-4-269-74036-5 C3098
[製版：伊谷企画／印刷：(株)マル・ビ／製本：(有) 井上製本所]
定価（本体 3,400 円＋税）